KB236980

김재찬 장편소설

남자는 어떻게
사랑을 하는가

도서출판 계간문예

김재찬 장편소설

남자는 어떻게
사랑을 하는가

차례

김재찬 장편소설 ― 남자는 어떻게 사랑을 하는가

1. 내게 아무것도 묻지 마라, 살미랑이여! _ 009

2. 비누냄새, 혹은 최진실이 죽던 날 _ 012

3. 아내로부터 도망가기를 꿈꾸는 자가 있다 _ 017

4. 혜화동, 비기는 볕살 아래 _ 023

5. '총 맞은 것처럼'을 부르는 여자 _ 029

6. 짓붉었던 장미꽃잎 _ 031

7. 눈물은 배반을 잉태하고 _ 039

8. 조영남이 가수냐 _ 044

9. 세상이 보이는 그대로라면 _ 046

10. 매실주가 있었던 밤 _ 052

11. 수녀원, 그리고 파계(破戒) _ 059

12. 주말의 전화 통화 _ 064

13. 슬픔은 어디서 오는가 _ 073

14. 이미 내 생에 예정되었던 일이라면 _ 081

15. 기억(記憶)의 주렴(珠簾) 사이 _ 090

16. 그의 사랑 _ 096

17. 각기 다른 소묘(素描) 3점 _ 103

18. 어느 한 남자의 아픔 _ 112

19. 새가 날면 나뭇가지가 흔들린다 _ 122

20. 버락 오바마 _ 132

21. 아내와 같이 있으면 왜 쓸쓸한가 _ 135

22. 하늘 그리기 _ 146

23. 자고 깨니 십여 년이 지나 있었다 _ 154

24. 바람은 수면에 제 무늬를 새기고 _ 162

25. 휘파람을 부세요 _ 172

26. 진실게임 _ 184

27. 물그림자 _ 190

28. 안개주의보 _ 198

29. 너에게 나를 말하고 싶었을 뿐인데 _ 206

30. 연쇄살인사건과 어느 겨울날의 풍경 _ 214

31. 그녀는 이미 불귀(不歸)의 길손이었다 _ 218

32. 끝내 듣지 못한 한 마디 말 _ 230

33. 자신에게의 배반을 꿈꾸는 자들 _ 239

34. 생은 어쩌자고 _ 246

35. 종이꽃 여자 _ 248

36. 이혼을 표절하다 _ 258

37. 해 그림자 _ 268

38. 시간에 푸른 이끼가 피면 _ 278

39. 벚꽃이 필 때부터 질 때까지 _ 285

40. 내게 아무런 말도 하지 말라, 살미랑이여! _ 293

■ 작가의말 _ 297
■ 작가연보 _ 299

1. 내게 아무것도 묻지 마라, 살미랑[1]이여!

내게 아무것도 묻지 마라, 살미랑이여! 창유리에 흐린 하늘이 잠긴 가을 오후이다. 손자국과 함께 이런 저런 얼룩이 좀 남은 창유리에 잠긴 하늘, 거기 무슨 뜻이 있을까? 다만 보아지는 그대로일 뿐, 내게 아무것도 묻지 마라. 더군다나 내 삶에 대해서는.

이제 몇 시간 후면 날은 저물어 어둠이 내리면서 공원엔 뿌연 가등(街燈)이 밝혀질 것이고, 몇몇 사람들은 가등 불빛 아래를 그림자처럼 움직이며 오갈 것이다. 그러면서 오늘 하루도 펼쳤던 책장을 닫듯 그렇게 닫

---

1) 삶을 의인화 내지는 대상화 하여 인칭 고유명사로 활용하는 것인데, [랑]字를 붙인 것에는 두 가지 뜻을 부여했다. 즉, '〜〜랑' 의 함께하다는 뜻인 격조사로써의 '랑' 으로, 삶과 함께 한다는 '삶이랑(살미랑)' 이고, 또 아가씨 낭(랑)[娘]字의 뜻도 포함시켜 대상을 여성화한 것이다. 그리고 작품 속에서는 대상으로써의 구별을 위해 여성화하여 표현했지만, '살미랑' 은 곧 작중 화자(話者)인 '나' 의 분신이다.

히거나 혹은 접어지리라. 우리는 매번 그렇게 시간을 접고, 날짜를 접고, 그러면서 또한 사람도 접는다. 오늘 만났던 사람, 혹은 과거의 사람……, 비록 잊히지 않을지라도 우리는 접어 넣기를 반복하고, 그럼으로써 나 또한 누군가의 시간 속에서 그렇게 접어 넣어진다는 것도 잘 안다.

가을이라고는 하지만 아직도 성했던 여름에 대한 기억과 함께 푸른 기운에 지친 공원. 그 공원을 바라본다. 비교적 엷은 구름층을 뚫고 투사되는 햇빛은 다소 더운 기운을 느끼게 하는데, 나무 그늘의 벤치에는 몇 사람이 앉아 이야기를 나누고, 그 앞의 산책로를 따라 깡마른 여자 하나가 강아지를 품에 안은 채 걷는다. 노란 챙모자를 쓴 남자가 그 뒤를 따른다. 깡마른 여자와 챙모자의 남자는 서로 아무 상관이 없어 보인다. 단지 같은 하늘 밑에서, 같은 시간에, 같은 공원의, 그것도 같은 산책로를 따라 거닌다는 것뿐.

살미랑! 나는 그대를 뭐라 이름하여야 할까? 그리고 그대에게 나는 또 뭐라 이름할 수 있을까? 우리는 어쩌면 깡마른 여자와 챙모자의 남자처럼 서로 아무 상관이 없는 사람일 수도 있고, 그러면서도 또한 깡마른 여자와 그 품에 안긴 강아지처럼 모종의 관계일 수도 있다. 하다못해 같은 하늘 밑에 살고 같은 산책로를 걷는다는 이유라도 갖다 붙일 수도 있는 것이겠지. 아니, 우리는, 보다도 그대는 그런 관계로 이야기될 수는 없다. 그대는 세상에 존재하지도 않는 그 무엇일 수도 있고, 존재하지만 잡히지 않는 무엇일 수도 있고, 그런가 하면 매일 아침 식탁에 마주 앉아 밥을 먹는 사람일 수도 있고, 더는 내 자신일 수도 있다. 그렇게 한 마디로 이야기할 수 없는 그대. 그러기에 감히 그대를 붙잡고 이런 이야기를 시작하는지도 모르겠다.

나는 안다. 그 누구에게도 나를 이야기할 수 없다는 것을. 아내라는 이름의 여자에게는 물론이려니와 내 목숨 이상으로 사랑하는 연인에게도, 하물며 내 자신에게도 나를 이야기할 수가 없고, 거의 대부분은 이야기되지가 않는다. 그럼에도 그대를 붙잡고 이야기를 늘어놓는 것은 무엇 때문인지. 무엇이 나로 이야기를 하게 하는 것인지…….

내가 이렇게 이야기할지라도 그대는 내게 아무것도 묻지 마라, 더더욱 내 삶에 대해서는 아무것도 묻지 마라, 살미랑이여! 그냥 보아지는 대로 보면 그뿐, 거기 더 이상의 무엇이 있겠는가.

짧은 하루 속에서도 시간은 흘러……, 다시 밤이 깊다. 집 앞 공원엔 뿌연 가등(街燈)이 밝혀지고, 그 아래로 몇 사람이 오가고 있을 터다. 그리고 그중 어느 여자가 가지고 있는 긴 머리칼은 불빛을 받아 반짝거릴지도 모를 일이다.

이제 한두 시간쯤 뒤면 나는 하루를 마감하며 침대에 눕게 될 것이고, 아마도 나는 늘 하던 버릇대로 장롱 쪽을 바라보며 약간은 몸을 새우처럼 웅크리고 누울 것이다. 왜 막힌 장롱을 바라보고 누우면 차라리 편안한지 아직 알 수가 없다. 도대체 그 허연 장롱 문짝에서 나는 무엇을 보기를 원하는 것인지.

무엇인가 각혈을 해도 모자랄 것 같은데 고요하기만 하다. 아무도 아우성치지 않는 밤. 하루가 접어진다. 그렇게 하루가 접어진 뒤, 잠든 귀에 대고라도 내게 아무것도 묻지 마라. 그저 새우처럼 웅크리고 잠든 내 모습이면 되지 않겠는가.

생의 어느 지점에서 나는 외롭다, 그리고 그 외로움 속에서 그대가 그립다, 살미랑이여!

2. 비누냄새, 혹은 최진실이 죽던 날

　시대의 아이콘으로도 불린다는 탤런트 최진실이 목매 자살한 날 친구를 만나 술을 마셨다. 시대의 아이콘이라는 것은 내가 붙인 말은 아니다. 나는 그런 말을 싫어하고, 어떠한 경우에서든 사람에게 그런 수식어를 붙인다는 것에 대해서는 썩 내켜하지 않는 편이다.

　그녀가 왜 자살을 선택했는지는 모르지만 그것은 그녀 자신이 선택한 일이고, 우리는 다만 나름대로 고통이 있었나 보다고 추측할 뿐이다. 제아무리 이해를 많이 한다고 해도 제 삼 자일밖에 없는 우리의 그것은 다만 미루어 짐작하는 정도에 지나지 않고, 따라서 그녀가 선택한 것에 대해 뭐라고 할 수도 없을 것이다. 어쨌든 자살이라는 것은 스스로 선택할 수 있는 고통으로부터의 탈출 방법 중 가장 극단적이고도 또한 그만큼 확실한 것이라고 할 수는 있을 것이다. 그러면서도 그것은 가장 이기적인 행위가 아닐 수 없다. 그녀를 아는 모든 사람들은 차치하고라도 적어도 그녀 주변 사람들에게 극심한 고통을 안겼고 그러면서도 그에 대한 배려도 없이 스스로의 고통에서 벗어나는 일에만 몰두했으니까. 물론 자신이 고통에 겨워 자살을 선택하는 마당에 그런 것까지 생각할까마는.

자살이라는 말에 대해서는 나도 그렇게 자유로운 건 아니다. 살아오는 동안, 특히나 청소년기에 자살이라는 그 매혹적인 향기에 취하고 또한 자살을 꿈꾸어보지 않은 사람은 거의 없을 테지만, 나 역시 자살을 시도했었으니까 말이다. 실패로 끝났던 그 자살시도. 실패로 끝났기에 내가 아직도 살아서 남의 자살이 어떻고 하는 것이겠지만 목매 자살한 사람이 어떠리라는 것은 미루어 짐작할 수가 있다. 목매 죽은 사람의 모습을 본 적은 한 번도 없었다. 그렇지만 내 경우를 비춰보면 알 수가 있는 것이다. 얘기인 즉 나도 목을 맸었는데 얼굴이며 머리통은 새카맣게 죽고, 눈알은 솟아나오고, 또한 눈알의 핏줄은 터질듯 팽창한 채 피가 맺힌다. 나는 그 흉측했던 내 모습을 자살이 실패로 끝난 다음 날 용기를 내 들여다본 거울을 통해 볼 수가 있었다. 그리고 그렇게 해서 검게 죽어버린 얼굴과 눈에 생긴 핏발은 쉽게 회복되지도 않는다. 남들이 이상하게 보지 않을 정도까지는 스무 날 정도나 걸렸고, 거의 정상 가까이 회복되기까지는 한 달 이상이 걸려야 했다.

어쨌든 최진실의 죽음이 뜻밖이기는 했다. 친구와의 약속은 오후였으므로 일어나서도 이것저것 하다가 아내 이경연(李鏡娟)이가 일찍 출근한 뒤의 텅 빈 집에서 늦은 아침식사를 하는 중 티브이의 아침 뉴스에서 그 소식을 들을 수 있었다. 그 뉴스를 접하는 순간 '어, 쟤도 죽었네. 게다가 자살을? 어떻게 된 거야?' 하고 좀 놀라지 않을 수 없었고 또한 궁금증이 일기도 했다. 하지만 뜻밖이었더라도 그것뿐이었다. 그도 그럴 것이 탤런트 안재환의 자살 사건이 일어난 지 얼마 안 되었기 때문에 어느 정도 놀랄 준비가 되었었다고도 할 수가 있을 텐데 말하자면 이미 예방접종을 맞은 셈이기도 한 것이다. 사람은 모든 상황에 면역이 생기는 것이 아닐까? 만약에 경찰 공무원인 경연이가 함께였다면 놀라기보다도 이것저것 따지고 자살의 이유부터 추측하려 들었을 테지만 나는 나일 뿐 아내가 아니었다. 매일 한 이불을 덮고 잔다고 해도 말이다. 아무튼 놀란 것이야 놀란 것이고, 그보다도 좀 더 일찍 집을 나서서 가는 길에 한윤주(韓閏珠)의 집에 들를까, 아니면 오는 길에 들를까 그것부터 결정해야 했다. 그녀는 내 전화를 기다리고 있을 거였다.

한윤주, 그녀의 집은 4호선 전철을 타고 가다가 쌍문역에서 내려 택시를 타면 꼭 기본요금이 소요되는 만큼의 거리에 위치해 있었다. 그러니까 나와는 서로 4호선의 이쪽 끝에서 저쪽 끝에 사는 셈이었다. 그런데 그녀의 집에 갈 때면 한 가지 묘한 점이 있다. 똑같은 장소에서 타고 똑같은 장소에서 내리는데도 택시요금이 조금씩 다르다는 게 그것이었다. 쌍문역에서 내려 택시를 타면 대부분은 꼭 기본요금에서 더 올라가지 않는데 어떤 택시들은 이삼백 원씩 더 나오는 것이다. 중간에 신호에 걸리거나 지체되는 일이 없는데도 그랬다. 미터기 조작인가 싶어 언제 한 번 택시 기사에게 그 이유를 물어봐야 되겠다고 생각하면서도 아직까지 묻지 못한 채였다.

한윤주를 생각하면 비누냄새가 떠오르곤 했다. 그녀의 방에 들어가면 언제나 세안비누 냄새가 났다. 언젠가 한 번 윤주의 집에 갔을 때였는데 그녀는 누군가가 선물로 보내준 것이라며 조그만 상자로 한 상자나 되는 세안비누들을 바닥에 쏟아놓고 모조리 포장을 벗겨내었다. 왜 그러느냐고 물었더니 비누 냄새가 좋잖아, 라는 대답이 되돌아왔다. 그녀는

포장을 벗긴 세안비누들을 조그만 플라스틱 대야에 담더니 방 안의 오
디오 세트 옆에 놓아두는 것이었다. 방 안은 비누냄새가 가득했다. 그리
고 붉고, 푸르고, 노랗고, 하얀 비누덩이들은 대야에 담겨서 나름대로
훌륭하게 장식품 역할을 하기도 했다. 마치 좀 커다란 크기의 조약돌들
을 담아놓은 것처럼 말이다. 이후에도 그녀는 세안비누를 몇 개씩 사오
기만 하면 포장을 벗겨 그 오디오 세트 옆의 얼룩무늬 플라스틱 대야에
담아놓곤 했다. 그렇게 담아놓고서 필요할 때면 하나씩 가져다 쓰고서
다시 비누를 사다가 포장을 벗겨 채워 넣곤 한다는 것이었다.

　　그녀는 남편과 별거 중이었다. 표면적인 이유는 남편이 지방으로 발
령을 받아 내려갔기 때문이라고 하지만 그게 전부는 아니었다. 오히려
그들 부부관계가 원만치 못하기 때문에 남편이 자원하여 지방의 지사
로 내려간 것이었다. 그러면서 나름대로 그것이 관계회복의 전환점이
되지 않을까 하는 생각이 있었는지도 모르지만 그 어떤 도움도 되지 못
하고 도리어 불화를 그대로 굳히는 결과를 빚은 것 같았다. 적어도 주
말이거나 휴일이면, 매주는 아니더라도 격주나 한 달에 한 번 정도라도
오가야 되는데, 그 어느 쪽도 올라오거나 내려갔다는 이야기를 들어보
지 못했다. 그런 이야기를 듣기는커녕 주말에 그녀에게 전화를 걸어 뭐
하느냐고 하면 아무것도 안 한다거나 산에 간다거나 할 뿐이었다.

　　그런데 나는 왜 한윤주의 포장 벗겨 담아놓은 세안비누 냄새를 기억
속에 저장해두고 있는 것인가. 이상하게도 그녀의 그 세안비누에 대한
생각은 내 마음의 어느 한 부분을 점유하더니 시간이 지나면서 점차
자기 영역을 구축해버렸다. 나는 그것을 방임했고, 결과적으로는 방조
(傍助)를 한 셈일 것이다.

　　언젠가 윤주에게 과거의 내 애인에 대한 이야기를 한 적이 있었다.

다른 누구도 아닌 바로 내 친구에게 시집을 간 과거의 여자. 그 얘기를 왜 했는지는 지금도 알 수가 없다. 내 주변에서 그 과정을 지켜보아 자연히 알게 된 사람들이야 있을망정 이제까지 누구에게도 그 얘기를 한 적이 없었는데 말이다. 그런데 어느 부분까지 이야기를 하자 잠자코 듣던 그녀는 더 이상 계속하지 못하게 했다.

"그 이야기 그만해."

"왜?"

"몰라. 더 이상 듣고 싶지 않아. 앞으로 내 앞에서 다시는 그 이야기 꺼내지 마. 알았지? 꺼내지 않는 거야?!"

그러면서 나를 빤히 바라보다가 내가 또한 빤히 바라보자 그녀는 고개를 돌려 내 시선을 외면해버렸다.

그 때, 내 시선을 외면하는 그녀의 옆얼굴에서 나는 또 포장 벗겨진 세안비누 알들과 비누냄새를 떠올렸다. 그 이야기를 더 이상 하지 못하게 하는 게 나는 뭔지 모르게 기분이 좋았다. 오히려 그녀가 한 번 더 그 말을 해주고 어떤 다짐이라도 받아두겠다고 나섰으면 싶었다.

윤주가 세안비누를 포장 벗겨 두는 것을 보고 돌아온 며칠 뒤였다. 경연이가 퇴근길에 쇼핑센터에 들러 장을 봐 승용차 뒤 트렁크에 싣고 온 커다란 비닐봉지 속에서 세 개 들이 세안비누 한 갑을 발견하고는 작업실로 쓰는 내 방으로 가지고 들어와 포장을 벗겨서 사기접시에 담아 책상 한쪽에 놓아두었다. 경연이 들어왔다가 그것을 보더니 '뭘 안 하던 짓이야?', 하기에 '장식품 같기도 하고 냄새가 좋잖아' 했더니 치우지는 못할망정 늘어놓지나 말라고, 그만 좀 늘어놓으라며 싹 걷어가고는 향수를 칙칙 뿌려주었다. 내가 원한 것은 결코 향수 냄새가 아니었는데 말이다.

3. 아내로부터 도망하기를
   꿈꾸는 자가 있다

최진실이가 죽었다대. 혜화동에서, 양규선(梁圭宣)은 만나자마자 그렇게 말했다. 잘 알려진 사람이긴 하지만 국가 권력에 누수가 생기는 것도 아니고 어차피 남의 죽음일 수밖에 없었다. 그런가보아. 대수롭지 않게 대답했다. 그렇지만 다른 사람들 이야기는 별로 입에 올리지 않는 규선의 입에서까지 그런 말이 나온 걸 보면 최진실의 자살이 뜻밖이고 많은 사람들에게 충격을 준 것은 사실인 모양이었다.

나중에 컴퓨터를 켜고 인터넷에 들어가 보니 최진실의 죽음에 관한 기사들이 가득했고 또한 각 블로그 등에서도 저마다 한두 마디씩은 하고 넘어갔다. 하긴 그러기에 나도 지금 이 이야기를 하는 것이겠지만, 그 중에서도 어느 블로그에 들어가 보니 '인천짠물'이라는 닉네임을 쓰는 사람은 〈나는 왜 예쁜 여자가 죽으면 내가 큰 피해를 입은 듯한 느낌이 드는 걸까요?〉, 라고 적어놓은 게 눈에 들어왔다. 글쎄, 그게 은연중 숨겨진 모든 남자들의 심리인지는 모르겠으나 어느 면에서는 커, 하고 탄성이 흘러나온 것도 사실이었다. 그리고 규선에게 이야기를 하면 어떤 반응을 보일까 생각해보았지만 그 때는 이미 그를 만났다가 헤어진 뒤의 일이니 전화를 걸어 생뚱하게 물어보기도 좀 뭣한 일이어서 그렇게 하지는 못했다.

혜화동은 많은 사람들에게 꽤 낯익은 동네일 것이다. 나는 종종 그 쪽에서 사람들을 만나고 일을 보기도 했었다. 문화예술원에 어떤 서류를 제출하러 가기도 했고, 한여름 땡볕이 쏟아지던 날 마로니에 공원의 벤치에 앉아 한 시간 넘게 사람을 기다려본 일도 있고, 겨울을 재촉하는 빗발 속에 우수수 쏟아져 날리는 은행잎들을 발길로 차며 서울대병원 후문의 그 오르막길을 올라가보기도 했었다.

거기서 일곱 정거장만 더 가면 쌍문역이었다. 시간이 맞지 않았으므로 나는 혜화역에서 내려 지하도를 빠져나오며 한윤주에게 전화를 했다. 일단 친구를 만나고 나서 언제 헤어지게 될지 모르지만 그 때 다시 전화를 하겠다고 하자 그녀는 다소 소침한 기색을 보였다. 그러다가 만약 일찍 헤어지게 되면 내가 쌍문동 그녀의 집으로 가든지 아니면 그녀가 혜화동 쪽으로 나와 만나자고 하자 목소리는 또 금세 살아났다.

"그럼 절반쯤만 외출 준비를 하고 있어야 되겠네. 서, 시, 영(徐是英) 씨가 우리 집으로 오게 되어도 화장 정도는 하고 있어야 되니까 말이야."

그녀는 일부러 내 이름자를 또박또박 끊어 발음하면서 웃었다. 아, 그럴 필요 없이 지금 나와서 내 친구와 같이 만나면 어떻겠냐고 하자 그녀는 그것만큼은 싫다고 했다. 부담 안 가져도 되는 친구라고 하자 그래서가 아니라 내가 아는 사람 앞에는 나타나기 싫다는 것이었고,

아무리 친한 친구라 하더라도 내가 아는 사람들에게 자기 얘기는 말아 달라고 했다. 그녀의 그 이야기는 내 과거의 첫사랑 여자의 이야기를 못하게 했던 것과도 무관하지는 않을 것이다. 이미 지나가버린 시간 속일지라도 내 가슴 속의 다른 여자 이야기는 듣고 싶지 않다거나 더는 용납하기 싫다는 것, 그리고 나를 만날지라도 다른 사람들에게는 그 사실을 노출시키고 싶지 않다는 것……. 아마도 어느 부분에서는 같은 맥락으로 연결되어 있으리라.

아무튼 샘터사 뒤편의 한 카페에서 만난 양규선은 너부죽한 모습이었다. 손바닥으로 얼굴을 쓰윽 문질러 닦는 것도 그랬다. 어떻게 지내? 그가 물었고, 그냥 그렇지 뭐, 하고 나는 대답했다. 어차피 무슨 일 때문에 만나는 건 아니었다. 무슨 광고 카피를 빌리자면 서로 만난 지도 오래고 하여 그냥 만나는 것이었다.

규선은 언제나처럼 거침없고 호쾌한 모습이었다. 그를 만날 때면 참 인생을 쉽게 산다 싶은 생각이 들었다. 남들은 뭐를 하려 해도 가족들의 생계부터 생각하느라 이리 재고 저리 재고, 직장에서도 목이 잘릴까 인사철만 되면 이만저만한 스트레스에 시달리는 게 아닌데 이 친구는 전혀 그렇지가 않았다. 물론 선친으로부터 물려받은 재산이 상당하기에 가능한 일이겠지만 타고난 성격 자체도 노는 것이 일이고, 일이 곧 노는 것이라는 식으로 살았다. 실컷 돌아다니며 실컷 놀다보면 사업 아이템도 떠오르고 일도 술술 풀려나간다는 게 이 친구의 주장이었다. 그래서인지 그는 남들이 생각지도 않는 사업을 벌이기도 하고, 기묘한 방법으로 사업을 확장해 나가는가 하면 엉뚱한 일을 저지르기도 했다. 그는 고향에다 제법 규모가 큰 한과(漢菓)공장을 차리고 서울에다 사무소까지 열더니 지방 특산물 사업이라 하여 지자체(地自體)들을 찾아다니며 그 지역에서 육성하려는 산업과 연계하여 이런 저런 사업들을 벌여나가는 것이었고, 또한 그가 저지른 것들 중 가장 엉뚱한 짓은 국회의원에 출마를 한 것이었다. 물론 그가 평소 정치에 상당한 관심을 가지고 있었기는 하지만 한 때 대통령 후보로까지 거론되던 인물이 버티고 있는 지역에서 출마를 해봤자 백전백패할 것은 뻔한 일인데도 왜 출마를 했는지는 지금도 의문이다. 자기 말로는 아직 젊은 나이에 경험이라고 하지만 그 많은 돈과 정력을 쏟아 부으며 출마를 했던 변(辨)치고는 너무 허술했고, 그렇다고 먼 장래를 바라보고 그랬는가 싶으면 그렇지도 않은 것 같았다. 당시의 계산으로야 어떠했는지는 모르지만 그렇게 국회의원에 출마를 했다가 터무니없을 만큼 적은 득표로 낙선을 한 이후로는 다시 출마하겠다는 소리는 하지 않았으니 말이다.

광고 카피 그대로 다른 목적 없이 '그냥' 만난 것이었으므로 우리는 그저 일상적인 이야기를 나누며 술을 마셨다. 당연히 신명기(申明基)에 대한 이야기도 나왔다. 신명기라니까 언뜻 성경의 신명기(申命記)가 떠오르기도 하지만 그러나, 성경과는 전혀 관계없는, 그러면서 고등학교 때부터 들어온 아주 익숙한 이름이었다. 하긴 내 이름도 규선이도 우리들 서로에게는 똑같이 그렇게 익숙한 이름들이었다.

"명기한테서는 연락 자주 와?"

"명기? 그러고 보니 요즘 연락이 없네. 통화한 지 한 이십 일쯤 되나봐."

"그래? 나 역시도 그런데. 무슨 일 있나?"

"무슨 일은. 명기야 가끔씩 그러잖아."

"한 번 전화해볼까?"

그러면서 나는 핸드폰을 꺼내 들고는 단축 번호를 누르려 했다. 규선이 물을 마시다 말고 얼른 컵을 내려놓으며 가로막았다.

"하지 마!"

"왜?"

"지금 한창 일할 시간이잖아. 연락 없이 잠잠하면 그것이 괜찮은 거라고. 아무 일 없으니까 조용한 것일 테지. 괜히 잠잠한 사람 엉덩이 쑤석거릴 필요 없는 거잖아. 그리고 제가 필요하면 오늘 밤에라도 연락을 해올 걸 뭐."

틀린 말도 아니었으므로 그냥 말았다. 말마따나 잠잠한 사람 괜히 엉덩이 들썩이게 할 필요도 없을 거였다.

명기는 요리사(料理師)로 호텔에서 일했다. 텔레비전 요리 프로그램에도 몇 번 출연했던 적이 있었다. 그럼에도 나나 규선은 그의 제대로 된 요리를 먹어본 적이 몇 번 되지 않았다. 함께 캠핑이라도 가서 음식을 하게 될 경우에는 도리어 명기는 손도 안 대고 규선이나 내가 해야 했다. 말 그대로 자신은 요리를 하는 것이고 나와 규선은 음식을 한다는 것일 터였다.

그 바닥에서 일하는 사람들이 그러는 것일까? 그는 한 곳에 붙어서 오래 일하지 못하고 자주 옮겨 다녔다. 한참 동안 연락이 없다가 다시 연락을 해올 때 보면 생각지도 않은 엉뚱한 곳에 가서 일하곤 했다. 서울의 어느 호텔에서 일하다가, 전주의 어느 카페에서 일하는가 하면, 몇 달 뒤엔 다시 속리산 아래쪽 음식점에서 일하곤 하는 식이었다.

그가 그렇듯 자주 옮겨 다니는 것은 일자리를 바꾸기가 용이한 탓도 있겠지만 보다는 가슴에 불을 넣고 있기 때문일 것이다. 그는 가슴에 항상 어떤 불씨를 담고 살았다. 때문에 내내 잠잠하다가도 어느 날 화르르 타오르기 시작하면 그걸 다스리지 못해 그렇게 훌쩍 떠나곤 하는

것이었다. 그가 자신의 아내로부터 도망치고자 하는 것도 그 중 하나
였다. 그는 언제나 자신의 아내로부터 도망치기를 꿈꿨다. 결혼 전부
터도 그랬고 결혼 이후에도 그랬다. 그런데도 그는 이상하게도 한 발
짝도 도망치지 못했다. 지금의 아내와는 결혼을 하지 않으려고 발버둥
(?)을 쳤는데도 마치 운명의 끈에 친친 묶여버린 것처럼 결혼을 하게
됐고, 결혼한 이후에는 어떻게든 이혼을 하려 했지만 그것도 자기 뜻
대로 되지 않았다. 남들이 보면 자식을 둘씩이나 낳으며 잘 사는 것이
었다. 기왕지사 그렇게까지 되었다면 그냥저냥 눌러 살면 될 텐데도
그는 늘 자신의 아내로부터 도망치기를 꿈꿨다.

자신의 아내로부터 늘 도망치기를 꿈꾸는 남자, 그게 신명기였다.

4. 혜화동, 비끼는 볕살 아래

헤어질 무렵 규선이 이야기했다.

"뭐, 요즘 일거리도 많지 않고 시간도 많이 나는 모양인데 우리 사무실로 출근이나 하지 그래. 상근(常勤)은 아무리 하라고 해도 하지 않을 테니 말할 필요가 없을 것이고……. 어쨌든 시간제도 좋고, 격일제도 좋고, 그도 저도 아니고 그냥 나름의 비상근(非常勤)으로 해도 좋고, 그거야 네가 하고 싶은 대로 하고서 말야."

비록 지나가는 말처럼 했을지라도 이 이야기를 하려고 만나자고 하지 않았나 싶었다. 나는 재작년 한 해 동안 그의 '하늘그린 식품' 서울 사무소에 비상근으로 근무했었다. 그러다가 별로 하는 일도 없이 월급만 받아 챙기는 것 같고 미안하기도 하여 그만두었었다. 많지 않은 월급이었다 하더라도 말이다. 다시 생각해 보아도 내가 그 '하늘그린' 사무소에 앉아서 한 일은 좀 과장해서 말한다면 멀뚱히 앉아 하늘을 그린 일밖에 없는 것 같았다. 하긴 어떤 의미에서 규선이가 하는 사업이란 것 자체가 복달거리지 않고 노는 듯이 하는 것이 상호(商號) 그대로 하늘이나 그리는 일 같기는 했다.

아무튼 그의 그 말에 나는 한 번 생각해보겠다고는 했지만 썩 내키는 일은 아니었다. 그럴 것 같았으면 지난번에 그만두지도 않았을 것이다. 사실 주머니 사정이 궁하기는 했지만.

보다도 나는 한윤주를 기다리며 핸드폰 문자 메시지를 확인했다. 규선이 화장실에 간 사이에 그녀에게 전화를 걸어 곧 일어날 것이니 슬슬 나오라고 전화를 해두었었다. 그녀는 '그래?! 알았어. 곧 나갈게.' 하며 반색을 했다. 그리고는 10여 분쯤 뒤 문자 메시지를 보내왔다. 지금 집 나서는 중임, 이라고.

규선과 헤어지고 나서 마로니에 공원의 벤치에 앉아 윤주를 기다렸다. 핸드폰을 꺼내 몇 번 만지작거리다가 그냥 잠잠히 기다리기로 했다. 그러고 보니 전동열차를 타고 이곳으로 달려온 이유가 규선을 만나기 위해서였는지 윤주를 만나기 위해서였는지 좀 헷갈리는 기분이었다. 물론 두 가지를 겸하고 규선이가 만나자는 연락을 해왔으므로 집을 나서게 된 것이지만 어쩌면 윤주가 더 많은 비중을 차지한 것은 아닐까?

서서히 해가 기울어갔다. 공원의 나무 그림자며 사람들의 그림자가 길게 눕혀졌다. 많이 마신 건 아니지만 규선과 마신 술기운도 나른할 정도로 퍼져나갔다.

얼마를 기다리고 있으려니 윤주의 모습이 공원 저편 입구로 나타났다. 굵게 파마를 하여 길게 늘어뜨린 머리칼과, 통 좁아 허벅지에 찰싹 달라붙는 바지와, 흔히 세모가죽이라고도 하는 스웨이드(Suede)의 굽 높은 구두 차림이어서 다른 때보다도 더 다리가 길어 보이는 모습이었다.

그녀를 발견하고도 그대로 앉아 바라보기만 했다. 윤주는 들어서서 똑 고른 걸음걸이로 걸어오며 두리번거리다가 나를 발견하고는 손을 번쩍 들어 올리더니 살랑살랑 흔들었다. 아주 환한 얼굴이었는데, 그녀의 가는 팔목에서는 늘 끼고 다니는 그 한 가지의 푸른 옥팔찌가 기우는 햇살을 받아 순간적으로 반짝 빛났다.

"어디 안 가고 집에만 있었어?"

"내가 어디 가는 거 봤어? 나는 집투성이야. 어디 나갈 줄도 모르고 그저 집이나 지키고 있을 뿐이라는 거 잘 알잖아. 집안에서 굴러다니며 먼지만 묻히고 다니지 뭐."

"왜? 산에도 가잖아."

"그거야 할 일 없는 친구들 몇이서 두 주일에 한 번씩 가는 건데 그나마도 무슨 일이 생기면 못 가는 거고. 집에서 살림하는 여자들이 그렇잖아. 그래도 오늘은 시영 씨가 이렇게 불러내서 콧구멍에 바람이라도 쏘이네, 뭐."

그러면서 그녀는 헤실헤실 웃었다. 그 웃음, 그 몸동작 하나……. 그것들을 바라보고 있노라면 내 몸 속에서도 무엇인가 헤실헤실 풀어지는 기분이었다. 그럴 나이도 이미 지났건만 아무리 생각해도 믿어지지 않는 일이었다. 그녀를 만나는 것은 어쩌면 그런 사실들을 확인하기 위해서인지도 모른다. 하지만 나의 그런 것들을 그녀는 아마 생각지도 못할 것이다. 헤실헤실 웃는 그 웃음에 내 몸 속에서 무엇인가가 헤실헤실 풀어진다는 것도.

어느 날 나는 느닷없이 그녀에게 한 번 안아 봐도 되겠느냐고 제의할지도 모른다는 생각도 해봤다. 물론 내 자신도 알 수 없는 일이지만 어느 쪽도 장담할 수 있는 일은 아니었다. 추측컨대 만약에 그런다면 그녀는 처음에는 꽤나 놀랄 것이지만 다음에는 농담처럼 '날 사랑했어?' 라거나, '나를 사랑하는 거야?' 라고 빤한 눈을 들어 올리며 물을 것이다. 이제까지 그녀가 내 앞에서 보여 온 행동들로 미루어 십중팔구 그럴 것이 분명하다. 널 사랑하느냐고? 글쎄, 그렇게 묻는다면 나는 어떻게 대답해야 할까? 널 사랑하느냐고? 아직 자신 있게 말할 대답은 준비되지 못했다.

그런데 한 가지 묘한 것은 그녀를 만나게 되면 그녀가 가장 싫어할 사람 하나가 떠오른다는 것이다. 물론 그 사람을 싫어한다는 게 아니라 내 마음 속에 담겨졌다는 사실을, 그리고 그냥 담아두지 않고 끄집어내 이야기를 한다는 사실을 싫어하는 것이다. 그것은 다름 아닌 내 친구에게 시집간 내 첫사랑 명애란(明愛蘭)이었다. 왜 한윤주를 만나면 명애란이 떠오르는 것일까? 한윤주에게서 명애란이를 떠올릴 만한 것은 아무것도 없는데…….

이제 와서 잊었다거니 못 잊었다거니 할 것도 없는 일이었다. 물론 아주 가끔씩 어떤 아쉬움 같은 게 없는 것은 아니지만 이미 모두가 지나간 일들이고, 가슴 속에 남았다고 해도 그것은 그저 단순화한 기호로써 저장되었을 뿐이었다. 어떠한 글자나 그림이 컴퓨터 파일 속에 그 자체로 저장되는 게 아니라 부호들로 저장되듯이 그렇게 입력되어 존재할 뿐인 것이다.

그래, 명애란이가 내 기억 속에 어떤 형태로 저장되었든 내가 한윤주를 앞에 두고 별 생각을 다 한다 싶었다. 그렇지만 그녀를 만나 아무렇지도 않게 지내다가도 어느 순간이면 왈칵 끌어안고 싶은 충동이 이는 것도 사실이었다. 특히나 어떤 몸동작이나 웃음이 느껴질 때면 더욱 그랬다. 그런데도 윤주는 또 다시 헤실헤실 웃으며 말한다.

"경연 씨는 잘 지내고?"

"그 여자? 잘 지내지 뭐. 오늘 아침에도 제복(制服)에 제모(制帽)까지 쓰고 출근하면서 더러워진 구두를 물걸레질하다가 걸레가 더럽고 냄새난다고 한 마디 하던 걸. 저 혼자 중얼거리는 것이기는 하지만."

"그거야 뭐……. 그래도 그렇지. 자기 아내한테 그 여자라고 말하는 건 좀 심한 거 아냐?"

"그게 뭐 어때서? 아니, 너를 만나면 내 아내를 일러 '그 여자' 라고 말하고 싶어지는 건 뭘까?"

"장난 그만 쳐. 경연 씨가 들으면 내 머리채 다 뽑아놓겠다. 아니, 그럴 필요도 없이 수갑 들고 와 날 연행해갈지도 모르지. 죄목이야 아무거나 하나 갖다 붙이면 될 테고. 누구든 죄로부터 자유로울 수는 없는 거잖아. 그것도 그렇지만, 다시 생각해도 나는 시영 씨의 아내가 여경(女警)이라는 것은 너무 뜻밖이야. 여자 경찰이라고 특별한 것은 아니겠지만 그래도……."

"나도 그렇긴 해. 내가 어떻게 하다가 여자 경찰과 결혼을 하게 됐는지……."

"오늘 일찍 들어가서 경연 씨 퇴근해 오기 전에 밥해놔야 되는 거 아냐?"

"말하는 거 하고는……. 그렇게 말해야 되나?"

"새겨들어."

"그렇지는 않아. 오늘 늦을 거라고 말했으니까."

"혹시 경연 씨한테 나 만난다고 했어? 나 만난다는 말은 하지 말지."

"널 만난다는 말은 하지 않았지만 하면 또 어때서. 서로 모르는 것도 아니고. 그리고 내가 오늘 이쪽에 나오면 당연히 윤주도 만나는 것으로 생각할 걸."

"당연히라고? 그렇게 됐나? 그래도 말하지 마. 괜찮다고 해도 여자는 안 그렇거든. 아무리 남자 같은 성격에 경찰 제복 입고 살아도 경연 씨는 뭐 여자 아니니? 그러니까 앞으로도 날 만날 때는 일일이 다 말하지 마. 알았지?!"

윤주는 마치 어린애를 타이르고 다짐을 놓듯이 말하고는 웃었다.

한 무리의 비둘기 떼가 먼지를 일으키며 푸드덕 날아올랐다. 아이 하나가 과자봉지를 들고 내려앉은 비둘기 떼의 가운데를 뚫고 지나고 여인 하나는 멀찍이서 뒤따르며 지켜보았다. 도심의 시월 초순 대기는 희뿌옇게 탁했다. 바람이 그 대기를 밀며 지나갔고, 물들어가는 나뭇잎들이 흔들렸다. 아마도 이 마로니에 공원의 나뭇잎들은 다른 나뭇잎들보다도 빨리 물들고 빨리 떨어질 것이다.

"어디라도 가자."

푸드덕 날아올랐다가 내려앉고 다시 날아오르곤 하는 비둘기 떼를 잠시 먼 시선으로 바라보던 윤주가 일어서며 말했다. 어깨를 덮는 그녀의 컬 굵은 머리칼이 물결처럼 몇 번 출렁거렸다.

5. '총 맞은 것 처럼', 을 부르는 여자

총 맞은 것처럼 정신이 너무 없어……. 그렇게 시작되는 노래였다. 앞으로 나간 여자는 전주(前奏)가 나오고 첫 소절이 시작되기를 기다렸다가 노래를 부르기 시작했다. 전체적으로 어두우면서도 번쩍거리는 미러볼의 조각 조명이 여자의 얼굴과 어깨와 앞가슴을 핥고 지나갔다. 터무니없게도 여자의 목소리는 애절했다. 여자가 그런 목소리를 가졌으리라고는 미처 생각지 못했었다. 그렇기 때문에 여자가 애절한 목소리를 가졌다는 사실이 터무니없게 여겨졌다. 물론 여자의 목소리는 익히 잘 알고 있었다. 뿐만 아니라 흥얼거리는 노랫소리도 몇 번인가 들었었다. 그럼에도 여자의 목소리가 이처럼 애절하다는 것은 미처 알지 못했었다. 어쩌면 이 노래에 한해서만 그렇게 애절한 것인지도 몰랐다. 여자는 거의 눈을 감았다. 목소리에 실려 어디선가 향기가 맡아졌다. 겨드랑이에 향수라도 뿌리고 나온 것일까? 아니, 그것은 여자 고유의 냄새이기도 했다. 여자는 언제나 같은 분(粉)을 썼다. 한 번도 바뀐 적이 없었다. 그러므로 이제 그것은 여자의 냄새였다. 물론 여자가 지닌 체취도 함께일 것이다. 난향(蘭香)과도 거의 같았다. 난분에 난초꽃 한두 송이가 피었을 때, 밖에 나갔다가 현관문을 열고 들어서노라면 집안 가득 스민 난향을 맡을 수가 있다. 여자는 그 난향 같은 분 냄새를 발하며 점점 더 노래 속으로 빨려 들어갔다. 훑고 지나가는 조명 속에서 여자의 눈가가 반짝거렸다. 펄 화장품 탓인가? 아니, 펄이 아니라 아주 약간만 배어나온 눈물이었다. 문득, 이 노래에 어떤 사연이 있는지도 모른다는 생각이 들었다. 사연은 아닐지라도 노랫말에 딱 들어맞는 어떤 일이 있는지도 모른다. 아니면 지금의 상황을 노랫말과 같게 생각하여 감정에 스스로 익사 중이던가. 죽을 만큼 아프기만 해, 총 맞은 것처럼……. 애절한 노래가 끝나갔다. 노래의 끝부분은 급격히 뚝 떨어졌다. 그리하여 그 노래가 끝났을 때 여자는 정말로 총 맞은 것 같았다.

6. 짓붉었던 장미꽃잎

토요일 오후 학교 수업이 끝나고 교회에 가면 한 여학생을 볼 수가 있었다. 대전(大田)에서 가까운 소도시 하빈읍(河彬邑)의 높은 지대에 우뚝 솟아 그 일대 어디서도 보이던 건물. 그 교회에서는 학생회가 운영 중이었고, 토요일 오후엔 학생 예배가 따로 진행되었다. 물론 일요일 대예배가 끝나고도 따로 모임이 있었지만 학생회 모임은 언제나 토요일 학생 예배를 끝낸 다음에 가졌다.

학생예배는 대부분 교회 재단에서 운영하는 여학교 학생들이 참석했다. 그러니까 재단의 여학교 학생들을 예배에 참석시킬 목적으로 그 토요일 학생예배를 만든 것이었다. 때문에 그 예배에 참석하는 남학생이나 다른 학교 학생들은 매우 적었다. 그 교회에 다니면서 학생회에 가입된 다른 학교 학생들 십여 명 정도가 예배실 맨 뒷좌석 한 구석을 차지할 뿐이었다.

　나는 교회와는 거리가 멀었다. 집안 식구들 중 교회에 다니는 사람은 아무도 없었고, 조상 때로 거슬러 올라가도 교회 문턱에 발을 들여놓았던 사람은 없었다. 그래서일까, 조상 때부터 교회나 성당에 다니는 집에 가보면 그 어떤 종교적 분위기가 풍기는 것이 부럽기도 했다.

　그래서는 아니지만 내가 그 교회에 가기 시작한 것은 한 때 친하게 지냈던 친구 때문이었다. 그 친구와 떨어지는 게 싫다보니 교회에까지 따라가게 됐고, 자연스럽게 토요일 예배에도 참석하고 학생회에도 들어가고 일요일에도 교회엘 나가게 됐다. 더욱이 나를 한 번도 빠지지 않게 한 것은 한 여학생이었다.

　그녀는 언뜻 버들가지를 연상시키는 모습이었다. 전체적으로 가늘고 길고, 몸을 구부리면 굽히는 게 아니라 휘어지는 것 같았다. 팔도, 다리도, 허리도 건드리면 힘없이 휘어져서 그대로 주저앉을 것만 같았다. 외양뿐만 아니라 웃음도 그랬고 목소리도 그랬다. 지리적인 여건으로 서남향인 교회는 오후만 되면 해가 질 때까지 햇빛을 정면으로 받았다. 큰 도로변에서 그 교회로 들어서려면 몇 미터 되지 않는 진입로로 들어서서 층계를 올라가야 되었고, 넓은 마당을 지나 다시 층계를 올라 회당 건물로 들어가는 구조였다.

　토요일이나 일요일 교회로 들어서서 둘러보다보면 그녀의 모습은 층계쯤에서 가장 많이 발견되곤 했다. 진입로 쪽의 층계를 올라서면 양편으로 노송 두 그루가 서 있었는데 그쯤의 벤치에서 다른 친구들과 함께 앉아 있기도 했고, 회당 건물 쪽의 층계를 톡톡톡, 가벼운 구두 소리를 내며 올라서곤 했다. 그러다가 눈이 마주치면 정면에서 떨어지는 햇빛을 비끼느라 고개를 갸웃 기울이며 말하는 것이었다.

"왔어요?"

그러면서 웃음도 보내왔다. 역시도 버들가지처럼 가늘고 휘어지는 듯한 웃음이었다. 그 목소리도 그랬고.

내색할 수는 없었지만 그럴 때마다 내 몸에는 전류 같은 게 흘렀다. 어쩌면 머리카락보다도 더 가늘고 날카로운 금속류의 극세사(極細絲) 한 가닥이 실핏줄 속을 빠르게 관통하는 것 같았다. 그리고 나는 볼 수가 있었다. 햇빛 속에서 하얀 교복의 얇은 헝겊에 비쳐 보이는 그녀의 조그만 어깨와 가는 목덜미와 하얀 종아리를.

교회 마당가의 화단에는 봄이면 영산홍이 폈고 가을에는 맨드라미가 폈다. 여름이면 교회 담장의 철책에 올려진 넝쿨장미가 폈고, 늦가을에는 마당 한쪽 구석의 커다란 은행나무에서 노란 은행잎이 쏟아졌다. 겨울, 눈이 많이 내린 날이면 회당 건물 뾰쪽 지붕의 경사가 급한 사면을 타고 햇빛 받아 녹아가는 눈덩이들이 툭툭 떨어지기도 했다.

나는 영산홍을 보면서 그녀를 보았고, 쏟아진 은행잎을 발길로 차면서 그녀를 보았다. 그녀를 바라보다가 뾰쪽 지붕을 타고 미끄러져 내리는 눈덩이를 맞은 적도 있었다. 내가 교회에 나가는 것의 절반 이상은 그녀를 보기 위해서였다. 토요일과 일요일에, 더는 수요일 저녁까지 교회에 가서 그녀와 몇 마디 이야기를 나누거나 웃음을 내 눈에 담아오면 한 주일 내내 마음이 들뜨곤 했다. 학생회 모임에서 장난을 치거나, 그러다가 그녀와 서로 몸이 부딪치거나 냄새라도 맡게 되면 밤에 잠도 오지 않았다.

그녀를 생각하면 작은 꽃무늬가 수놓아진 손수건도 생각났다. 그녀는 성경책 속에 하얀 손수건 한 장을 곱게 접어 넣어가지고 다녔다. 이상하게도 그 손수건이 내 눈에 띄었고 집에 가서도 자꾸만 생각났다.

그 손수건을 냄새맡아보고 싶었고 갖고 싶었다. 그리하여 언젠가는 마음을 굳게 먹고 그 손수건을 달래리라 작정했다. 만약에 달라고 한다면 안 줄 리도 없을 것이다. 하지만 도무지 말이 나오지 않았다. 뭐하려고? 라고 묻는다면 대답할 말이 없었다. 정말 그 손수건을 가져다가 무엇을 하려는 것인지는 내 자신도 알 수 없었다. 그래도 갖고 싶었다. 그냥 가지고 있으면 될 것 같았다. 그렇다고 그렇게 말하면 괜히 이상할 것 같았고, 더는 나를 이상한 사람 취급하지 않을까 싶었다. 그래도 달라고 해야지 하고 마음먹었다.

그러나 끝내 그 말을 하지 못했다. 몇 번이나 미루고 망설인 것은 사실이지만 용기가 없어서는 아니었다. 정말 그 말을 하겠다고 침을 꿀꺽꿀꺽 삼켰는데 그녀가 보이지 않았기 때문이었다. 어느 날 부터인가 그녀는 교회에 나오지 않았다. 교회 담장의 철책을 타고 올라간 넝쿨장미가 지치도록 빨갛게 피고 햇빛은 부시도록 쏟아지는데 교회에서 그녀의 모습은 볼 수가 없었다. 다음 주에도, 그 다음 주에도 그녀는 나타나지 않았다. 학생회원 중 그녀의 친구였던 여자애가 말했다. 집이 서울로 이사를 가는 바람에 학교도 전학을 했다고.

집이 이사를 가고 전학을 갔다고? 생각지도 못한 일이었다. 그리고 어떻게 이사를 가고 전학을 가면서 이야기를 하지 않았다는 말인가. 친구가 전하는 이야기로는 그녀 자신도 그렇게 가게 될 줄을 몰랐던 것 같았다. 집이 이사를 가도 그녀는 친척 집에 남아 여학교를 마치고서 올라가기로 했다는 것이다. 그래서 다른 친구들에게도, 교회 학생회에도 이야기를 하지 않았던 것이고. 그런데 그 친척집에 말 못할 일이 터지는 바람에 거기 있지 못하게 돼서 갑자기 하루아침에 부랴부랴 전학 수속을 밟아 올라갔다는 것이다.

　참 허망했다. 갑자기 모든 게 휑 비어버린 것 같았다. 며칠 동안 교회를 드나들어도 내가 무엇 때문에 드나드는 것인지 알 수가 없었고 무엇을 어떻게 해야 될지 몰랐다. 자주 고개를 발딱 젖히고 아무것도 없는 하늘을 올려다보았다. 그러다가 고개를 내렸을 때 짙붉은 장미꽃잎을 물큰물큰 밟고 서 있는 내 발을 보았다.

　교회 담장 철책에 올려진 넝쿨장미는 벽돌과 철책을 온통 뒤덮으며 피어서 날이 갈수록 짓붉어 지쳐갔다. 그리고 끝내는 후두둑 후두둑 쏟아졌다. 그렇게 짙붉은 넝쿨장미 꽃잎이 떨어지면서 그녀는 단 한 마디도 없이 떠나간 것이다. 아니, 그녀가 떠나자 교회 담장의 장미 꽃잎들이 떨어졌다. 가지 끝에 앉았던 새가 날아가면 가지는 흔들린다. 그녀가 떠나자 교회 담장에선 그렇게 짙붉은 장미 꽃잎들이 떨어졌다.

　총 맞은 것처럼 정신이 너무 없어……. 펄 화장품 때문인지 눈물 때문인지는 모르지만 핥고 지나가는 조명 속에서 눈가를 반짝거리며 노래를 부르던 여자는 바로 하빈읍의 그 교회 담장의 짙붉은 장미 꽃잎을 떨어뜨리며 떠났던 그 여학생이었다.

　둘이서 들어갔던 노래방에서 나와 길가에서 자판기 커피를 하나씩 뽑아 마시고는 잠시 머뭇거리다가 시계를 들여다보며 지하도로 내려가 전동열차를 탔다. 가야 될 방향이 서로 반대였으므로 윤주와 나는 그 지하도에서 서로 갈라져 통로를 내려갔고, 비슷하게 승강장으로 내려서서 서로를 건너다보며 전동열차가 들어오기를 기다렸다. 그런데 참 공교롭게도 양쪽에서 전동열차가 동시에 들어왔다. 열차의 출입문이 열리고 들어서서 반대편으로 다가가자 윤주 역시 저쪽에서 그러는 것이어서 우리는 두 유리문을 사이에 두고 웃었다. 그녀의 열차가 약간 먼저 출발을 하고 이어 내가 탄 열차도 출발했다. 손을 올린 채 뒤로 밀려가는 그녀의 얼굴 잔상을 느끼며 나는 그녀가 '총 맞은 것처럼'을 부르던 모습을 떠올렸다. 그리고 자신도 모르게 속으로 그 노래를 읊조렸다. 한윤주의 그 노래가 왜 그렇게 애절했었던 것일까?

짙붉은 장미 꽃잎을 떨어뜨리며 떠났던 여학생. 이 년쯤 전에야 다시 만나게 된 그녀는 말했다.

"나, 팔뚝도 굵어지고 종아리도 굵어졌어, 뭐."

내가 보기에는 여학생 때나 다를 바 없이 여전히 버들가지처럼 야들하고 가는데도 그녀는 자꾸만 팔뚝이 굵어졌다고 우겼다. 굵어졌다면 굵어진 줄 알아. 그동안 애 낳아 기르고, 밥하고, 빨래하고, 걸레질 한 세월이 얼만데 팔뚝이 안 굵어지고 배기겠어?

그녀는 또 물었다.

"성경책 속의 내 손수건은 달래서 뭐하려고 그랬어? 글쎄, 달라고 했다면 내가 줬을지 안 줬을지 모르지만 뭐하려고 그랬는지가 궁금해. 그리고 시영 씨가 나한테 그런 마음이었다는 거 정말 나는 상상치도 못했어. 조금도 눈치 채지 못했었고 말야. 하지만 이제 다 지난 이야기겠지. 그래, 말해봐. 난 잘 기억도 안 나는 거지만 내 손수건을 달래서 뭐하려고 했었는지. 혹시 남의 여자들 속옷을 훔쳐가고 그런 걸 수집하는 변태 같은 것은 아니겠지?"

다 지난 이야기라며 자칫 감정이 침몰되려던 것을 그녀는 얼른 목소리를 높이며 키득거렸다.

"무슨 그런 끔찍한 소리를. 그냥 갖고 싶었던 것이지 뭐. 지금도 그러냐고 물어봐 줄래?"

도리어 그렇게 물었지만 그녀는 내 대답을 짐작하고 있음인지 그저 빤히 한 번 쳐다보고는 웃음 지었다.

전동열차는 승객이 꽤 많은 편이었다. 나는 안으로 들어가지도 못한 채 출입문 앞에 서서 차창을 바라봤다. 땅 속을 덜커덕거리고 달리면서 캄캄한 벽면들이 지나갔다. 그 벽면을 배경으로 차창 유리에 떠 있는 내 얼굴은 무표정이었다. 옆에 선 사람도, 다른 사람들도 거의 대부분이 표정 없는 얼굴들이었다.

그 무표정이던 내 얼굴 위로 자신도 모르게 슬몃 웃음이 지나갔다. 윤주가 했던 말이 떠오르면서였다. 그녀는 왜 그렇게 자신의 팔뚝이 굵어졌다고 우겼는지. 이 년 전 처음 만났을 때, 내가 여느 아줌마들과는 달리 퍼지지도 않고 예전의 모습과 달라지지 않았다고 하자 그녀는 대뜸 팔뚝이 굵어졌다고 했고 다른 말을 덧붙이자 마치 어린애처럼 팔뚝이 굵어졌다고 우겼다. 해서 누가 보면 대단한 뭐라도 갖고 싸우기라도 하는 듯이 팔뚝이 굵어졌다느니 아니니 해가며 서로 지지 않으려 했었다.

핸드폰을 꺼내 시간을 확인하니 10시가 막 지났다. 그녀는 집에 도착했을까? 전화를 넣어볼까 하다가 그만두었다. 지금 시간이면 아파트 진입로 어디쯤에서 아이를 만나 한창 이야기 중일지도 모른다. 아이가 돌아오는 열 시까지 집에 들어가야 된다고 그녀는 말했었다. 아침 일찍 책가방을 메고 등교를 한 아이는 학교 수업이 끝나면 그 길로 학원을 가고, 그 학원에서 수업이 끝나면 또 다른 학원으로 가고, 그렇게 하다가 밤 열 시나 돼야 귀가를 한다는 것이었다. 그리고 그렇게 수업이 끝나고 학원으로, 다시 다른 학원으로 옮겨갈 때마다 보고를 하듯 전화를 한다고 했다. 김밥 한 줄이나 햄버거 하나를 사먹었다고 전화를 하고, 다 끝나고 집으로 돌아가는 버스를 탄다고도 전화를 하는 것이다. 나랑 함께 있으면서도 그녀는 아이의 전화를 두 번이나 받았다. 지하인 노래방을 나와 좀 가파른 경사의 계단을 올라갈 때 받은 전화에서 그녀는 아이한테 '엄마가 지금 밖에서 서시영 아저씨'를 만나고 있는데 너 들어올 시간까지는 집에 들어갈 거라고 말했다. 이야기를 해서 아이도 내 이름 정도는 안다고 했다. 나는 그 아이를 사진으로만 보았을 뿐 직접 본 적은 없었다. 그녀의 집에 갔었을 때도 아이는 집에 있지 않아 보지 못했었다. 전화통화를 하는 때문이기도 하겠지만 그녀는 아이에 대한 이야기도 몇 번인가 했다. 그렇지만 자신의 남편에 대한 이야기는 헤어질 때까지 한 번도 하지 않았다. 나 역시도 묻지 않았었고.

마침 바로 앞에서 자리가 났으므로 거기 엉덩이를 붙이고 앉아 눈을 감았다. 지금 전동열차는 어디쯤 가고 있을까? 내가 내려야 될 곳까지는 아직도 한참을 더 달려야 될 것이다. 지금 전동열차가 어디쯤의 어느 역을 통과하는지는 생각지 않기로 했다. 분명 어느 역인가를 통과하는 중일 것이다. 교회 담장 철책의 짙붉은 장미꽃잎을 떨어뜨리며 떠났었던 윤주가 그로부터 꽤 오랜 세월을 뛰어넘어 와 오늘 노래방에서 부르던 노래와 그 모습을 집으로 돌아가는 전동열차에 앉아 다시 떠올린다는 것은.

7. 눈물은 배반을 잉태하고

살미랑이여!

이제 집으로 돌아가야 한다. 바로 조금 전 전동열차에서 내려 역사
(驛舍)를 빠져나왔고, 그 앞의 횡단보도를, 아무 생각 없이 멍하니 서서
신호가 바뀌기를 기다리다가 뒤늦게야 다른 사람들을 따라 건넜다. 가
끔 그렇게 아무 생각이 없을 때가 있다. 어느 때는 그게 좋고, 그러고도
싶어진다. 생각이라는 걸 놓고 살 수는 없는 것일까 싶어질 때도 있다.
하지만 그러고 싶다거나 그게 좋다고 여겨질 때는 벌써 뇌가 활동을
하고, 그러므로 생각을 하는 것일 터이다. 진정으로 아무 생각이 없는
순간에는 느끼지 못하고, 그러다가 지나고 나서야 깨닫는다. 이미 생
각이라는 것에 도장(塗裝)된 것이지만 그래도 잠깐 아무 생각 없이 신호
등이 바뀌기를 기다렸던 그 순간이 좋았던 것 같다.

　시간이 늦어서인지 곧게 뻗은 도로는 텅 빈 것 같다. 물론 도로 위로는 한창 시간일 때처럼 밀리지는 않았지만 차량들이 질주를 하고 사람들도 눈에 띤다. 그런데도 밤늦은 시간이 주는 적요감에 덮여 텅 빈 듯이 여겨진다. 차량들이 많지 않기에 질주를 하는 것이고, 사람들도 드물다. 아직 불 밝혀진 상점들과 그 앞을 그림자처럼 지나가는 몇몇 사람들. 그러나 이제 얼마 안 있어 철겅거리는 금속성을 내며 상점들의 셔터가 내려지고, 그 거리에서 사람들도 총총 사라질 것이다.

　큰 도로를 따라 걷다가 삼거리에서 왼쪽으로 꺾어져 다시 도로를 따라 한참이나 걸어야 한다. 집에 도착하기까지는 십오 분에서 이십 분 정도 걸릴 것이다. 택시를 타기에도, 버스를 타기에도 애매한 거리다. 아니, 이미 버스는 끊겼다. 나는 천천히 걷는다. 시간이 늦었지만 좀 더 거리를 걸으며 혼자만의 시간을 갖고 싶다.

　그런데 살미랑이여. 나는 왜 한윤주와 헤어져 돌아오면서, 그리고 이 늦은 시간의 적요감이 덮인 거리를 걸으면서 명애란을 떠올리는 것인지……. 참으로 이상한 일이다. 윤주를 만나거나 그녀를 생각하면 명애란이 떠오르는 것은. 이제는 단지 기억 속에 어떤 부호나 수식처럼 존재할 뿐인 여자. 그리고, 더군다나, 윤주로 하여 하등 명애란을 떠올릴 만한 이유는 없다. 그런데 이상하게도 윤주를 만나면 명애란이가 떠오른다.

　어쨌든 명애란은 나의 첫사랑이다. 이제는 기억 속에 단지 어떤 부호로 존재하고, 그러므로 그녀와의 사랑도 표절된 연애시(詩)처럼 여겨지지만 첫사랑인 것만은 분명하다. 어떻게 보면 한윤주가 첫사랑이지 않을까 싶기도 하지만 그것은 사랑이라 말할 수 없는 것이고 굳이 사랑이라 말한다면 풋사랑일 것이다. 첫사랑이든 풋사랑이든 그렇게 흘

러가버린 과거의 시간들. 어쩌면 그 언저리에서 묻어나는 것들이기에
한윤주를 만나면 명애란이 떠오르는 것일까? 아니면 한윤주가 자신에
게 더 이상 명애란의 이야기를 하지 말라고 한 때문일까……?

걸음을 옮겨놓는 만큼 집이 가까워지자 아내 경연이가 생각났다. 그
녀는 오늘도 거의 정확한 시간에 퇴근해 돌아왔을 것이다. 특별한 일
이 있지 않은 이상 퇴근시간은 언제나 정확하다. 그리고 지금은 아마
도 씻고 누워서 티브이를 보거나, 티브이를 보다가 잠들었을지도 모른
다. 전화가 없는 걸 보면 잠들었을 가능성이 높다.

집에 들어가면 윤주를 만났다는 이야기는 하지 않게 될 것이다. 다
시 생각해도 윤주의 말이 맞는 것 같다. 물론 해도 상관없지만 하지 않
는 게 낫다. 윤주의 말이 아니라 내 생각에도 그렇다.

별다른 일이 없는 한 매일 한 침대에서 같이 자고, 마주앉아 밥 먹
고, 그저 그렇고 그런 이야기를 몇 마디씩 나누는 아내라는 여자. 해도
그만 안 해도 그만인 이야기들, 나누는 이야기도 없이 티브이를 보다
가는 푸하하 폭소를 터뜨려도 서로 마주보고는 웃을 일이 별로 없는
사이……. 사실 아내에 대해서는 별로 할 이야기가 없다. 윤주가 자신
의 아이에 대한 이야기는 하면서도 남편에 대한 이야기는 단 한 마디
도 꺼내지 않았듯이. 어쩌면 이 땅의 대부분의 남편들은 자신들의 아
내에 대해서는 별로 할 이야기가 없는 것이고, 아내들은 자신들의 남
편에 대해서는 별로 할 이야기가 없는 것은 아닐까?

다시 길을 꺾어지며 큰 도로를 버리고 좁은 길로 들어서자 공원도
보이고, 저만큼 앞에 내 집도 보인다. 그 좁은 도로를 사이에 두고 한쪽
은 주택가이고 한쪽은 공원이다. 공원 앞의 인도를 따라 흰 페인트로
구획해놓은 노상 주차장에 납작납작 엎드린 승용차들이 보인다. 이제

집까지의 거리는 불과 백여 미터 남짓. 얼마쯤 더 나아가자 내 집 앞의 노상 주차장에 얌전하게 엎드린 아내의 흑자줏빛 승용차가 보인다. 불빛을 받는 그것은 그저 검은색으로만 보일 뿐이다. 불이 환하게 밝혀진 내 집의 창문도 보인다.

공원에는 가등(街燈)들만 밝혀진 채 아무도 없고 바람이 나뭇가지를 흔들었다. 큰 도로변에서와는 달리 사람들의 모습도 눈에 띄지 않았다. 내 집 바로 옆의 '공원슈퍼'도 아직 문 닫지는 않았지만 불만 환히 밝혀진 채 조용하기만 하다. 그 앞에 내놓은 평상도 철제 테이블도 빈 채였다. 늦은 밤에도 사람들이 곧잘 거기 나와 앉아 구운 오징어에 소주잔을 기울이곤 하는데 오늘은 그런 사람도 보이지 않는다.

곧장 집으로 향하려다가 대문 바로 앞에서 발길을 돌려 공원으로 들어섰다. 갑자기 담배 생각이 간절해졌기 때문이었다. 그리 많은 담배를 피우는 것은 아니지만 하루에 두서너 번씩은 담배에 대한 욕구가 간절해지곤 했다. 집에 들어가 피울 수도 있지만 경연이는 담배연기와 냄새를 싫어했다. 조그만 내 작업실에서 출입문 닫고 창문을 열어놓고 피워도 경연이는 뒤늦게라도 콜록 기침을 해대곤 했다. 다분히 시위성 행동이다.

늦은 시간이라서인지 바람이 제법 차가웠다. 불 밝혀진 내 집 창문을 바라보며 벤치에 앉아 담배를 피워 물었다. 나뭇잎과 잔가지들이 바람에 흔들려도 불빛에 잠긴 공원. 언뜻 수족관 속 같기도 하다. 갖가지 것들로 장식하고, 용궁 모형도 들어앉히고, 물레방아도 돌고, 물고기도 돌아다니지만 밖에서 보면 물속에 잠겨 고요하다. 어쩌면 내 집도 마찬가지다. 불 밝혀진 창문은 아무런 움직임도 없이 그저 잠잠하기만 하다. 경연의 움직임은 더더군다나 잡혀오지 않는다.

이제 집에 들어가면 몸을 씻으며 담배냄새까지도 지운 뒤 잠을 자야 된다. 내일은 강연을 나가야 한다. 가끔씩 있는 일이지만 한 기업체에서 강연을 해달라는 요청이 들어와 수락해 놓은 상태였다. 준비는 이미 다 해놔서 다시 할 필요는 없지만 조금이라도 일찍 자는 게 좋을 것이다. 그런데 이상하게도 담배를 다 피우고 나서도 일어서지지가 않는다. 바람이 차도 거기 그냥 오래 앉아 있고만 싶다.

살미랑이여! 나는 왜 집으로 들어가기를 미적대는 것인가? 문득, 나를 배반하고 싶다는 생각이 든다. 아니, 결코 문득이 아니다. 꽤 오래 전부터 나는 나를 배반하고 싶다는 생각에 시달려왔다. 아주 완벽하게 배반하고 싶다. 철저하게, 처절하게, 잔인하게, 피가 뚝뚝 흐르도록 나를 배반하고 싶다.

살미랑이여! 어쩌자고 나는 이런 배반을 꿈꾸는 것일까? 문득 눈물이 나려 한다.

8. 조영남이 가수냐

"조영남이가 가수냐?"

그 말을 던지자 뜨악한 시선이 되돌아왔다. 경연은 잠시 말을 잇지 못했다. 나는 다시 물었다. 조영남이가 가수야, 아니야? 경연은 여전히 '그대로 멈춰라' 상태였다.

조영남이가 가수냐? 내가 그 물음을 던지게 된 것은 경연의 나에 대한 태도가 썩 달갑지 않았기 때문이다. 정시에 퇴근해 들어온 그녀는 제복을 벗어 걸고는 욕실에 들어가 씻고 나오더니 손바닥 너비보다도 더 좁은 팬티 한 장만 달랑 꿰입고는 화장대 앞에 앉아 화장을 했다. 삼십여 분쯤을 그렇게 화장대 앞에 앉아 열심히 화장을 하더니 이어 사복들을 꿰어 입고 나갈 준비를 했다. 친구들과의 모임이 있다는 것이다. 견장 따위가 부착되고 각이 잡힌 경찰복을 벗고 사복차림인 경연은 좀 달라 보이기도 했다. 그렇게 사복 차림으로 외출을 하기도 오랜만인 것 같았다. 적어도 친구들을 만날 때는 사복 차림이곤 했다. 가까이 지내는 친구들 중 하나가 생일인 모양이었다. 그녀까지 포함해 꼭 다섯 명인 그 친구들은 서로의 생일마다 만나 늦게까지 어울리곤 했다.

다시 한 번 거울을 들여다보고 돌아서서 거실을 가로지르던 경연이가 나를 향해 '당신 요즘 뭐 하는 거 있어?' 하고 물었다. 나는 티브이로 중계되는 프로야구를 들여다보던 참이었다. 시즌 종반에 이르면서 두 팀이 선두를 놓고 각축 중이었다. 야구를 그렇게 좋아하는 편은 아니지만 그래도 빅게임은 볼만했다. 뭐해, 글 쓰지. 시선은 티브이 화면에 둔 채 건성 대답했다. 무슨 글이냐는 물음이 되돌아왔다. 작품 쓰는 중이야, 하고 대답하다가 비로소 그녀에게 눈길을 맞췄다, 작품? 경연의 입가에 알싸스런 웃음이 지나갔다.

그 웃음이 내 정수리를 휑해지게 만들었다. 찬바람 한 줌을 정수리에 쏟아놓는 것 같았다. 뭔지 모르게 그저 빤히 그녀를 쳐다보기만 했다. 그러다가 내 입에서 튀어나온 말이 조영남이가 가수냐는 말이었다.

'그대로 멈춰라' 였던 경연이가 몸을 풀었지만 말은 하지 못했다. 그녀를 향해 나는 다시 한 번 말해줬다.

"조영남이가 가수라면 나도 작가다!"

경연이가 어이없다는 듯 헛웃음을 웃더니 현관으로 나서서 가장 굽 높은 구두를 꺼내 신고는 밖으로 나갔다. 나가면서 한 마디 던져놓았다.

"김건모도 가순데."

김건모? 김건모든 뭐든, 어쨌든 조영남이가 가수인 것이 맞는다면 나도 작가인 것이 틀림없다. 비록 과작(寡作)이지만 두 권의 소설책을 냈고, 소설뿐이 아니라 이런 저런 글들도 쓰고 있으니까.

9. 세상이 보이는 그대로라면

저녁 여덟 시가 막 지나는 중인데 전화벨이 울렸다. 그 때 내가 왜 시계를 들여다보고 있었는지 나는 모른다. 시계 속에는 기다림이 있다. 그러나 그 때 내가 시계를 들여다본 것은 기다림과는 하등 관계가 없었다. 비록 아내라는 여자가 아직 오지 않았을지라도.

그래도 경연의 전화일 거라는 생각이 들었다. 좀 더 늦겠다는 전화일 거라고 짐작했다. 퇴근을 하면서 경연은 검도장으로 향했을 것이다. 아침에 출근하면서 빨아 널었던 검도복을 쇼핑백에 넣어 가지고 나가는 것을 보았었다. 경연은 퇴근길에 곧잘 검도장에 가 검도를 했다. 한 주일이면 두 번 이상 가서 자신의 말대로 몸을 푸는 것이다. 나는 검도에는 통 관심이 없지만 그녀가 가진 3단이면 무시 못 할 실력이라는 것 정도는 안다. 경연이가 검도를 하는 것은 직업과도 관계가 있지만 본래부터 그런 걸 좋아했다고 했다. 그리고 검도뿐만 아니라 태권도도 유단자인 경연이었다.

짐작과는 달리 전화기 속에서 튀어나온 목소리는 명기였다. 목소리가 좀 높았다.

"뭐해?"

"나야 늘 그렇지 뭐. 일을 해야 되는데 손이 잘 나가지지 않네. 어딘데?"

"올라가는 중이야. 지금 대전을 벗어나서 고속도로로 들어섰는데, 들어서자 오줌이 마렵네, 허! 조금만 올라가면 휴게소가 나오니까 뭐. 아니면 음료수 병이 하나 있는데 거기다 실례를 하든가."

그는 제 말에 낄낄거렸다.

"내일 쉬는 날인가?"

"그러니까 올라가는 거지. 두 주나 안 갔잖아. 삼 주일 만에 가는 거야."

"정옥 양이 좋아하겠군."

정옥(朴貞玉)은 그의 아내 이름이었고, 나는 가끔씩 장난삼아 양자(孃字)를 붙여 말하곤 했다. 장난이라지만 그 말은 그에게 손톱 밑의 가시 같은 것일 터였다.

"무슨 소리야, 에이 참! 애 때문에 가는 거지. 아들놈이 전화를 하더니 신경질을 내더라고. 뭘 부탁하려고 했는데 오지도 않는다고 말야. 허!"

"그러게 자주 좀 올라오지. 정옥 양이 외로워 바람 들면 어쩌려고. 가끔씩이라도 안아줘야 될 거 아니야."

"쓸데없는 소리. 바람 들면 오히려 좋지. 기다리는 바이올시다."

그는 대전 쪽에서 들어가는 동학사 입구의 관광호텔에서 일했다. 그가 서울에서 일하다가 거기 내려간 지는 일 년이 조금 넘었다. 물론 가족들은 서울에다 놔두고 혼자서만 내려간 것이다. 아마도 그는 내려갈 때는 한 주일에 한 번씩 쉬는 날이면 꼬박꼬박 올라오겠다고 말했을 것이다. 말하지 않아도 알 수 있는 일이다. 하지만 이 핑계 저 핑계로 올라오지 않을 때가 많았다. 그 핑계라는 것은 단체 예약손님이 밀려서이거나 교대할 사람이 성질부리고 나가버려서이거나 뭐 그쯤 될 것이다. 그것 역시 안 봐도 뻔하다. 어디 한 군데 오래 붙어있지 못하고 툭 하면 옮겨 다니곤 하는 그는 스스로도 역마살이 낀 모양이라고 했다. 하긴 그가 그렇게라도 하지 않으면 제 속에 든 불을 다스리지 못해 폭발하고 말 것이다.

"오늘 뭐 다른 일 없어?"

명기가 전화기 속에서 다시 물었다.

"다른 일? 없어. 왜?"

"다른 일 없다면 그쪽으로 방향을 틀까 하고. 어때, 오늘 한 잔 할 테야?"

"세상에. 삼 주일 만에 올라온다는 사람이 술 한 잔 하자고 이쪽으로 방향을 틀으시겠다?"

"아니면 지금 네가 집을 나와 우리 집 쪽으로 오든가. 그렇게 되면 또 경연 씨한테 한 소리 듣는 건가? 아참, 경연 씨 퇴근했어?"

"아직. 검도장 갔을 거야. 그것도 안 하면 몸 굳는다고……."

"아무튼 경연 씨도 대단해. 내가 경연 씨와 안 살기를 다행이지. 나 같은 놈 경연 씨와 살았다면 벌써 맞아죽었을 거야. 으히! 그건 그렇고, 경연 씨 안 왔다면 차도 없을 테니 전철 타야 되겠네. 나 지금 이대로 고속도로 타고 달리고, 슬슬 나와 전철 타면 시간상으로 크게 차이도 안 날 것 같은데 말씀이야. 어때, 나오겠어?"

"이 친구야, 무슨 말씀이 그렇게 긴가. 삼 주일 만에 올라오는 거면 다른 소리 말고 집으로 들어가서 정옥 양이나 안아주라니까. 넌 매일 그래봐야 구라로밖에 안 들리니까. 전에도 말했지만 네 마누라랑 사느니 못사느니 하지만 애만 쑥쑥 잘 낳고 잘 키우며 잘만 살더라. 말이 나왔으니 말이지만 보이는 그대로 아니겠어? 나는 결혼하고 십 몇 년을 살지만 아직까지 애도 없는데 말씀이야. 그러니 엄살 그만 떨어."

내가 아이가 없다는 얘기를 꺼내서인지 그는 허참 어쩌고, 중얼거리며 웃어넘기고 말았다. 그러고는 잠시 사이를 두었다가 물었다.

"저기 말이야. 규선이네 하늘그린 사무실에는 나가기로 한 거야?"

"벌써 얘기 들은 거야?"

"낮에 규선이랑 통화했어."

"그랬군. 아직 잘 모르겠어. 나가야 될지 말아야 될지. 별로 하는 일도 없는데 말이야……."

"하는 일이 없긴 왜 없어. 웬만하면 나가서 일 좀 봐주라고. 요즘 규선이 이쪽저쪽 바쁜 모양이더라고. 하빈의 한과 공장 일도 그렇고. 물론 하빈에 있는 공장은 규선이 와이프가 알아서 하지만 요즘 아픈 모양이야."

"아파? 규선이 와이프가 아프다고? 어디가?"

"글쎄, 그냥 몸이 좀 안 좋은 모양이야. 그 얘기 듣고 나서 생각해보니 지난번에 봤을 때 혈색도 안 좋았던 거 같고."

"그거 참……."

"그래, 그럼. 오늘 술이나 한 잔 할까 했더니 그냥 가야 되겠네."

"그렇게 해. 오랜만에 올라오는데 다른 곳으로 새서야 되겠어? 내일 다시 통화를 하기로 하고, 마렵다는 오줌 잘 누고."

"사람 참⋯⋯."

명기는 허허 웃었다. 그 웃음을 끝으로 통화가 끝났다.

경연이는 아직도 올 기미를 보내지 않았다. 명기와의 통화 시간이라고 해봐야 기껏 몇 분 되지 않았지만.

얼마 전부터 시끄럽던 것이 좀체 누그러들 기색이 없었다. 누그러들기는커녕 오히려 더해가기만 했다. 창문을 열자 그 소리는 기다렸다는 듯이 바람보다도 먼저 쏟아져 들어왔다.

바로 옆 공원슈퍼의 늙수그레한 부부였다. 그 부부는 노상 싸웠다. 아니, 싸운다기보다도 한쪽에서 일방적으로 해대는 악다구니였다. 여자는 언제나 목소리가 높았고 입도 걸어서 듣기 거북한 욕설도 직직 내갈겼다. 뿐이랴. 얼굴도 심술 사납게 생겨 거부감부터 일었다.

장사를 해 처먹으려면 좀 고분고분해야지. 급할 때면 어쩔 수 없이 가서 물건을 사가지고 오면 경연이가 하는 말이었다. 경연은 바로 옆임에도 불구하고 그 여주인이 꼴도 보기 싫다고 아주 급할 때가 아니면 가지 않았다. 좀 걷고 돌아가더라도 다른 슈퍼로 가거나 아예 배달을 시키곤 했다. 물건을 고르느라 몇 개만 들었다 놔도 뒤적거린다고 뭐라 하고 잘못된 것을 바꾸러 가기라도 하면 노골적으로 싫은 소리에다가 돌아서 나오면 뒤에다 대고 욕지거리인지 뭔지 구시렁대는데 내 돈 주고 사면서 뭐 하러 욕먹느냐는 것이다. 경연이가 그런 면에서는 좀 예민한 구석이 있지만 틀린 말도 아니었다.

어쨌든 심술 사나운 여주인은 나도 대하기가 영 거북했다. 그에 비하면 남자는 양순한 편이었고, 일찍부터 주눅이 들어 살아온 탓인지 여자가 아무리 퍼부어대도 묵묵히 다 받아들였다.

남자는 공무원을 정년퇴직하고 나서 저 조그만 슈퍼마켓을 운영하기 시작했다. 아주 가끔 그 앞에 내놓은 평상에서 음료수라도 마시며 몇 마디씩 이야기를 나누기도 했는데, 그렇게 일방적으로 시달리는 때문인지 남자는 공무원으로 일하던 시절을 몹시 그리워했다.

한 번 시작된 여주인의 저 악다구니는 언제 그칠지 모른다. 나는 그만 창문을 닫아버렸다.

아내는 아직까지 돌아오지 않는다. 책상 위의 디지털시계는 밤 '10:21' 이란 숫자를 표시했다.

10. 매실주가 있었던 밤

정확한 날짜는 기억되지 않지만 삼사 년쯤 전의 일이었다. 시간은 밤 열 시쯤 되었을까? 아니, 시간은 따로 없었다. 비교적 이른 저녁 시간부터 시작되었으니까.

신명기의 집 거실. 티브이 세트 옆 장식대 위에 세워진 커다란 성모상(聖母像)이 거실을 내려다보았다. 이 집에 들어서면 단연 눈에 띄는 것은 그 성모상이었다. 하지만 명기는 그 성모상과는 하등 관계가 없었다. 묘하게도 신명기라는 이름조차도 성경에서 따온 것 같지만 그는 가톨릭은 물론 다른 어느 종교와도 연을 맺지 않은 사람이었다.

좀 이른 저녁시간부터 명기와 나는 그 거실을 차지하고 앉아 시간을 죽여 나갔다. 좌식 테이블 위에는 술병과 술잔 따위들이 나와 널렸지만 전적으로 술을 마시는 것도 아니었다. 한두 잔 마시다가 그 자리에서 쓰러지듯 눕기도 하고, 책을 꺼내다 뒤적거리기도 하고, 이런 저런 이야기를 나누기도 하고, 왔다 갔다 하는 명기의 아내 박정옥에게 농담을 던지거나 음악을 들으며 음악 이야기도 하고, 그러다가 생각나면 다시 한두 잔의 술을 마시고, 그렇게 게으르고 게으르게 시간을 즐겼다.

그러다가 '이제는 제대로 술 좀 마시자' 고 명기가 말한 것이 열 시가 조금 못되었을 때였고, 술을 좀 마시고 나서 이따가 노래방엘 가든지 어디라도 가자고 덧붙이기도 했다.

"나도 좀 끼어도 돼요?"

왔다 갔다 하던 박정옥이 다가와 의미 있는 웃음을 던지며 말했다. 손에는 매실주 한 병과 조그만 잔이 들려 있었다. 듣던 중 반가운 소리라고 나는 다소 호들갑을 떨며 자리를 비켜 앉았다. 오며 가며 앉아서 몇 마디씩 이야기를 나누다가 일어서곤 했지만 제대로 자리 잡고 앉겠다는 것일 터였다.

박정옥의 손에 들린 매실주가 내 눈에는 좀 뜻밖이었다. 서로 오가기도 하면서 자주 보아왔지만 그녀가 술을 마신다는 것은 미처 알지 못했었다.

"다른 술은 못하지만 매실주는 좀 마셔요. 얼마 전에 친정 언니네 집에 가서 형부들이랑 매실주 마셨는데 참 맛있더라고요. 두 병이나 마셨는데 괜찮았고요. 그 때부터 배운 거예요."

박정옥이 웃으며 말했다. 그리고는 명기를 향해 '나 마셔도 괜찮죠?' 하고는 그의 눈치를 살폈다. 명기는 무표정한 채 마시고 싶으면 마시는 거지 뭐, 짤막하게 말하고 말았다.

그 매실주에 그들 부부 사이의 묘한 알력 같은 게 담겨졌다는 것은 훨씬 나중에야 알게 되었지만, 하긴 박정옥이 그렇게 얼굴에 웃음을 띠우고 매실주를 가지고 나타났다는 것부터가 수상스런 일이긴 했었다.

맛있네요. 박정옥은 목소리를 국숫발처럼 가지런하게 늘어뜨리며 말하고 또한 입가에 웃음을 물면서 한 잔 두 잔 매실주를 마셨다. 거실 바닥에 앉아서 보면 성모상은 더욱 크고 굽어보는 듯했다. 박정옥은 그 성모상 바로 아래의 자리였고, 따라서 그것을 등진 모양새였다.

박정옥은 매우 조용하고 차분한 여자였다. 그것은 타고난 성격 자체도 그러하지만 한때 했던 수녀원 생활이 몸에 밴 탓이기도 할 터였다. 몰랐던 사람들은 그녀가 수녀였었다고 하면 처음에는 놀라다가도 얼마가 지나면 고개를 끄덕이곤 했다. 그랬다. 그녀는 수녀의 길을 갔었고, 그러다가 그만 복(服)을 벗었다.

수녀의 길을 걸으며 오 년 동안 수녀원 생활을 하다가 나온 것은 몸이 아파서였다. 그렇다고 수녀의 길을 접으려 했던 것은 아니었다. 몸이 나아지면 다시 들어가는 것은 당연한 일로 받아들였다. 적어도 그때까지는 수녀를 그만둔다는 생각은 하지도 않았던 것이다.

아무튼 특별한 병이 있는 것도 아니었는데 이상하게도 몸이 자꾸만 아파서 수녀원 생활을 계속할 수가 없었다. 그리하여 나왔던 것인데 생각지도 않았던 일들이 그녀를 기다렸다. 그 일을 겪으면서 그녀는 자신에게의 천주님 뜻은 다른 데에 있었다고 생각하게 되었다. 꼭 수녀가 되는 것이 천주님의 길을 가는 것은 아니었다. 천주님의 길을 가는 것은 각자가 다른 몫으로 정해진 거라고 생각했다. 특별한 병도 없는데 자꾸만 시름시름 앓게 되고 결국은 수녀원을 나와야 했던 것도 그런 이유에서일 것이다. 천주님의 뜻을 따르는 각자의 다르게 정해진 몫, 혹은 사역(使役).

웃음이나, 나누는 이야기나, 짓는 표정이 언뜻언뜻 어색한 구석도 있긴 했지만 그래도 거의 아무렇지도 않게 자리에 앉아서 술을 마시던 명기가 슬그머니 일어선 것은 자정이 거의 다 되어서였다. 화장실에 가려나 했는데 담배 한 개비를 뽑아 피워 물더니 외투를 걸쳤다.

"어디 가려는 거야?"

"다른 데를 갈까 했었는데 굳이 그럴 필요 없잖아. 그래서 더 늦기 전에 술 좀 더 사오려고. 우리 와이프 매실주도 다 떨어졌고 말이야."

그가 싱긋 웃었다. 그럼에도 박정옥은 뭔가 안색이 틀려진 얼굴로 말했다.

"냉장고에 술 남은 거 있어. 과일주 담가놓은 것도 있고, 또 매실주도 아직 따지 않은 게 한 병 그대로고."

"에이, 그건 그냥 놔둬. 새로 사다 먹는 것과는 다르잖아. 그리고 담배도 얼마 안 남았어. 그럼 갔다 올게."

그러더니 명기는 벌써 현관으로 나서서 신발을 꿰어 신었다. 그럼 같이 다녀오자며 내가 일어서려 했으나 그는 그냥 앉아 있으라며 그마저도 잘라냈다.

갑자기 그가 빠져나가고 나니 뭔가 어색하기도 했다. 박정옥은 명기에 대해 더 이상의 다른 반응은 보이지 않고 그저 차분했다. 웬만하면 한두 마디쯤 더하고 다른 이야기라도 던졌을 텐데 그런 건 전혀 없었다. 그녀는 마치 명기에 대해서는 어떤 끈을 놓아버린 듯 다른 이야기를 꺼냈고 좀 과장되게 웃기도 했다.

그 때까지도 나는 그저 그런가보다 했었다. 물론 박정옥의 행동에서 명기를 의식적으로 접어둔 듯한 인상은 받았지만.

그런데 얼마가 지나도록 명기는 들어오지 않았다. 들어오고도 남을 시간이 한참이나 지났는데도 감감무소식이었다. 그럼에도 박정옥은 그저 태연하기만 했다. 내가 왜 안 오는 거냐고 중얼거려도 그녀는 엉뚱한 이야기만 이어나갔고 웃을 대목이 아닌데도 웃음을 흘렸다.

기다리다 못해 전화를 걸었다. 그런데 명기의 휴대전화가 울린 것은 거실 한쪽의 소파 구석에서였다.

그제야 박정옥이 시선을 내리깐 채 말했다.

"명기 씨, 안 들어올 거예요."

매실주 한 잔을 따라 마시는 그녀의 얼굴엔 쓸쓸한 미소가 떠올랐다.

"네에?"

얼핏 무슨 말인지 알 수가 없었다.

그러나 박정옥은 더 이상 아무런 말도 하지 않았다. 자조(自嘲)의 공허하고도 쓸쓸한 웃음만 그 얼굴에 여전했다.

박정옥의 그 말대로 명기는 들어오지 않았다. 나로서는 이러지도 저러지도 못할 어색하고도 어정쩡한 자리가 되고 말았다. 애써 태연한 척해도 얼굴은 자꾸만 어색하게 일그러지곤 했다.

그러나 정작 박정옥은 태연했다. 의식적인 것이 분명하긴 해도 명기에 대해서는 한 마디도 하지 않았다. 일체의 감정을 모두 지워낸 모습이었다. 적어도 그 시간에는 그녀의 가슴에 명기라는 존재는 없었다. 오히려 일어나 오디오에 씨디를 갈아 넣고 볼륨을 올리며 이 음악 좋지요? 묻는 것이고, 뚜껑을 열지 않은 매실주 한 병을 다시 가져와 열고는 따라 마시며 오늘은 매실주 맛이 더 향기롭네요, 하며 웃음을 짓는 것이었다.

따라서 뭔가를 묻고 싶어도 물을 수가 없었고, 겨우 묻는다는 말이 어떻게 된 겁니까? 하는 것뿐이었다.

그 물음에도 그녀는 대답 없이 공허한 웃음만 짓다가 나중에서야 한 마디 했다.

"그냥 놔두면 돼요."

기가 막힐 일이었다. 박정옥의 태도도 그렇지만 명기의 행동은 도무지 이해할 수 없었다. 그러나 그들 부부에겐 이미 익숙한 무엇인 것 같았다. 물론 명기와 박정옥이 어떻게 맺어졌는지를, 그리고 그들 사이에 어떤 문제가 있는지를 모르는 것은 아니지만 이 정도일 줄은, 아직도 그 무엇인가를 떠안고 사는 줄은 몰랐었다.

어쨌든 나도 그 어정쩡함과 어색함은 지워야 했다. 그냥 편안하게 생각하고 받아들이자 싶었다. 그 밤에 친구의 아내와 둘이서만 남겨졌다는 것을 의식할 필요도 신경 쓸 필요도 없을 것이다. 이제까지 하던 대로 술 마시고, 이야기하고, 음악 듣고, 그러다가 졸음이 오면 소파에 웅크려 눕거나 작은 방에 들어가 잘 수도 있는 일이었다.

"시영 씨한테 보이지 말아야 될 것까지 보이게 됐네요."

박정옥이 매실주를 따라 연거푸 두 잔이나 마시더니 쓸쓸한 웃음을 지으며 말했다. 명기가 나간 지는 세 시간이 넘고, 시계는 좀 있으면 날이 번하게 터올 새벽이었다.

"그런 말 마세요. 명기 이 친구, 타고난 걸 어쩌겠습니까?"

"아니에요. 모두가 제 탓이지요."

그러더니 그녀는 문득 고개를 돌려 장식대 위의 성모상을 바라보았다. 그리고는 다시 말을 이었다.

"그래요. 모두가 누구의 탓도 아닌 제 탓이에요. 처음부터 잘못이었지요. 천주님의 뜻이라고 생각한 것, 천주님의 섭리라고 생각한 것, 그게 잘못이었어요. 결국은 그게 천주님의 뜻이 아니라 내 얄팍한 생각이고 나를 합리화시키는 것에 지나지 않았는데 말이죠. …… 진즉부터 알았어요. 그리고 지금이라도 명기 씨를 놓아줘야 된다는 것을 알아요. 그런데 그게 안 돼요. 천주님의 뜻이 아니라는 것은 알았지만 내 자신마저 놓아지지는 않는 거죠. 아니, 너무 늦어버렸어요. 모든 것들이. 수습(收拾)도, 수선(修繕)도, 전복(顚覆)도 다 불가능한 것이 되고 말았죠.”

날이 환하게 밝은 아침이 돼서야 명기는 돌아왔다.
사람들이 출근을 하느라 타고 내려간 엘리베이터를 그는 문 닫히기 전에 몸을 들이밀고 올라왔다.
그의 몸에서는 이슬 맞아 눅눅해진 도시의 매연 냄새가 났다.
“바람 좀 쐬고 왔어.”
그가 말했다.
그러나 박정옥은 아무 말 없이 거실의 좌식 테이블을 행주질했다.

11. 수녀원, 그리고 파계(破戒)

　수녀원을 나온 정옥은 선배 언니 지은선이 운영하는 화원에 자주 놀러가곤 했다. 다녔던 여학교의 일 년 선배였는데, 그 이전부터도 같은 성당에 다녀서 잘 아는 사이였다. 그러니까 굳이 말하자면 초등학교 때부터 성당에 다니면서 자연스럽게 알게 된 사이였고, 여학교 선후배가 되면서 가까워졌다.

　건강을 회복하는 일이 우선이었으므로 그녀는 다른 일을 할 생각 같은 건 하지 않았다. 아니, 자신이 나갈 길은 오직 천주님의 뜻을 따르는 것이었고, 건강이 회복되면 다시 그 길을 가야 했다. 다른 일 같은 건 그녀에게 존재하지도 않았다. 때문에 그녀는 집에서 편안하게 지냈고, 선배 언니의 화원이 멀지도 않은데다가 다니는 성당의 근처에 위치했으므로 산책하듯 성당에도 오가면서 드나들곤 했다.

그 화원에 가면 한 남자를 자주 볼 수가 있었다. 신명기라는, 키가 훌쩍 크고, 두상이 역삼각형에다가 짙은 눈썹의, 실없는 농담도 툭툭 잘 던지지만 어딘지 까칠한 구석이 있는 남자였다.

선배 언니는 그 남자가 친구라고 했다. 그리고 종교에 대해서 비판적이라 성당에 다니게 할 생각인데 도무지 먹혀들지 않는다고 했다. 그 화원의 가득한 꽃이나 화분들 사이에서 담배연기를 마구 뿜어대는 사람도 그 남자뿐이었다.

선배 언니가 친구라고 했지만 그러면서도 친구 이상의 감정을 가졌다는 것쯤은 쉽게 알 수 있는 일이었다. 그리고 선배 언니보다는 남자가 더 그렇다는 것도 금방 알아챘다. 그런 감정이 아니라면 화원에 찾아올 남자가 아니었다. 화원에서 담배연기를 마구 뿜어대는 남자는 화초와는 거리가 멀었다.

그런데 이상하게도 화초와는 거리가 먼 그 남자에게 정옥은 끌렸다. 선배 언니와 어떤 사이인지, 보다도 그 남자가 선배 언니를 어떻게 마음에 품고 있는지 알면서도 그랬다. 하지만 자신의 마음은 이미 자신의 것이 아니었다. 이성대로 조정되지 않았다. 정작 자신의 마음을 움직이는 것은 따로 있었다.

자신이 몸이 아픈 것도, 수녀원을 나와야 했던 것도 다 그만한 이유가 있어서라고 그녀는 생각했다. 천주님의 뜻은 다른 데에 있었다. 그리고 꼭 수녀가 되는 것만이 천주님의 길을 가는 것은 아니었다. 한 남자를 만나 결혼을 하고, 가정을 꾸려 아이를 낳아 그 아이를 천주님의 일꾼으로 키워내는 것도 천주님의 길을 가는 것이었다. 만약 모두가 신부가 되고 수녀가 된다면 세상의 운행은 중단될 것이다. 신부나 수녀의 길을 가야 될 사람은 따로 있고, 세상의 길을 가면서 그쪽으로 천주님의 길을 가야 될 사람은 따로 있는 것이다. 천주님이 아프게 하여 수녀원에서 내보낸 것은 그 두 가지 중 자신이 가야 될 길을 바로잡아 준 것이다. 그렇게 생각하자 모든 게 확실해졌다.

어느 날 정옥은 선배 언니에게 자신이 명기란 남자를 사랑하고 있음을 고백했다. 이미 돌이킬 수 없는 상황이라는 것도 말했다. '언니가 명기 씨를 좋아한 것은 사실이지만 결혼을 할 거라고는 하지 않았잖아.' 그녀는 말했다. '물론 명기 씨 마음은 그런 게 아니었지만' 이라고도 덧붙였다. 사실 그 때까지만 하더라도 선배 언니는 명기와의 결혼까지는 생각지 않았다고 판단되어졌다. 목을 매고 있었던 쪽은 명기였다. 그러니 명기의 마음을 돌리면 되는 것이고, 선배언니에게는 덜 미안해도 되는 일이었다.

그녀의 그 고백에 선배 언니는 충격을 크게 받았다. 이미 돌이킬 수 없는 상황이라는 말에는 더욱 그러했다. 하지만 달리 어떻게도 할 수가 없었다. 이미 돌이킬 수 없는 상황에 무슨 말인들 할 수가 있는가.

그처럼 아무 말도 못하게 할 돌이킬 수 없는 상황이었다 해도 명기로서는 인정할 수가 없었다. 아니, 자신을 받아들일 수가 없었다. 그의 입장에서는 실수였을 뿐이다. 설혹 개구리는 맞아죽을 돌이었다 해도 던진 쪽은 장난도 아니고 실수였다. 그리고 그 실수는 다분히 계획적인 유도 때문에 일어났다. 함께 술을 마시고, 이상하게도 그날따라 더욱 취하여 일어났던 그 실수. 그것을 깨닫게 되었을 때 그는 너무도 황당했고 자신을 용납할 수가 없었다. 다른 누구에게 보다도 자신에게 화가 났다. 정옥은 결코 자신이 원했던 여자가 아니었다. 그 화원의 여자 지은선을 생각하면 황당하기 이를 데 없지만, 지은선이 아니더라도 정옥은 아니었다.

그는 은선으로부터도, 정옥으로부터도 떠나기로 했다. 정옥에게 발목 붙잡히기 싫었다. 이제 정옥이 아니더라도 은선에게 어떻게 할 수 있는 입장도 아니게 됐고, 그러니 미련 가질 필요도 없었다. 미련이나마나 정옥으로부터 멀리 떠나야 된다는 생각만 가득했다. 하여 그는 훌쩍 다른 도시로 떠나 일체의 소식을 끊어버렸다.

그러다가 거의 일 년이 지나서 이제는 모든 게 정리되었겠지 하는 마음으로 다시 화원을 찾았을 때 그는 그만 아연하고 말았다. 정옥이가 아이를 낳아 기른다는 이야기를 지은선을 통해 듣게 된 것이다. 너무도 황당하여 말문조차 열지 못하는데, 화원 밖 거리에는 하얀 벚꽃잎들이 쏟아져 날렸다. 그 해 그 무렵에는 벚꽃이 유난스럽게도 만개했었다. 어린 아이를 무등 태워 날리는 벚꽃을 맞으며 걸어가던 남자가 멍청히 서 있는 그를 향해 싱긋 웃음을 날렸다. 아마 자기 아이 때문에 날린 웃음이었을 것이다.

"여러 생각할 필요 없어. 정옥이랑 결혼해. 아이가 있대서 하는 소리는 아냐. 정옥이 아주 괜찮은 애야. 그건 내가 보장할 수 있어. 그렇기 때문에 너와 그렇게 됐을 때도 정옥이를 용서할 수가 있었던 거야."

은선이 그렇게 말했다. 그리고는 자꾸 등 떠밀었다. 정옥이랑 잘 이뤄지는 것이 자신을 위하는 일이라는 말도 몇 번이나 덧붙이면서.

며칠이 지나서야 명기는 다시 화원을 찾았다. 연락을 받은 정옥이도 화원으로 나왔다. 아이를 멜빵 짊어지고서였다. 밖의 거리에는 여전히 벚꽃잎이 날아다녔다. 화원의 통유리로 햇빛이 쏟아져 들어왔고, 멜빵 푼 아이는 정옥의 품에 안겨 모유를 빨다가 똥을 쌌다. 어찌나 많은 똥을 쌌는지 기저귀 옆으로 흘러나와 정옥은 어쩔 줄 몰라 했고, 은선이 뭐하느냐고 재촉하여 그는 괜히 엄벙덤벙 제대로 거들지도 못하면서 허둥거리기만 했다.

"그래, 어쩔 수 없다. 결혼하자. 하지만 조건이 있어. 내가 어떠해도, 어떤 여자를 만나도, 그리고 밥을 먹거나 잠을 자다가 벌떡 일어나 지은선을 만나러 가도 일체 간섭하지 말 것. 그 전제조건 하에서만 결혼할 수 있어. 그렇다고 나쁜 짓을 한다는 얘기는 아니니까 그리 알고."

그는 그 약조를 받아냈고, 그렇게 언제라도 그녀로부터 도망할 길을 터놓았다.

12. 주말의 전화 통화

　우편함을 확인하기 위해 밖으로 나가려는 참인데 한윤주로부터 전화가 왔다. 우편함이야 그냥 놔둬도 경연이가 들어오면서 확인할 것이지만 겸하여 잠깐이라도 바람을 쏘일 생각이었다.

　혼자야?, 라고 윤주는 물었다. 그렇다고 하자 더 이상 다른 것들은 묻지 않았다. 나도 그녀에게 혼자냐고 묻자 그렇다고 대답했다. 나 역시 다른 것들은 묻지 않았다.

　토요일 오후였다. 내다보이는 하늘은 맑고, 햇빛은 창유리에 빗금을 그었다. 그런데도 혼자라는 걸 보면 그녀의 남편은 이번 주에도 올라오지 않았고, 중학생 아들 녀석은 그놈대로 나갔다는 이야기일 터이다. 그녀의 남편이 올라온다면 금요일이곤 했다. 따라서 그녀가 어젯밤 어떤 기분이었으리라는 것은, 그리고 지금도 그 감정의 연장선이거나 어떤 찌꺼기가 남았으리라는 것은 충분히 짐작할 수 있는 일이었다.

"노래를 한 곡 불러주고 싶어서 전화를 했어. 해도 돼?"

마른 웃음을 사이사이 끼워 넣으며 그녀가 말했다.

"노래를? 지금 전화로 말이야?"

"그래. 싫어? 듣고 싶지 않다면 그만둘게."

"아니, 그게 아니라, 술도 안 마셨으면서 웬일이야?"

"나 술은 잘 못 마시잖아."

"그래, 그럼 나도 술 안 마시고 들을 테니 한 번 불러봐."

반은 농담이기도 했다. 윤주도 히히, 웃었다.

노래를 하라고 재촉하자 그녀는 잠시 뜸을 들이며 몇 번의 헛기침으로 목을 가다듬더니 나직이 노래를 부르기 시작했다. 또 다시 '총 맞은 것처럼'이었다. 이 노래에 얽힌 무슨 곡절이라도 있는 걸까? 아니면 그저 좋아서?

? …… 심장이 멈춰도 이렇게 아플 거 같진 않아. 어떻게 좀 해줘 날 좀 치료해 줘…….

노래의 끝 부분에서 문득 그녀의 목소리는 떨렸다. 그게 내 귀로 들어오자 뭔가 서늘해지는 느낌이 등허리로 그어지며 지나갔다.

그 노래가 끝난 직후였다. 미처 숨 돌릴 사이도 없이 그녀가 '끊을게' 그 한 마디를 내뱉더니 그대로 전화를 끊어버렸다. 나는 멍하니 수화기를 바라보다가 단속 신호음이 여덟 번쯤 들리고 나서야 내려놓았다. 그러나 윤주에게 다시 전화하지는 않았다. 햇빛은 여전히 창유리에 빗금을 그었다.

베란다로 나가 밖을 내다보며 담배를 한 대 피워 물었다. 마음이 매웠다. 다시 생각해도 전화하지 않고 그냥 물러나기를 잘한 것 같았다.

내가 매우면 그녀는 쓰릴 것이다. 사실 그 노래가 끝나면 자주 보게 될 것 같다고 말하려 했었다. 몸이 안 좋다던 규선의 아내는 생각보다 나쁜 모양이었다. 병원에서 정밀 검진을 받아봐야 된다고 전화로 말한 게 엊그제였다. 그러면서 '하늘그린식품' 사무실에 나가줄 것을 부탁해왔다. 그렇잖아도 절반 이상을 나가는 쪽에다 무게를 두고 있던 차였다.

괜히 또 일을 벌여놓은 것 같아. 규선은 이야기 끝에 그런 말도 했었다. 이상하게도 그 말이 마음에 걸렸다. 아니, 보다도 윤주가 노래의 끝부분에서 목소리를 떨던 것과 노래가 끝나자 마자 서둘러 전화를 끊었던 것이 마음 한 구석에 남았다.

외투를 걸치고 밖으로 나왔다. 우편함에는 광고물들과 함께 내가 소속된 협회에서 보낸 우편물이 꽂혀 허리를 접고 있었다. 봉투를 열자 통지문이 나왔다. 정기적으로 열리는 세미나를 알리는 내용이었다. 이미 인터넷 협회 홈페이지를 통해서도 공고가 나갔지만 더 자세한 내용을 담고 있었다. 매번 그랬지만 2박 3일 일정으로 단체여행을 겸했다. 그런데 그전과 좀 다른 것은 대절버스를 이용하는 게 아니라 열차를 이용한다는 것이었다. 장소는 전남 완도. 목포까지 열차를 이용하고 거기서 다시 관광버스로 이동하는 모양이었다.

보고 난 우편물들을 필요 없는 것들은 그대로 쓰레기봉투에 찔러 넣고 필요한 것은 들어갈 때 가지고 들어갈 생각으로 다시 우편함에 꽂아놓고는 대문 밖으로 나섰다. 내놓은 평상에 앉아 햇볕을 쬐는 공원 슈퍼 주인이 눈에 들어왔다. 서로 눈길이 마주쳐 목례를 건넸다. 슈퍼 안에서는 어찌나 크게 틀어놨는지 티브이 소리가 왕왕 울렸다. 슈퍼 주인은 거기 나앉아 티브이 소리를 듣고 있었던 모양이었다. 얼핏 들려오는 게 미국 대선 이야기였다. 그러고 보니 불과 보름 정도 앞으로 다가온 미국 대선이었다. 과연 최초의 흑인 대통령이 탄생할 것인가? 사람들의 관심은 그것에 모아졌다.

길가 노상 주차장에는 주말이라서인지 아침부터 빈자리가 거의 없이 승용차들로 꽉 찬 상태였다. 길을 건너 주차된 차량들 사이를 뚫고 공원으로 들어섰다. 목덜미를 스치는 바람이 엊그제보다도 차가웠다. 그래서인지 공원에는 사람들의 모습이 그리 눈에 띄지 않았다. 공원을 지름길 삼아 빠른 걸음으로 가로지르는 사람이 눈에 들어왔다. 더러는 한층 노래진 은행잎들이 떨어져 허공에서 팽그르르 맴돌다가 땅바닥으로 내리꽂히기도 했다. 무심코 나무 밑을 지나다가 푸드덕대는 소리에 흠칫 놀라 고개를 들었다. 까치 한 마리가 날아올라 저편 큰 도로 위를 사선으로 건넜다. 도시의 한 주택가는 큰 도로에서 들리는 먼 소음 속에서도 그렇게 한가했다. 빨간 승용차 하나가 미끄러져 들어와 내 집을 조금 못 미처 멈추더니 몇 명의 아이들이 우르르 빠져나와 웃고 떠들며 옆집으로 내달아 들어갔다.

한참을 벤치에 앉아 있다가 핸드폰을 꺼내 들었다. 오후가 제법 기울었다는 느낌이 들면서 바람은 조금 더 차가워졌다. 핸드폰을 꺼내 든 손목에서도 햇빛은 각도를 낮췄다. 다섯 시가 거의 다 되어갔다.

단축버튼을 눌러 윤주에게 전화를 했다. 아무래도 마음에 걸리는 것이 그냥 있을 수가 없었다. 오래 기다리지 않아 윤주가 전화를 받았다.

"전화 받기는?"

"괜찮아. 혼자야. 아이도 아직 안 들어왔고."

감지되는 목소리는 평온하게 들렸다.

“괜찮아?”

“뭐가?”

괜찮으냐는 물음에 뭐가?, 라고 되묻는 것이 어이없었다. 하지만 과장되게 올라간 톤이 무엇인가를 말해주었다.

공원 슈퍼 앞 평상의 주인 남자는 보이지 않고 나이 지긋한 남자 둘이 마주앉아 막걸리 병을 기울였다.

“뭐가 괜찮으냐고?”

핸드폰 속에서 윤주가 더욱 높은 목소리로 물었다.

“나 참. 아까 전화를 그렇게 끊고도 하는 소리라니.”

“왜 걱정했어? ……시영 씨! 나, 괜찮아. 아까는 전화를 그렇게 끊어서 미안했어.”

잠시 숨을 골랐다가 잇는 그녀의 목소리는 뚝 떨어지는 하강곡선을 그렸다. 그 목소리에 다시금 등허리로 서늘한 기운이 느껴졌다.

“그래, 괜찮다니까 정말 괜찮은 것으로 생각해도 되지?”

“제까짓 게 괜찮아야지 안 괜찮으면 어쩌겠어. 옆에서 다독거려 줄 사람도 없는데. 그래도 이렇게 전화 해주니까 좋다 뭐. 전화 안 해줬으면 좀 그랬을 텐데.”

그러면서 그녀는 짧은 웃음소리를 내었다.

“지금 뭐하는데?”

“냉장고 뒤지려던 참이었어. 우리 아들 성일이놈이 전화를 하더니 닭고기가 먹고 싶다잖아. 마침 냉동실에 엊그제 사다가 안 해먹고 넣어둔 게 있어서 그거 꺼내 해주려고.”

“그럼 얼른 해야 되겠네.”

“아냐. 집에 오려면 아직 멀었어.”

"주말인데도 애들이 놀 새가 없군."

"요즘 아이들 다 그렇지 뭐. 어떻게 보면 불쌍하기도 하고."

그렇게 이야기를 나누다가 문득 고개를 돌리고 보니 어느 새 들어왔는지 집 앞의 노상 주차장 빈 공간에 차를 세우고 경연이가 내려섰다. 핸드폰을 귀에 댄 채 그쪽으로 다가갔다. 가까워지자 경연이가 왜 나와 있느냐고 물었고, 나는 바람 쐬러 나왔다고 대답했다. 그 소리를 듣자 전화기 속에서 윤주가 누구냐고 물었다. 경연이라고 말하자 '옴마, 얼른 전화 끊어', 라고 말했다. 괜찮다고, 모르는 사람도 아닌데 어떠냐고 하자 그녀는 더욱 강한 목소리를 내리 깔며 '끊으라면 끊어. 그리고 경연 씨한테 나라고 하지 마. 알았지?' 하는 것이었다. 내가 웃자 그녀는 다시 한 번 자기였노라 말하지 말라고 확인시켜 주고는 서둘러 전화를 끊었다.

시장이라도 본 것인지 차에서 비닐봉지를 꺼내 들고 돌아서며 경연은 누구랑 통화한 거냐고 물었다. 나는 망설이지 않고 양규선이라고 말했다. 그리고 더 확실히 해두자는 의도에서 규선의 아내가 아픈 것이 예사롭지 않은 모양이라고 말했고, 이미 한 이야기지만 규선의 '하늘그린 식품' 서울 사무소에 나가기로 한 것에 대해서도 말했다. 경연은 규선의 아내에 대해서는 걱정의 말을 했지만 내가 하늘그린식품에 나가기로 한 것에 대해서는 별 반응을 보이지 않았다. 내가 하는 일에 대해서는 도통 관심이 없는 여자였다. 하긴 나도 그녀의 일에는 별 관심이 가지 않았다. 공통의 화제도 없고, 생각하고 추구하는 것도 다르고, 성격도 취미도 다르고, 모두가 다 다른 것 같았다. 가끔씩 참 이상스런 부부도 다 있다는 생각이 들기도 했다.

어쨌든 규선의 일이 좀 신경이 쓰였다. 잘못하다가는 내가 이리저리 뛰어다니게 될지도 모른다는 생각이 들었다. 새로운 사업을 시작한다고 화성시에 사업등록에 관한 서류를 제출한 것이 얼마 전이었다. 지방 특산물로써의 과일 주스 공장을 시화호 가까운 쪽에 세운다는 것이었다.

왜 하필 화성시인가? 그는 국회의원 선거에 출마했다가 낙선을 하고 한참 동안 여기저기 떠돈 적이 있었다. 그 때 얼마동안 머물렀던 곳이 시화호 가까운 화성시였다. 사업 구상은 그때부터 했다는 것이다. 지방 특산물이라지만 그 지역에서 나는 것은 무엇이든 갖다 붙여도 된다는 게 그의 말이었다. 그가 그 일대에서 본 것은 포도와 복숭아가 많이 생산된다는 것이었다. 그러니까 그것들을 가공해 주스로 만들고, 지역 주민의 노동력을 이용하면 시에서도 마다할 리가 없다는 것이다.

말은 쉽지만 건물을 세우고 아무리 단순하다고 해도 설비에, 사업 승인을 받는 일 등이 여간 복잡한 게 아닐 것이다. 보건소에서도 위생 검사가 나온다고도 했다. 그런데도 그의 이야기를 들어보면 막힐 게 없는 것 같았다. 어떻게 보면 허황된 이야기 같기도 했는데 그게 또한 그의 사업 스타일이기도 했다.

정말 허황돼 보이는 이야기 중 하나는 배를 한 척 사서 시화호에 띄우겠다는 것이다. 도대체 배와 하려는 사업이 무슨 상관이냐고 하자 그는 사업상의 손님이 오면 배를 타고 시화호로 나가는 것이라고 했다. 그 넓은 물 한 가운데서 조그만 배 한 척, 거기에 둘이만 타고 있다고 생각해 보라는 것이다. 의지할 건 서로일 뿐이고, 그게 친밀도를 높여 밀접한 관계를 맺는 첩경이 아니냐는 얘기였다. 어찌 보면 기발하기도 하고 꽤 설득력 있는 이야기이도 했다. 그러면서도 허황한 이야기로 들렸다.

그야 어쩌든 내일이라도 무슨 연락이 있겠지 싶었다.

샤워를 끝내가면서 수도 콕을 잠갔다. 쏟아지던 샤워기의 물줄기가 그치면서 안 들리던 소리가 닫힌 욕실 문 저편으로부터 들려왔다. 경연의 목소리였다. 누군가와 전화 통화를 하는 모양이었다. 까르르 소리 내어 웃기도 하면서 필요 이상의 높은 목소리로 열심히 이야기를 나눴다. 설혹 가라앉은 기분일 때도 전화통화를 할 때는 밝은 목소리를 내야 된다는 게 경연의 주장이었다.

목소리는 가까워졌다가 멀어지기도 했다. 아마 핸드폰이나 집전화의 무선 휴대장치를 들고 왔다 갔다 하면서 통화를 하는 모양이었다.

천천히 몸의 물기를 닦고 뒷정리까지 마친 다음 욕실을 나왔다. 경연의 통화는 그때까지 계속되었다. 여전히 웃음소리도 목소리도 높았다. 누구와의 통화인지는 모르지만 다른 때보다도 더 유난스럽다 싶을 정도였다.

"……좋지요. ……. 그럼요. ……. 언제 한 번 시간을 만들어봐야겠어요. ……. 우리 시영 씨도 싫다 하지는 않을 걸요. 장담해요. 누군데, 호호……."

내 이름까지 들먹이며 이야기하는 경연의 목소리는 나긋나긋하기까지 했다. 상대가 누구기에 경연의 목소리가 저렇게까지 곰살궂을까 싶었다. 그런데 그렇게 경연의 입에서 발음되는 '우리 시영 씨'란 내 이름이 문득 낯설게 다가왔다.

통화를 하는 경연을 뒤로하고 돌아서서 작은 방으로 향하는데 그녀가 나를 불러 세웠다. 그러더니 웃음 가득한 얼굴로 다가오며 상대에게 '잠깐만 기다리세요. 바꿔줄게요' 말하고는 내게 무선 전화기를 건네주는 것이었다. 누구냐고 묻자 짧은 대답이 돌아왔다.

"한윤주 씨야."

"윤주?"

미처 예상치 못했던 그 상황에 얼마간 당혹스러웠다.

전화를 바꾸자 윤주가 전화기 속에서 빠르게 말했다.

"오랜만이라고 큰소리로 말해. 얼른!"

무슨 소린가 싶었으나 곧 그 말뜻을 알아들었다.

"여어, 오랜만이네! 이게 얼마만이야? 뭐가 그렇게 바쁘기에 그동안 전화도 없고!"

그러면서 경연을 살폈다. 전화기를 내게 건넬 때까지도 얼굴에 가득했던 웃음은 사라지고 무표정에 무반응이었다.

전화기 속에서는 윤주가 낄낄거렸다.

"경연 씨한테 무척 오랜만에 전화를 하는 것처럼 얘기했단 말야. 오늘 이상해. 아까도 통화를 했는데 또 전화하고 싶어지는 거 있지. 경연 씨가 있다는 걸 알면서도 말야. 나한테도 여우 기질이 있나봐. 그런 거야? 그런데 경연 씨가 집에 놀러 오라는 거 있지. 그래서 언제 날 잡아 놀러 간다고 했어. 괜찮지? ……."

윤주의 이야기는 계속되었다. 나는 그저 응, 그래, 정도로 대답만 해가며 다시 경연을 돌아보았다. 경연은 주방으로 가 냉장고에서 과일을 꺼내가지고 오면서 나와는 눈을 마주치지 않았다.

13. 슬픔은 어디서 오는가

해가 진다.

얼마 전 나는 한 빌딩을 나와 도시의 거리를 걷고 있다. 물론 '하늘 그린 식품'의 사무소가 들어있는 빌딩이다. 전에도 했던 업무였으므로 어려울 건 없었다. 각 백화점이나 대형 마트, 쇼핑센터, 시장 등지로 납품되는 것들에 대한 보고를 받고, 함께 운영하는 인터넷 쇼핑몰에 대한 점검을 하면서 자리를 비워야 되는 규선을 대신하는 것이다. 그렇게 그 업무를 마치고 나와 거리를 걷는 것이다. 여러 빌딩에 걸린 몇 가닥들의 햇빛과 그 그림자들을 바라본다.

지하도 입구를 그냥 지나쳤다. 지하도로 내려가 전동열차에 몸을 실어야 했을 것임에도 왠지 발길이 돌려지지 않았다. 지하도 입구 위에 끊어진 연 꼬리의 그 좁고 길쭉한 종이 띠처럼 얹힌 햇빛이 잠시 시선을 붙잡는다. 그렇게 해가 지고 있다. 물론 그런 것들을 보아야만 해가 진다는 사실을 알 수 있는 것은 아니다. 어떤 공기의 흐름이나 더 구체적으로는 사람들의 말소리나 움직임 같은 것으로도 충분히 해가 지는 것을 알 수가 있다. 하지만 아무리 그렇다 해도 빌딩의 허리나 가로수 가지 끝에 걸린 햇발이 한 가닥 한 가닥 걷히다가 끝내 모두 사라져버리는 것을 두 눈으로 보는 것만이야 하겠는가.

지하도 입구를 그냥 지나쳐서 걷는 지금. 내 속에는 빌딩을 나서면서 문득 걸음을 멈추고 건너편 건물에서 걷히는 햇발 가닥들을 바라보았을 때 차오르던 그 묘한 슬픔이 시간의 연장선상 위에 그대로 남아 있다. 언제나 그렇듯이 해가 질 무렵이면 묘한 슬픔이 느껴지고 또한 누군가의 이름을 부르고 싶어진다. 내가 부르고 싶은 그 누군가의 이름이 아니라 아무라도 불러야만 될 것 같은 그 이름. 슬픔은 그렇게 누군가의 이름을 부르게 한다.

살미랑이여! 나는 지금 누군가의 이름을 부르고 싶어진다. 어쩌면 그대라고 부르고 싶은 그 누군가를……. 그러나 세상에는 나의 '그대'가 없는 것 같다.

사무실을 나서기 전 윤주에게 전화를 했었다. 그녀의 집 근처인 쌍문역 그 어디쯤에서 만나 커피라도 한 잔 마시자고 할 참이었다. 커피숍의 커다란 통유리 따위를 나는 떠올렸다. 통유리 쪽으로 앉아 어둠이 내리고 휘황한 불빛들이 밝혀지는 도시의 거리를 내다보고 싶었다. 화장도 대충 하고 나왔어. 저녁에 화장이라니, 남들이 들으면 이상하게 생각하겠다. 그녀가 하게 될 그런 말들을 들으며 웃고도 싶었다.

그러나 들려온 그녀의 목소리는 생각 밖으로 잔뜩 잠겨 있었다. 무슨 일이 있구나 싶었다. 그리하여 무슨 일이냐고 조심스럽게 묻자 그녀는 아니라고 했다. 혼자서 울고 있었던 것 아니냐고 묻자 그 역시 아니라고 했다. 이것도 저것도 아니라고만 했다. 억양도 없이 잔뜩 잠긴 채 되풀이되는 그 말을 들으며 마음이 무거워짐을 어쩌지 못했다. 웬만하면 나오는 게 어떠냐고 하자 그녀는 미안하다고, 다음에 보자고 했다. 그녀의 목소리가 너무도 잠겨 있어서 더 이상 이야기하지 못하고 거기서 전화를 끊어야 했다.

윤주에게 무슨 일이 있는 것만은 분명했다. 엊그제도 그랬고, 오늘이 두 번째였다. 무슨 일일까? 남편과의 관계 때문일 것은 분명한데 그 이상은 알 수 없는 일이다.

몇 조각씩 걸렸던 햇빛이 마저 걷힌 지도 한참이고, 거리에는 어둠이 내려앉는다. 그와 함께 불빛들도 밝혀진다. 이제 전동열차에 몸을 싣고 이 거대한 도시를 빠져나가야 된다. 그런데도 발걸음은 지하철역으로 향해지지가 않는다. 마음이 그저 무겁기만 하다. 잔뜩 잠겼던 윤주의 목소리는 떠나지 않고.

그런데 참 이상도 하다. 여기서 왜 명애란이 떠오르는 것인가? 살미랑이여. 나는 그걸 내 자신에게조차 설명할 길이 없다. 왜 윤주를 생각하면 명애란이 떠오르는지……. 서로는 아무런 관계도 없었을 뿐더러 금후에라도 하등의 관계로 엮어질 일도 없는데…….

이제는 다만 어떤 부호로써만이 존재할 뿐인 명애란. 명애란과의 일들이 모두 표절된 이야기 같기만 한데. 어쩌면 내가 타고 가야 될 전동열차에는 표절된 이야기가 실리게 될 것 같다. 그래서일까? 나는 다시 또 나를 배반하고 싶다는 생각에 사로잡힌다.

내 친구에게 시집간 여자 명애란. 우습게도 바로 그 때문에 종종 그녀를 볼 수가 있었고 소식도 듣게 되곤 했었다. 그것이 비록 오래 가지 못하고 언제부터인가는 통 볼 수도 없고 소식도 끊어지고 말았지만, 그리고 이제는 그러래야 그럴 수도 없게 됐지만 그전에는 그래도 몇 번인가는 보았었다. 한 손에 꼽을 정도였을 뿐이라도 말이다.

그랬던 날들 중의 어느 하루를 나는 기억한다. 그렇다. 그 날의 일을 나는 표백제에 담갔다가 꺼낸 것처럼 기억한다.

내륙 도시 대전(大田)에서 몇몇 친구들과 어울리게 되었다. 대전은 내게 가슴 아픈 도시였다. 내가 명애란을 처음 만났던 곳도 대전이었고, 이미 그 이전부터, 태어날 때부터 그녀는 그곳에 살았었다. 그러니까 나는 대전에서 가까운 소도시 하빈읍에 살았었는데, 때문에 우리는 서로 시내버스를 타고 이삼십 분씩 달려 대전과 하빈읍을 오가며 만나곤 했었다. 그녀의 집이 대전에서도 하빈 쪽에 가깝게 치우쳐 있었기에 가능한 일이었다. 어디 그뿐인가. 명애란은 내 친구 놈과 결혼을 해서도 다른 도시로 떠나지 않고 바로 그 대전에 살았다.

다른 곳도 아닌 그 대전에서 어울리게 된 친구들. 그 친구들 중에는 명애란의 남편이 된 친구 놈인 박유창(朴裕昌)도 있었다. 박유창이 있다는 게 목에 가시가 걸린 것 같은 기분이었지만 그렇다고 혼자서만 빠져나올 수도 없는 일이었다. 도리 없이 다른 친구들과 어울려 모르는 척 휩쓸려 다닐 수밖에 없었다. 그런데 그렇게 어울려서 어디를 가는지도 모르게 우르르 몰려가는 친구들을 따라가다 보니 바로 박유창의 집에까지 가게 된 것이 아닌가. 그 날 그렇게 어울렸던 친구들은 명기나 규선과는 또 다른 부류의 친구들이었다.

무심코 현관으로 들어서다가 명애란을 발견하고는 멈칫했다. 사실 그 때까지도 그게 박유창의 집인 줄은 몰랐었다. 친구들 중 아무도 내게 그 이야기를 해준 사람이 없었다. 박유창 역시도 마찬가지였다. 아마도 친구들은, 모든 걸 다 알고 있으니 자신들 입장에서도 곤란했기 때문이거나, 그렇게 저렇게 덮고 나가자는 뜻이었을 것이다.

빤히 바라보는 내게 명애란이 악수를 청해왔다. 그동안 밖에서 한두 번 본 적이 있으니 내미는 손에 감정을 실을 것까지는 없었다. 특별나게 살 것 같았지만 그리 특별할 것도 없는 생활공간에 그저 평범하게 잠겨 있는 그녀. 물론 나 역시 특별할 것 없는 삶을 살고 있으니 특별하지 않은 옛 남녀의 만남이었을 것이다.

그런데 아무래도 버리지 못할 묘한 감정 때문이었을까? 술판이 벌어지고 있는 큰방에서 나와 나는 여기저기 둘러보다가 작은방으로 들어가 벽에 등을 기대고 앉아 담배를 피워 물었다. 기다렸다는 듯이 그녀가 뒤따라 들어온 것도 그 순간이었다. 얼핏 문 열려진 밖의 눈치도 살피면서였다. 형, 그 담배 나 줘. 명애란은 다른 어떤 말도 없이 그 말만 내뱉고는 내 입술 사이에서 막 피워 물었던 담배를 뽑아다가 뻑뻑 빨아대고 입술을 한쪽 옆으로 밀어 일그러뜨리며 연기를 토해냈다. 예전에 명애란은 나를 형이라 불렀었다. 여자로부터 형이란 말을 들어보기도 참 오랜만이었다.

명애란은 정말 맛있게 담배를 피워댔다. 오랫동안 담배를 굶주렸던 것 같았다. 그렇게 담배를 피우다가 누군가가 나오는 듯하면 얼른 내게 건네고, 그러면 내가 피우는 척 몇 모금 빨고, 사람의 기척이 사라지면 다시 빼앗아다 피우고, 누군가가 찾으면 얼른 나가서 해결해 주고 와서 다시 피우고, 그렇게 두세 개비의 담배를 피웠다.

그 모습을 바라보다가 물었다.

"왜? 박유창이가 담배 못 피우게 해?"

그러자 명애란이 입술 사이로 연기를 흘리며 말했다.

"싱크대 밑에 숨겨놓고 몰래 피우곤 했는데 그러다가 들켰어. 그 사람 보기와는 달리 그런 거 용납 안 해. 그래도 어쩌겠어. 미치도록 피우고 싶은데. 그래서 들키지 않으려고 더욱 조심을 하다 보니 한 개비도 못 피우는 날도 많아."

소주도 숨겨놓고 마신다고 했었나? 아마도 그랬던 것 같다. 아무튼 명애란의 그런 이야기에 나는 한 동안 아무 말도 하지 못하다가 입을 열었다.

"왜 그렇게 살아? 아무런 구속도 받지 않고 살 줄 알았는데."

그러자 명애란은 대답은 하지 않고 그저 쓸쓸하게 웃더니 손을 휘휘 내저어 가득한 담배연기를 흩뜨리며 그 작은 방을 나갔다.

누구의 잘잘못으로 우리가 헤어지게 됐는지, 그리고 어떻게 해서 하필 내 친구와 결혼을 하게 됐는지, 배신의 출발은 누구로부터 시작됐는지, 그런 이야기들은 피차에 할 필요가 없었다. 살아오는 내내 늘 풀지 못할 수수께끼처럼 가슴 한 구석에 엉겨있을지라도.

그 뒤 또 언제였던가? 어느 해 명절 때였던 것 같다. 각지에 흩어져 살던 친구들은 부모님들이 사는 고향을 찾게 마련이었고, 그리하여 하빈읍에서 서로 어울리게 되었다. 그리고 어쩌다보니 동창이 운영한다는 큰 호프집으로 우르르 몰려갔다. 가급적이면 아내를 동반하기로 했고, 여자들이 집안일 등으로 일찍 나오지 못하면 나중에라도 나오도록 했다. 그렇게 하여 어울리면서 자정이 넘어가버린 시간. 또 다시 어디론가 가기 위해 그 호프집을 나섰다.

이 층에 자리 잡은 호프집을 오르내리는 목조 계단은 꽤나 가팔랐고 삐걱거렸다. 모두들 그 목조 계단을 밟아 내려가기 시작했는데 어쩌다

보니 나는 맨 나중에야 호프집을 나서게 되었다. 그런데 화장실에라도 다녀오는 것인지 나보다 더 늦은 명애란이 계단을 내려가려는 나를 불러 세웠다.

"형!"

돌아보며 왜 늦게 나오느냐고 했던가, 아무튼 무슨 말인가를 하는데 명애란이 서두르는 듯 말했다.

"형, 나 담배 하나 줘."

일행들은 벌써 목조계단을 다 내려가 도로로 내려서서 꺾어지고 있었다. 나는 얼른 담배를 꺼내 건넸고 라이터를 켜 들이밀었다. 그녀는 그 어두컴컴하고 좁은 목조계단에서 기울어질 듯 비스듬히 서서 담배를 빨아댔다. 저 아래서는 일행들이 왜 안 나오느냐고, 어서 나오라고 소리쳤고, 나는 지금 나간다고 더 크게 소리치며 한 계단씩 내려섰다.

담배를 절반쯤이나 피웠을까? 명애란은 결국 다 피우지 못한 채 내게 건네며 빤히 한 번 쓰윽 쳐다보고는 남은 계단을 앞서 내려가 일행들 쪽으로 향했다. 나는 잠시 시간을 죽였다가 그 건물을 빠져나갔다. 내 입에는 그녀로부터 건네받은 담배가 물려 있었다. 필터에 붉은 립스틱 자국이 선명하게 찍힌 그 담배. 그 순간 그게 왜 그렇게 선정적이어 보였던지…….

자정이 넘은 시간의 텅 빈 이면도로. 앞서가는 일행들의 발자국 소리와 이야기 소리들이 양편 건물들에 부딪쳐 울리고, 이만큼 떨어져서 걸어가는 명애란의 모습이 보였다. 또 그녀로부터 이만큼 떨어져서 걸어가는 나의 입에서는 이제 필터 가까이 타들어가는 담배연기가 토해져 나와 도로를 타고 불어오는 바람에 날리고. 어쩌면 나의 그 모습도 선정적이지 않았을까……?

가등 불빛 아래서 걷는 명애란의 모습은 순간의 선정성을 버리고 그림자 같았었다. 그리고 길게 늘어뜨린 머리칼들이 불빛을 받아 반짝이던 것도 나는 기억한다. 비록 이제는 다 표백된 그림에 불과할지라도.

표백된 그림……. 그 위로 다시 한윤주의 얼굴이 겹쳐지는 것은 참 이상한 일이다.

어쨌든 우리는 안다. 죽고 못살 것 같고, 운명적인 만남이라 여기던 것도 어느 정도의 시간이 흐른 뒤에는 시들해지고 만다는 것을. 영원할 것 같은 그 무엇도 결코 영원으로 가지는 않는다는 것을. 그리하여 지금 내 안에서 자라는 작은 사랑에도 완전히 몰입하고 싶은 것인지도 모른다. 아침이 밝아서 풀잎의 이슬이 마르기 전의 그 짧은 시간 동안 햇빛은 내 몸에서 가장 빛날 것이다.

14. 이미 내 생에 예정되었던 일이라면

"답답해서 친구들이랑 산에 갔었어. 그런데 얼마나 우스웠는지 알아?"

엊그제와는 달리 윤주는 말끔히 갠 목소리에 웃음소리도 천진했다.

"왜?"

반쯤 남은 찻잔을 들어 입 안을 적셨다. 윤주의 집 거실. 오후 세 시쯤의 다소 나른한 시간이 머물렀고, 창문에 걸린 하늘은 멀었다.

오랜만의 산행이었던 탓에 알이 뱄다며 그녀는 종아리를 드러내고 콩콩 찧었다. 가는 종아리는 허옇고도 연약해 보였는데 그 다리로 과연 산에 제대로 올랐을까 싶었다.

"글쎄, 그게 말이야……. 얘기 끝에 생리불순에 대한 이야기가 나왔어. 날짜가 지났는데도 생리가 안 나오는 거야."

"지금 생리불순이야?"

“시영 씨?! 암튼 짓궂은 데가 있어, 음?!”

그녀는 눈을 흘기며 웃음을 터뜨렸다.

“내가 뭘?! 못할 이야기도 아니잖아. 말 그대로 생리현상 중 하나일 테고.”

“그래 뭐. 말 그대로 생리현상 중의 하나니까. 내가 이렇게 쉽게 수긍하고 나서는 것도 뭔가 의심스러워, 응?!”

다시 한 번 그녀는 키득거렸다. 베란다 창유리에 빛이 뿌옜다. 불빛 비친 수족관 물속처럼.

“그래서 지금 생리불순이라는 거야?”

“그만해! 지금은 아니니까.”

“그럼 뭐가 어쨌다는 거야?”

“어쨌든 제 날짜가 며칠이나 지났어도 매달 있어야 될 게 없었다고 하니까 친구가 그러는 거야. 임신이 아니냐고. 임신이라는 소리에 모두들 웃었지. 친구들 중 누군가는 정말로 늦둥이를 임신한 친구도 있다고 하고. 그런데 그 때 내 입에서 나온 말이 뭔지 알아?”

“임신하고 싶다고?”

“임신? 그래. 어떤 때는 정말 따분해서라도 아이를 갖고 싶다는 생각을 하기도 했었어. 그런데 생각만 하면 뭐해. 불가능한, 어림도 없는 일인 걸. 그래, 내 입에서 나온 말이 그거였어. ‘하늘을 봐야 별을 따지’, 라고.”

“의미심장한 말인 것 같네.”

“의미심장이고 아니고 그런 건 없어. 그냥 말 그대로일 뿐이지 뭐. 그런데 친구들이랑 왜 웃어젖혔는지 알아? 막상 이야기를 꺼내놓고 보니 나와 똑같은 친구도 있었다 그거야. 게다가 똑같은 건 둘째고 한 술 더 뜨는 친구도 있었고.”

“한 술 더 뜬다면……?”

“얘길 들어봐. 친구 네 명이서 모였는데 알고 보니 한 친구만 빼고는 모두 문제를 안고 있었어. 그러면서도 그동안은 괜찮은 척, 아무 문제없이 잘 사는 척하다가 누군가가 이야기를 풀어놓자 너도 나도 기다렸다는 듯이 쏟아내기 시작한 거지. 그동안 내색 않고 지내느라 얼마나 힘들었을까 싶을 정도로. 그런데 한 친구는 남편과 각방 쓴 지 벌써 오래고, 한 친구는 아예 한 집에만 살 뿐 남편은 남편대로 애인이 따로 있고, 친구는 친구대로 애인을 따로 두고 살면서 서로 일체 간섭을 안 한대. 그런데 여자들끼리 산을 오르다 말고 둘러앉아 서로 질세라 남편과 각방 쓰는 얘기, 잠자리 얘기, 하늘을 봐야 별을 딴다느니 둥 그런 얘기를 하다 보니 배꼽 빠지게 웃으면서도 한편으로는 그렇게 허전할 수가 없더라고.”

“속엣 것을 쏟아내면 허전할 수밖에 없는 거겠지.”

그래서일까? 윤주는 다소 침울한 얼굴빛을 띠었다. 그 위로 허전하고도 쓸쓸한 웃음을 흘려보냈다.

“내가 왜 이렇게 사는지 모르겠어. 출구는 아무것도 보이지 않고……. 언제까지 이래야 하는지도 모르겠고.”

“사람들 속 들여다보면 다 거기서 거기야.”

“시영 씨가 날 얼마만큼이나 안다고 그런 소리 해?”

“그래도 다 알아. 꼭 말을 해야 알 수 있는 건가?”

윤주는 일어나더니 물을 한 컵 가지고 와 소파에 발을 올려 무릎을 끌어안고 앉았다. 매니큐어를 칠한 엄지발톱이 유난히 빨개보였다. 그녀는 물을 한 모금 입에 넣고 잠시 굴리다가는 꿀꺽 삼키고 입을 열었다.

“난 내 남편이 원망스러워. 지금까지 살아오도록 내게 남자라고는 남편 하나밖에 없었어. 너무 일찍 만나 붙잡혀서 연애다운 연애 한 번도 못해보고, 처녀 시절에 즐길 거 하나도 즐기지 못하고 살았어. 그래서 다른 친구들 처녀시절 애기할 때면 나는 할 애기가 없는 거지. 그래도 그것이 내 행복을 보장해 주리라 했어. 그런데 이게 뭐야?”

이야기를 하다가 울컥 치미는 게 있는지 그녀는 고개를 돌려 창밖을 내다보았다.

나는 잠자코 앉아 있다가 일어서서 그녀의 앞으로 다가섰다. 그리고는 가만히 그녀를 끌어안았다. 그녀의 머리칼에서 옅은 샴푸 향내가 맡아졌다.

그녀의 눈빛 탓이었다. 아니, 짓붉었던 장미향기 탓이었다. 윤주에게서는 짓붉었던 장미 향기가 맡아졌다. 저 아득한 시절, 하빈읍의 교회 담장 철책에 올렸던 그 짓붉었던 장미. 빤히 바라보는 그녀의 눈빛은 깊었고, 깊은 곳에서 타올랐다. 그와 함께 내 속도 동시에 타올랐다.

성급히 큰방의 침대로 갔다. 그리고 확인했다. 우리는 진작부터 그런 범죄를 꿈꾸고 있었다는 것을. 범죄에의 유혹은 강하고도 달콤하고 동시에 고통스러웠다. 그게 왜 범죄였을까? 범죄가 아니라도 그 순간엔 범죄이기를 바랐는지도 모른다.

그녀는 까만 팬티를 입고 있었다. 성급히 그것을 벗겨냈다. 아니, 내가 벗겨 내고 그녀도 같이 벗었다. 헝겊조각에 불과한 그것은 아무렇게나 바닥으로 떨어졌다. 나는 그 까만 팬티를 아주 오래 기억할 것 같다고 생각했다. 산머루알 같았던 그녀의 유두(乳頭) 역시 오래 기억되리라는 것도 알 수 있었다. 배꼽 밑의 까만 점도. 어디선가 정말로 산머루 냄새가 났다. 그녀는 잘 익은 산머루 송이였다. 탱글탱글한 알들이 다

닥다닥 빈틈없이 붙은 산머루 한 송이였다.

문득 창문이 푸덕거렸다. 비둘기였다. 비둘기 한 마리가 날아와 창문 바깥쪽의 난간에 걸터앉았다.

이 집에 비둘기가 날아든다는 얘기는 들어보지 못했다. 하지만 비록 얘기는 하지 않았을지라도 그녀가 길들였는지도 모를 일이었다. 날마다 시간 맞춰 모이를 놓아준다면 놈은 날마다 그 시간에 날아들 것이다. 그렇다면 지금 모이를 줘야 되는 것은 아닐까? 아니, 이제는 모이를 줘야 될 필요가 없을 것이다. 모이를 주지 않아도 될 것이다. 이제 그녀에게는 비둘기가 필요 없을 것이다.

좀 오래된 것 같은 침대에서도 짓붉었던 장미 향기가 났다. 산머루 냄새도 났다. 그녀의 몸에서 배어든 것일 터이다. 그녀는 매일 이 침대에서 잔다고 했다. 침대에 누워 잠들면서 나와 통화한 적도 있었다. 그런데 어쩌다가 한 번씩 그녀의 남편 지기호가 올라오면 침대를 내줘야 된다고도 했다. 그러면 자신은 거실 바닥이나 쓰지 않는 작은방의 바닥에 이불을 펴고 잔다는 것이다. 남편이 침대에서 잠들었고, 자신은 거실 바닥에 누워 눈 말똥히 뜨고 있다면서 통화한 적도 있었다.

창틀 난간에 앉았던 비둘기는 날아가 버렸다. 언제 날아갔는지도 모르게 날아가 버렸다.

문득 모든 시간이 정지했다. 일이 끝났을 때 윤주는 상체만을 일으켜 세워 등을 둥글게 만 듯 구부리고 앉아 미동도 하지 않았다.

"윤주야!"

그녀를 끌어안았으나 여전히 움직임이 없었다. 땀에 젖은 맨살이 만져지고, 활처럼 둥글게 흰 등허리의 등뼈 모양이 선명했다.

숨 막힐 것 같은 진공의 시간이 지나갔다. 젖무덤을 만지고 입술로 입술을 빨아도 조금도 움직이지 않았다. 잘못한 걸까? 잘못된 걸까? 그런 생각이 지나갔다. 이러지 말았어야 했나 싶으면서 무얼 어찌해야 될지 몰랐다.

"윤주야! 한윤주! 왜 그래?!"

다시금 그녀를 끌어안았다. 그랬음에도 그녀는 얼마 동안이나 전혀 움직이지 않았다. 마치 넋을 빼 어디론가 던져버린 것 같았다.

그러다가 얼마 만에야 잠에서 깨어나듯, 몽유병에서 깨어나듯 부스스 고개를 들고 말았던 허리를 펴고 상체를 세우더니 말했다.

"많은 것들이 내 머릿속으로 지나가더라……. 남편, 아이, 그리고……."

그러더니 고개를 돌려 내 얼굴을 빤히 바라보는 것이었다.

날아간 비둘기는 돌아올 줄 몰랐다.

이제 나는 집으로 돌아간다, 살미랑! 오늘 하루는, 윤주와의 일은 아주 오랫동안, 어쩌면 내 생이 끝나게 되는 날까지 기억에서 놓지 못하게 되리라는 것도 나는 안다. 지나온 내 삶에서 있었던 어느 날과 어느한 사람처럼. 그런 기억을 안고, 또한 되새김 하며 집으로 돌아간다.

바람이 한결 차가워졌다. 그 바람을 뚫고 나는 걷는다. 택시 승강장에는 택시가 손님을 기다리며 줄지어 서 있다. 택시기사가 번들거리는 시선으로 그 옆을 지나는 나를 바라본다. 또 다른 택시 기사 하나는 차창을 내리고 담배를 피우며 흩어져 날리는 연기를 바라본다. 그 얼굴에는 무료함이 잔뜩 묻었는데, 열린 차창으로 크게 틀어놓은 라디오 소리가 들린다. 라디오는 뉴스 중인 모양인데 마침 미국 대선에 대한 소식을 쏟아낸다. 버락 오바마와 존 매캐인의 지지율과 당선 가능성에 대한 이야기들이 기자와의 대담 형식으로 진행되는 것 같다.

누가 당선될까? 버락 오바마가 많이 앞서가고 있다고는 하지만 확실한 것은 뚜껑을 열어보아야 알 수 있을 것이다.

저들이 누가 당선될 것이든 나는 지금 집으로 돌아간다. 집으로 돌아가면서, 그 노중(路中)에서 나는 한두 번쯤 윤주에게 전화를 할 것이다. 그리고 말할 것이다.

밥 잘 먹어. 사랑해!

밥 먹는 것과 사랑하는 것은 무슨 관계가 있을까? 알 수 없다. 그래도 나는 사랑한다고 말하고 밥 잘 먹으라고도 챙겨 말하게 될 것이다. 사랑은 가장 낡은 것이면서도 가장 새로운 것이 다. 나는 날마다 새로워지기를 꿈꾼다. 그게 사랑이라면 더 말할 나위도 없겠지만 사랑이 아닌 그 무엇이라 해도 아주 오래전부터 날마다 새로워지기를 나는 꿈꿔 왔다.

아무튼 얼마 뒤면 나는 집에 들어가 있을 것이다. 평상시처럼 샤워를 할 것이고 밥도 먹을 것이다. 아무 일도 없었던 것처럼. 잘 생각나지 않지만 그건 노래 가사 중 한 소절이다. 아무 일도 없었던 것처럼. 아니, 무슨 일이 있었나. 매일 똑같은 것 같으면서도 실은 매일 다른 일상 중의 하나가 아닌가. 그런데도 무엇인가 자신이 없다. 매일 무감동하게 지내지만 아내 경연을 볼 자신이.

식탁머리에서 경연은 말할 것이다. 녹황색 채소가 암 예방에 좋대. 부로콜리가 그 중 으뜸이라는군. 콩나물은 뿌리를 잘라내면 손해래. 콩나물 뿌리에는 생리활성 물질인 아이소플라본이 가장 많이 함유돼 있대. 그리고 어쩌면 순찰을 나갔던 일도 이야기할 것이다. 내가 그런 이야기를 별로 좋아하지 않기 때문에 잘 않는 편이지만 그래도 가끔씩은 그런 이야기를 한다. 신고를 받고 출동했다가 노는 놈들과 격투가 벌어져 이단 옆차기로 제압했다는 식의. 물론 격투를 벌이다 입은 상처까지 내보이며 이야기할지라도 나는 다른 때와 마찬가지로 듣는 척만 할 뿐이겠지만 경연이는 내가 열심히 들어주는 것으로 생각할 것이다. 아니, 내가 듣는 척만 한다는 것을 알면서도 자기가 그 사실을 모른다는 것처럼 보이기 위해 열심히 이야기하게 될지도 모른다. 우리 부부는 가끔 그렇게 묘한 숨바꼭질을 벌이곤 하니까.

그러면 오늘은 내가 먼저 그 숨바꼭질을 해야 되는 것인가.

살미랑!

그런데 이상하게도 허전하고 쓸쓸하기만 하다. 내 속에 새롭게 자리한 것들. 그것들은 나를 충만케 하지만 그러면서도 어느 한 구석에 자리하는 허전함과 쓸쓸함은 지워지지 않는다.

왜일까? 이것은 어디서 오는 것일까? 나는 나에게 아무런 답도 줄 수가 없다, 살미랑.

차가운 바람이 목을 휘감고 지나간다. 핸드폰을 꺼내들고 단축 번호를 눌렀다.

"나야. 밥은 먹었어?"

아직 안 먹었다는 윤주의 대답이 들려온다. 왜 안 먹었느냐니까 아직 생각이 없고 아이가 들어오면 같이 먹을 생각이라고 했다. 그녀의 목소리는 매우 부드러웠다.

나는 이런 저런 이야기를 늘어놓았다. 은행잎들이 더한층 노랗게 물들었다, 가을이 많이 깊어졌다, 여행을 가고 싶다, 윤주 너랑 여행을 떠나고 싶다, 며칠 뒤 내가 가입된 단체에서 세미나 겸 여행을 떠나는데, 거기 가지 말고 둘이서 다른 곳으로 여행을 떠날까 등등이다. 내가 그런 이야기를 하자 윤주는 웃음을 보내면서 듣고만 있더니 나중에 말했다.

“시영 씨”!

그녀가 부르는 내 이름을 나는 들었다. 그리고 그렇게 부르는 내 이름 속에 들어 있는 그녀의 마음도 읽어진다. 사실 그 한 마디면 다 되는 것 아닌가?

그런데 이상하게도 가슴 한 구석에 자리한 허전함과 쓸쓸함은 떠나지 않는다. 사실 그것을 지우기 위해서도 전화를 걸어 수다를 떨듯 했지만 내내 마찬가지인 것이다.

살미랑이여! 도대체 그것은 어디서 오는 것인지. 그리고 왜 떠나지 않는 것인지…….

다시 바람은 목을 휘감고 지나갔다. 나는 그 바람 속으로 걸어 나갔다. 그러다가 문득 자신도 모르게 목을 꺾었다. 그렇게 내 목을 꺾은 것은 오랜 기억이었다.

15. 기억(記憶)의 주렴(珠簾) 사이

이제 명애란에 대한 기억들은 정리해야 될 것 같다. 물론 새삼스럽게 정리하고 말고 할 것도 없고, 또한 하나의 부호로써만 존재했다고 할지라도 말이다. 보다도 나는 그런 기억들에서 놓여나고 싶은 것이다. 그리고 그러는 것이 새로운 기억에 대한 예의이기도 할 것이다.

명애란. 과거의 시간 속에만 들어 있는 여자. 과거의 시간은 평면일 뿐이다. 그럼에도 공간처럼 인식되는 것은 하나의 착시현상인지도 모른다. 따라서 내 눈의 착시현상만 걷어낸다면 명애란도 평면으로만 존재할 것이다. 도화지 위에 그린 한 장의 그림 같은 것. 제아무리 원근법을 동원해 묘사해도 평면 이상의 것은 아니다.

그렇게 평면으로 존재하는 명애란. 지금 그녀를 다시 떠올리는 것은 가슴 속 어느 구석엔가 남았을지도 모르는 애증의 그림자 따위를 더듬자는 것은 물론 아니다. 단지, 꽤 많은 시간이 흐른 만큼 이제는 벽면에 걸린 낡은 사진틀 속의 풍경화처럼 그저 실눈 뜨고 더듬어 회상할 수가 있음을 말하고 싶은 거다. 그냥 헤어진 순간에서 멈춰버린 사람. 시간이 흘러도 그 시간 밖으로는 결코 나오지 못하는 여자.

그 과거의 시간. 이십대의 한 복판에서 우리는 자유롭고자 했었다. 장 폴 사르트르와 시몬느 드 보봐르를 읽고 루 살로메를 이야기하며 자유롭고자 했다. 우리를 구속하는 모든 것들을 벗어던지고, 우리를 가두고자 하는 틀을 깨부수고 날아오르고자 했었다. 젊음이 주는 때때로의 절망조차도 우리의 날개에 기름을 쳐주는 것이라 믿지 않았던가.

그러나 현실의 벽은 견고했고 우리의 목소리는 공허한 메아리로 되돌아올 뿐이었다. 사르트르와 보봐르도, 살로메도 우리의 날개에 기름을 쳐주기는커녕 우리가 정말 하잘것없는 존재라는 것만 확인시켜 주었더랬다. 그래도 말이다, 그래도 최소한의 자유라도 꿈꾸지 않았던가. 비록 현실의 벽에 갇혔을지라도 그 속에서나마 자유롭고자 했었다. 그리고 헤어진 이후에도 그렇게 살겠거니 했었다. 적어도 자유를 갈구하고자 했던 것에 대한 개성만큼은 남다르게 강했었으니까.

하지만 싱크대 서랍 속에 담배를 숨겨두고 필터에 루주를 묻혀가며 몰래 피워야 했던 너는 무엇이었던지. 그리고 그런 기억들 사이에서 문득문득 서성대곤 했던 나는 또한 무엇이었던지.

그래도 저래도 이제는 모두가 평면화한 기억들이다. 가끔 물 적시던 날이 없지는 않았지만.

그러니까 그게 언제였던가. 몇 년이나 지났는지 햇수는 셈되지 않지만, 한 여름 폭우가 쏟아지던 밤이었다. 그 날 나는 누군가를 만나 술을 마시다가 자정이 넘어서야 헤어졌다. 그리고 혼자서 집으로 돌아오는 길. 그런데 왜 그런 객기가 부려졌던 것일까? 우산을 집어던지고 빗속으로 나섰다. 아마도 엄청나게 퍼붓는 비에 우산을 써도 안 써도 젖는 건 마찬가지라는 생각 때문이었을 것이다. 텅 빈 밤거리에서 온 몸으로 장대비를 맞으며 걷는데 공중전화 부스가 눈에 들어왔다. 그 때는 핸드폰이 널리 보급되기 전이었다. 공중전화 부스 안으로 들어서서 동전을 집어넣고 명애란의 집 전화번호를 꾹꾹 눌렀다. 친구의 집 전화번호이기도 하니 쉽게 알 수 있었고, 또한 기억에 꼭꼭 넣어두기도 했었다. 신호가 몇 번이나 울려서야 상대방이 전화를 받았다. 명애란의 목소리였다. 자다가 받는 것인지 목소리에는 잠이 잔뜩 묻어 있었다. 여보세요. 여보세요. 명애란이 몇 번이나 말했다. 나는 아무 말도 하지 않은 채 그 목소리만 들었다. 말을 할 수가 없었다. 장대처럼 쏟아지는 빗줄기는 흰 포말을 일으키며 가로등 불빛만 뿌연 아스팔트 노면을 두드려댔다. 공중전화 부스도 두드려댔다. 동전 넘어가는 소리가 들리고, 여보세요, 여보세요, 명애란은 몇 번 더 그렇게 말하다가 끊었다. 어쩌면 그녀는 그게 나라는 것을 알았을까? 나일지도 모른다는 생각쯤은 하지 않았을까? 다시 또 전화를 했다. 좀 더 빠르게 명애란이 전화를 받았다. 여보세요. 여보세요. 그냥 그 목소리만 듣고 있자 다시 전화를 끊었다. 나는 또 다시 전화를 했다. 주머니 속에 동전은 넉넉했다. 그러나, 이번에는 명애란의 목소리가 아니라 바로 친구 박유창이 놈의 목소리가 흘러나왔다. 여보세요. 그 목소리가 들리자마자 내가 먼저 전화를 끊어버렸다. 쓰벌! 거랑말코 같은 자식! 더럽게 비가 쏟아졌다. 천둥번개까지 치며 더욱 요란했다. 다시 한 번 욕지거리를 내뱉으며 그 빗속으로 나섰다.

비가 내리지 않는 밤에도 여러 번이나 더 그런 식으로 공중전화 부스에 들어가 명애란한테 전화를 했었다. 가로수 잎들이 쏟아져 날리는 밤에도 했었고, 하얗게 눈 내리는 새벽 세 시쯤에도 했었다. 그리하여 한 마디도 하지 않은 채 여보세요, 여보세요, 하는 그녀의 목소리만 들었고, 친구 놈의 목소리가 들리면 욕지거리를 내뱉으며 끊고 돌아섰다. 적어도 몇 년 동안은 그랬을 것이다.

그러나 이제 그런 기억들도 정리를 해야 될 것이다. 새로운 기억에 대한 예의가 아닐 테니 말이다. 그럼에도 또 다시 기억을 끄집어내는 것은 아직도 풀지 못한 무엇인가가 남았고, 명애란에게 그 무엇인가를 따져 묻고 싶기 때문인지도 모른다. 왜 나에게서 떠나야 했는지. 왜 나를 배반해야 했는지. 어쩌면 그것 때문에 명애란에 대한 기억을 놓지 못하는 것인지도 모른다.

물론 명애란이 왜 그랬는지 전혀 모르거나 짐작 못하는 바는 아니다. 웬만큼은 안다. 그렇지만 그 입을 통해 듣고 싶은 것이다. 비록 빤한 변명일지라도 그 입술을 통해 나오는 말을 들어야만 하는 것이다.

그럴 수 있는 기회가 이제까지 몇 번인가 있었지만 정작 그런 이야기는 하지 못했었다. 나도 그 이야기는 꺼내지 못했고 명애란도 꺼내지 못했었다.

그러하면 언제쯤이나 그게 가능할 수 있을까? 언제쯤 명애란의 입을 통해 그에 대한 이야기를 들을 수 있을까?

그러나……, 이제는 그런 기대나 생각조차도 부질없다는 것을 나는 안다. 그것에 대한 모든 게 다 부질없어져버리고 말았다. 우리의 노정(路程) 그 어디쯤에서 어느 날 한 순간에 그렇게 되고 말았다. 그리하여 나는 오늘도 그 부질없음을 안고 걷는지도 모른다.

하여, 무엇인가를 정리한다고 하지만, 나는 기억들에 대해 무방비하다.

식탁 앞에 앉아 밥을 먹다가 규선의 전화를 받았다. 아내는 콩나물국에 고춧가루를 풀었다. 감기 기운이 있다고 했지만 매운 걸 좋아하는 식성이었다.

"하늘그린 서울 사무소 일 말이야. 그거 네가 신경을 좀 더 써줘야되겠어. 거의 전부를 너한테 맡길게."

"신경이야 쓰지만 나한테 거의 맡기다니 뭔 소리야? 아니, 그보다도 네 와이프는 어때?"

어제 오늘 종합검사 결과가 나온다는 이야기를 들었었다. 규선의 목소리가 썩 좋지 않았다.

"우리 와이프? 그저 그래……. 그래서 너한테 서울 사무소 일을 전부 맡아달라고 부탁하는 것이고……."

길게 토해내는 한숨과 함께 목소리에는 힘이 하나도 없었다. 불길한 예감이 전류처럼 흘렀다.

"왜 그래? 안 좋은 거야? ……. 그렇구나. 어떻게 나왔는데……?"

그러자 그는 한참이나 뜸을 들이다가 다시 꺼질 듯한 한숨과 함께 말했다.

"안 좋아……, 많이……. 급성 백혈병이래."

"뭐어? 백혈병?! 네 와이프가 백혈병이란 말이야?!"

콩나물 가닥을 몰아넣던 아내가 터뜨리듯 기침을 토해냈다. 밥알과 콩나물들이 식탁이며 바닥에 어지럽게 흩어졌다. 그럼에도 아내의 시선은 내 얼굴에 고정되어 움직일 줄 몰랐다.

규선이가 다시 착 가라앉은 목소리로 말을 이었다.

"그래, 백혈병이란다. 급성 림프구성 백혈병이래. ……. 앞으로 뭘 어찌해야 될지 모르겠다. 당장은 아무것도 생각나지 않아."

"급성 림프구성 백혈병……."

나는 그렇게 중얼거렸지만 더 이상 말을 이어나가지 못했다.

규선도 한참이나 침묵하더니 다시 토해내는 한숨과 함께 말했다.

"그래, 끊자. 다시 또 연락하마."

그리고 전화는 끊어졌다.

아내가 물었다.

"규선 씨 와이프, 그러니까 변용순 씨가 백혈병이라고? 그게 정말이야?"

나는 그저 고개만 끄덕였다. 뭔가 멍한 기분이었다.

16. 그의 사랑

하늘그린 식품 서울 사무소. 실질적인 업무를 다 맡고 있는 박부장에게서 보고를 받고 또한 업무에 관한 이야기를 나눈 다음 신명기와 통화를 했다.

"지금 내려온다고?"

명기가 전화기의 내장 스피커에서 말했다. 그도 한창 바쁜 시간이어서 빨리 통화를 끝내야 했다.

"그래. 차를 안 가지고 있으니 열차를 이용하려고."

시계는 오후 세 시를 지나는 중이었다. 창문에는 햇빛이 책장만 하게 걸렸다. 다른 빌딩들에 가로막혔는데도 빌딩과 빌딩 사이를 비끼며 햇빛이 비쳤다.

"오늘이어야 하나?"

"내일은 다른 일이 있고, 서둘러 들여다봐야지. 궁금하기도 하고 걱정도 되고. 그거 참……."

양규선의 와이프에 대한 이야기였다. 입원해 있는 병원에 가보기로 한 것이다.

급성 백혈병이라는 것은 너무 뜻밖이지만 본인이나 주변 사람들이나 받아들이지 않을 수 없을 것이다.

내려가는 길에 명기도 보고 만나서 함께 병원에 들여다본다면 훨씬 나을 거 같았다. 명기가 일하는 동학사 입구의 관광호텔과 규선의 아내가 입원한 대전의 대학병원과는 그렇게 멀지는 않았다.

"그럼 조금 천천히 내려오지?"

"왜?"

나는 한 손으로 책상을 정리했다.

"내가 아무리 일찍 끝나도 밤 아홉 시는 돼야 나갈 수 있단 말이야. 그것도 시간을 당겨서 그렇다는 거지 보통은 열 시 넘어야 끝나."

"그렇게나 늦나?"

"어디나 마찬가지지 뭐. 내가 하는 일이라는 게."

"그런 줄 알기는 하지만……. 같이 들여다보고 얘기도 좀 하려고 했는데 그거……. 난 내려갔다가 다시 올라와야 된단 말이야. 그러자면 아무래도 시간이……."

"오늘 올라가야 된다? 내일도 하늘그린 사무소에 나가야 되는 건가?"

"그게 아니고, 말했잖아, 다른 일이 있다고."

"무슨 일인데."

"내가 소속된 협회의 행사인데 참석하겠다고 했어."

"서울에서?"

“아니. 지방에서 하는데 2박 3일 일정이야. 해마다 장소를 바꿔가면서 하는데 이번에는 전남 완도, 보길도야.”

“완도, 보길도? 멀리도 가네. 그거……. 그럼 이렇게 하면 어떨까? 꼭 서울서부터 같이 움직여야 되는 것만 아니라면 여기 내려와서 오늘 밤 나하고 같이 지내고 내일 직접 완도로 가는 거야. 장소는 알 거 아냐?”

“글쎄, 그도 괜찮기는 하지만…….”

“중간에서 일행과 합류하기만 하면 되는 거 아닌가? 핸드폰 있겠다, 서로 연락을 취해가면서 어디 들르는 휴게소 같은 데서 합류해도 되는 것이고. 뭐로 움직이는지는 모르지만.”

“해마다 관광버스 대절했는데 이번에는 열차로 움직인다고 서울역으로 집결하라더군. 목포에 도착해서부터 버스로 이동할 거래.”

“열차를 이용한다고? 그럼 됐네 뭐. 시간 알아서 서대전역에서 받아 타면 되잖아.”

“받아 타? 그런가?”

듣고 보니 괜찮은 말이었다. 내려갔다가 다시 올라오고 번거롭게 그럴 필요가 없었다. 명기의 말대로 그와 함께 지내고 시간 맞춰 서대전역에서 받아 타면 훨씬 나을 것이다.

명기는 일하는 관광호텔에서 멀지 않은 곳에 원룸을 얻어놓고 잠자는 것만 해결했다. 농담 삼아 호텔 객실을 하나 제공받지 그랬냐 했을 때 그는 허허 웃어댔다. 호텔 식당 운영자는 따로 있다는 게 그의 말이었다.

일단은 명기의 말대로 하기로 하고 내려가면서 좀 더 생각해보기로 했다. 그리고 내가 먼저 규선의 와이프가 입원한 병원에 가 있을 테니 일 끝나는 대로 그쪽으로 와서 보기로 하고 전화를 끊었다.

나머지 뒷정리를 하고 사무실을 나설 때 창유리의 책장만 하던 햇빛은 사라지고 보이지 않았다.

　누가 가져다 꽂아놓은 것일까? 병실 사물함 위의 큼지막한 항아리에는 국화며 여러 가지 꽃들이 한 아름이나 꽂혀 있었다. 다소 조도가 떨어지는 조명이었음에도 그것은 색깔이 지나치다 싶게 선명하고 짙으면서도 어딘지 모르게 선정적으로 보이기도 했다. 그러나 향기는 없었다. 환자복을 입고 베드에 일어나 앉은 규선의 아내 용순이 말했다.

　"조화예요. 친구가 며칠 밤새워 만들었다는군요. 생화는 꽃가루 등이 해롭다고……."

　규선이야 이제 일 때문에라도 자주 보지만 그녀는 꽤 오랜만에 보는 것이었다. 병도 병이겠지만 얼굴도 창백하고 몸피도 줄어든 것 같았다. 본래부터 작고 어딘지 모르게 허약해 뵈던 여자였다.

　"왜 여기서 만나게 해요, 그래. 좀 더 좋은 곳에서 만나도록 해야지. 안 그래요?"

　"그러게요. 사람이 못나다 보니까 이런 곳으로 찾아오게 만드네요."

　"못난 줄은 아는 모양이죠? 이제 알았으니까 후딱 털고 일어나서 잔치국수도 말아먹고 하자고요. 난 용순 씨 생각하면 그 어디냐, 하빈의 그 하늘그린 한과 공장 주방에서 말아주던 잔치국수가 떠오르더라. 그거 참 일품이었는데."

　"아, 그거요? 그 때는 바빠서 양념도 제대로 하지 않은 건데."

　"잔치국수야 깔끔하고 시원한 맛 아닌가요? 양념 많이 하면 그런 맛이 없어지지."

　규선이 옆에서 웃었다. 며칠 사이 그의 얼굴은 형편없어졌다. 정작의 병자보다도 그가 병자 같았다. 환자복을 입은 사람도 그렇지만 그의 모습도 보는 사람을 안타깝게 했다. 파리한 형광 불빛 아래 선 그의 모습이 그냥 허물어져 버릴 것 같기도 했다.

그런 모습은 다소 의외였다. 규선은 호방한 기질이 다분한 사람이었다. 그리고 이제까지 사업을 하는 것도 그렇고 다른 일들에도 엄벙덤벙 하는 스타일이었다. 어떻게 보면 허황된 사람 같기도 하고 모든 일들을 쉽게 쉽게, 마치 일이라기보다는 놀이를 하는 것처럼 했던 것이다.

자신의 아내에 대해서도 마찬가지였다. 사실 그의 아내 용순은 그다지 볼품 있는 여자는 아니었다. 키도 작달막하고 얼굴 생김도 그저 그랬다. 오죽했으면 친구들이 모인 자리에서도 대놓고 못난이라거나 돼지라 부르곤 했다. 물론 장난처럼 말하긴 하지만 말이다. 그럴 때 그의 아내가 뭐라고 하면 또 장난처럼 '이쁜' 이라는 형용사만 붙여 말하는 것이다. '이쁜 못난이', '이쁜 돼지' 라고. 그러니까 그런 말로 다 무마 시켜버리는 식이었고, 그의 아내도 그런 것들에 익숙해져서인지 그냥 받아들이곤 했다.

아무튼 규선은 제 아내를 대하는 것에도 어딘지 모르게 헐렁하고 별로 대수롭지 않게 여기곤 했었다. 따라서 아무리 중한 병이 찾아오더라도 그 특유의 호방하고 낙천적인 기질대로 쉽게 받아들이고 넘기리라 했었다. 막말로 아내가 죽는다 해도 그런가 보다 하고 마치 남의 죽음 대하듯 할 위인이 바로 규선이라는 친구였다. 그쯤 여길 수밖에 없었다. 사업을 하다가 뭐 하나 잘못되어도 별로 힘 들이지 않는 듯이 하면서 슬렁슬렁 해결해 나갔고, 국회의원에 출마를 했다가 결국은 상당한 재산만 들어먹고 낙선을 하고서도 전국을 한 바퀴 휘 바람 쐬며 돌고는 그만이었다. 그런데 그 며칠 사이에 허물어질 것 같은 모습으로 변해버린 것이다. 더군다나 자신의 아내를 대하는 눈빛은 이제까지와는 판이하게 달랐다. 애절하고, 안타깝고, 제 아내가 어떻게 될까봐 겁을 잔뜩 집어먹은 모습이었다.

명기는 생각보다 일찍 나타났다. 아직 나올 시간이 아닌데 자신이 할 일만 먼저 끝내놓고 다른 사람들에게 맡긴 뒤 나왔다는 것이다. 때문에 다시 들어가 평상시대로 마무리지어놓고 나와야 한다고도 했다. 일 다 끝내고 나오면 너무 늦을 것이니 그 편이 낫긴 할 거였다.

마침 규선 아내의 친구들이 병실로 몰려들었다. 해서도 거기 오래 앉아 있지 못하고 나와 병원 마당에서 자판기 커피를 뽑아들었다.

"어떡하냐?"

명기가 자조하듯 말했다.

커피는 너무 들척지근하고 끈적이는 느낌이었다.

"글쎄……. 너무 생각 밖이라 아직도 멍한 기분이야."

종이컵을 쥔 규선의 손이 아주 짧은 동안 파리하게 떨렸다. 나는 그것을 못 본 척했다.

누군가가 불빛이 환하게 비친 병원 마당을 밭은기침을 토하며 가로질렀다.

"그래. 아직 뭐라 이야기할 수도 없는 것 같다. 좀 더 잘 알아보고 대처해나가야지. 우리가 지금 위로의 말 한두 마디 한다고 해서 위로가 되는 것도 아닐 테고. 어쨌든 힘을 내야지 뭐."

규선이 문득 고개를 들더니 보이지 않는 먼 허공으로 시선을 던졌다. 그러더니 천천히 시선을 내리며 말했다.

"그래, 힘을 내야지. 나 반드시 저 여자 살려낼 거야. 그냥 이대로 내버려둘 수는 없어. 아직 뭘 어떻게 해야 될지는 모르지만 내가 할 수 있는 일이라면 무엇이든지 다 할 거다."

힘주어 말하는 그 소리에 나도 명기도 규선을 그저 빤히 쳐다보았다.

불빛 탓일까? 그의 두 눈이 언뜻 물기 젖어 반짝였다.

그가 다시 말했다.

"좀 더 두고 봐야겠지만 나 사업 대폭 축소시킬 거다. 화성의 시화호 근처에다 주스 공장 차린다는 거 취소시키고, 다른 일들도 많이 축소시킬 거야. 우리 집 여자 생각보다 약하고 마음도 많이 여린 여자야. 저 여자 곁에는 내가 있어줘야 돼. 저 여자……, 내가 지켜줘야 돼……."

다시금 누군가가 둘이서 서로 팔짱을 끼고 병원 마당을 가로질렀다.

17. 각기 다른 소묘(素描) 3점

"너, 규선이 눈빛 봤니?"

조그맣고 낡은 탁자 위에 가지고 들어온 술병과 오징어포 따위들을 늘어놓으며 명기가 마치 중얼거리듯 말했다.

잠자리만 해결한다는 명기의 원룸이었다. 일하는 관광호텔에서 차로 달려 이십 여 분 거리. 고만고만한 주택들이 밀집한 지역이고 큰 길 쪽으로는 상가들도 형성되어 제법 번화했지만 그래도 산이 가까워서인지 공기가 맑았다. 병원을 나와 명기의 차로 관광호텔에 갔다가 일을 마저 마무리하고 명기의 원룸으로 온 것이다. 그가 일을 마치도록 나는 그의 차 안에서 잠시 눈 붙이며 기다렸다.

"오면서도 말했지만 병원에서 규선이 눈빛 보고 내심 놀랐었어. 무언가 멍 찧은 듯한 기분이기도 하고. 다시 생각해보아도 뜻밖이어서 말야……."

명기는 계속 이었다. 그 얘기였다. 규선이 자신의 아내를 대하고 바라보던 것. 그것에 대해 내가 느끼던 것을 명기 역시 느꼈던 것인데, 그게 이제까지 생각해왔던 규선의 모습과는 많이 달랐던 것이다.

조그만 원룸은 여느 자취생 방 같았고, 모든 게 그저 허술하기만 했다. 행거에 척척 걸어놓은 옷 몇 가지와, 일인용 침대 하나, 어디서 주워왔을 법한 탁자와 의자, 아주 조그만 냉장고 하나……. 그 정도가 거의 전부였다. 조그만 냉장고에는 캔 음료와 술병 몇 개가 처박히듯 들어있었고, 붙박이 찬장에는 그릇이나 수저는 하나도 없이 컵라면 몇 개에 나무젓가락이 뒹굴고, 가스대는 아예 설치되지도 않은 채 전기냄비만 하나 달랑 올려져 있었다.

"그래, 규선이가 제 와이프를 그렇게 생각하는 줄은 몰랐어."

"솔직히 그동안 규선이를 대하면서 그렇게 보진 않았었거든. 막말로 마누라 죽으면 뒷간 가서 웃는다고, 다른 사람은 몰라도 규선이가 바로 그럴 거라고 생각해오지 않았느냐 말이야. 실제로 그러지 않았어?"

"그랬지. 농담처럼 했을지라도 제 와이프한테 대놓고 핀잔하기 일쑤였고. 그럼에도 용순 씨가 다 받아들이고 웃음으로 넘기는 것을 보고 참 속도 좋다 했었는데 그게 다 속정이 따로 있어서였던가 보아."

"나, 솔직히 규선이한테 놀랐다. 어쩌면 그렇게 끔찍할 수가 있니? 제 와이프가 어떻게 될까봐, 죽기라도 할까봐 벌벌 떠는 것 못 봤어? 그 눈빛이 만약에 제 와이프가 죽기라도 하면 따라 죽겠다고 나설 것 같더라니까. 규선이가 제 와이프한테 그런 순정이 있었다니. 어떻게 보면 우리가 그동안 규선이한테 속아온 것 같기도 하고, 친구라고 서로 다 털어놓고 지내면서도 정작의 진면목을 보지 못했던 것 같기도 하고……. 허 참……!"

명기는 그러면서 술잔을 비워냈다. 아무리 생각해도 믿어지지 않는 다는 투였다.

"그래, 우리가 규선이의 진면목을 제대로 몰랐던 것이겠지. 아무튼 제 와이프를 제가 지켜줘야 된다면서 사업을 축소하겠다는 소리에는 나도 할 말이 없더라. 뭐라고 단정할 수는 없어도 이거였구나 싶기도 하고……. 규선이가 어디 다른 일이라면 사업을 축소하겠다고 할 사람이야?"

"입원한 지 며칠 되지도 않았는데 벌써 사업 축소에 대한 결정까지 내리다니. 그러니까 다 제쳐두고 제 와이프 병수발에 나서겠다는 거 아니야."

나도 잔을 비워냈다. 뭔가 가슴이 찡하기도 하고 그러면서도 한편으로는 멍한 기분이기도 했다.

뜻하지 않은 물세례를 맞은 것 같은 기분이었다. 명기도 그랬고 나도 그랬다. 만약에 규선의 그것이 거기서 그친다 해도, 혹은 말 뿐이었다 해도, 어둔 불빛의 병원 마당에서 눈가에 물기를 반짝이며 반드시 제 와이프를 살려내겠다고, 제 와이프는 제가 지켜줘야 된다고 했던 말들은 오래 기억에 남을 것 같았다.

그래서일까? 명기도 나도 더 이상 규선에 대한 이야기는 하지 않은 채 묵묵히 몇 잔의 술을 넘겼다.

그러고 있는 중인데 삼 층이었음에도 창문에서 무슨 소리가 들리는 것 같아 좀 놀라듯 흠칫 고개를 돌렸다. 없던 불빛까지 비치고, 두런대는 사람들의 소리도 들려왔다.

맞은편 집이야. 이미 익숙한 듯 명기가 아무렇지도 않게 말했다. 잠깐 창문을 열고 내다보자 약간만 비껴 맞은편 건물의 창문이 보였는데 거의 손에 닿을 듯 가까웠다. 마음먹고 뛴다면 건너 뛸 듯도 싶었고, 그쪽 창문에 사람의 모습이 비쳐 보이기도 했다.

"여름에 창문 열고 있으면 한 집에서 이야기하는 것 같아. 그리고 어떤 아가씨가 사는데 남자 녀석이 자주 드나들고, 가끔씩 재미있는 구경도 할 수가 있어. 이쪽에서 불 꺼놓고 가만히 누워 있으면 소리도 다 들리고."

명기가 그러면서 킥킥거렸다. 그러다가 그 말끝에 물었다.

"너, 요즘 연애하니?"

"연애? 뭔 소리야?"

내가 정색을 하자 명기는 자세를 고쳐 앉으며 묘한 웃음을 지었다.

"요것 봐라! 그처럼 펄쩍 뛰는 걸 보니 수상하긴 한데 말씀이야. 어디 이실직고 해보시지 그래."

"이실직고는 무슨 이실직고. 술이나 마셔."

"그럼 아까 통화한 여자는 누구야?"

"그냥 아는 사람이지 뭐."

"그래. 너한테 그 여자가 누구냐고 캐묻는 내가 바보지."

그러면서 명기는 마른 오징어를 질겅거렸다.

이 집으로 오는 도중에 윤주의 전화가 왔었다. 그녀는 통화해도 되느냐고 물었고, 친구가 옆에 있을 텐데 괜찮으냐고도 물었다. 그러면서 이야기하고 싶은 게 있어서 전화를 했다는 것이었다. 괜찮다고 하자 그녀는 '내가 오늘 뭐했는지 알아?' 하고 묻고는 조잘대듯 이야기하기 시작했다. 집에서 좀 걸어야 하는 시장에 다녀왔다고 했다. 시장에 가서 한 바퀴 돌다가 상하로 나뉜 연노란색의 잠옷을 한 벌 샀다고, 새 잠옷을 입고 예쁘게 자고 싶었노라고 했다. 그리고 시장 입구의 칼국수집에서 한 그릇에 삼천 원씩인 수제비를 사먹었다고, 그 집은 칼국수와 수제비만 파는 집인데 맛이 좋다고, 가끔씩 그렇게 시장에 가면 꼭 수제비를 사먹고는 한다고 이야기했다. 그리고 건포도에 건자두도 사고 비스킷도, 어디를 가든 자기 먹을 비스킷은 꼭 산다고, 아이 군것질거리는 잊어도 자기 군것질거리는 잊는 법이 없다고도 이야기하며 호호거렸다. 그리고 통화가 끝날 때쯤에는 잘 다녀오라고 했고, 단체 여행 중에 여러 사람들과 어울려도 술은 많이 마시지 말라는 말도 잊지 않았다.

잠옷과 수제비 따위들. 그것들이 하찮게 들리지 않았다. 오히려 가슴 한 구석을 아프게 했다. 잠옷을 사고 수제비를 먹었다고 이야기하고 싶어 하는 여자, 그게 한윤주였다.

"나 보다도 너는?"

그렇게 말하자 명기가 빤한 시선을 들이밀었다.

"또 무슨 이야기를 하고 싶어서?"

그는 벌써 내 입에서 나올 이야기를 능히 짐작하고 있다는 얼굴이었다.

"그래. 여러 소리 안 할게. 내가 이렇다 저렇다 얘기해봐야 무슨 소용이겠냐. 그래도 딱 한 마디는 하고 싶다. 나, 네가 이러고 지내는 거 맘에 안 들어."

"무슨 소리야? 내가 언제는 다르게 살았나?"

"모르는 척하지 말고……. 네가 여기 저기 떠돌아다니는 거 직업상 어쩔 수 없어서 그런다고만 할 거야? 네가 이러는 거 네 와이프 정옥 씨 때문이 아니냐."

"그 얘기라면 그만둬."

"물론 새삼스럽게 얘기할 건 못되는지도 모르지. 그렇지만 이건 이 것도 저것도 아니잖아. 정옥 씨와 같이 사는 것도 아니고, 그렇다고 헤 어진 것도 아니고."

"이야기하고 싶지 않아. 내 삶은 어차피 그 단추가 처음부터 잘못 끼 워진 거야."

"잘못 끼워졌으면 풀어서 다시 끼우든가, 아니면 잘못 끼워진 그대 로 입고 살든가……."

"누구는 뭐 그런 생각 안 하니? 나도 몇 천 번이나 그런 생각을 한다 고. 하루도 그런 생각 안 하는 날이 없어. 그런데 그게 안 되는 거야."

"그게 문제겠지. 끊임없이 정옥 씨로부터 도망치려 하지만 그게 안 되는 거……. 마치 부처님 손바닥의 손오공처럼 열심히 달아나도 내내 그 손바닥 안이고, 달아났다가도 되돌아오게 되는 거 말이야. 그건 어 떤 운명적인 게 아니라 네 문제인지도 몰라. 네가 마음이 모질지 못하 고 약한 탓이라고. 마음이 약하니까 뒤돌아보고 결국은 되돌아오게 되 는 것 아니야."

"글쎄다……. 네 말도 틀리지는 않지만 그게……. 아무튼 설명이 잘 안 돼."

"설명이 되던 안 되던 이제 멈출 때도 되었지 않았느냐는 이야기야. 이렇게도 저렇게도 못하고 결국은 네 스스로의 발목을 잡힌 거라면 그 냥 그대로 묻어두고 갈 수도 있잖아. 물론 네 가슴에 든 불덩어리를 내 가 모르는 바는 아니지만."

"불덩어리?"

"정옥 씨가 얼마나 고통스러울지 생각해봐. 저번에 한 번 전화를 해 봤더니 목소리도 안 좋고, 혼자서 매실주 한 잔 하고 있어요, 그러더라고. 너 요즘도 정옥 씨 선배라는 여자, 이름이 지은선이라고 했던가? 그 여자 찾아다니고 그러는 거냐?"

짐짓 모르는 척 그렇게 묻자 명기는 잠시 아무런 말도 하지 않았다. 명기가 애초에 마음에 두었었던 여자인 박정옥의 선배인 지은선. 그녀는 아직도 예전의 그 자리에서 화원을 경영하고 있으며 더욱이 독신의 몸이었다. 그 여자가 왜 아직까지 독신인지 나로서는 자세히 알지 못하지만 언젠가 박정옥과 명기를 통해 조금씩 들었던 것을 종합해보면 결혼에 실패를 한 모양이었다. 결혼을 하면서 경영하던 화원도 다른 사람에게 넘겼었는데 이 년도 못돼 이혼을 하고는 다시 그 화원을 경영하게 됐다는 것이다.

그래서일까? 박정옥도 나름대로 가지고 있었던 지은선에 대한 죄책감 같은 것이 되살아났고, 명기는 명기 대로 가슴 아팠던 부분이 없지 않았을 것이다.

명기는 지은선을 자주 찾았다. 마음이 허해도, 울적해도 지은선을 찾아갔다. 그건 비밀이 아니라 오히려 박정옥에게 공개된 행동이었다. 어쩌면 보란 듯이 그러는 면도 없지 않았다. 그렇지만 지은선과의 관계에서 은밀한 부분 같은 것은 없었다. 공개된 행동인 만큼 결코 그런 관계는 아니고 그저 단순히 친구처럼 지내는 것이었다. 그렇지만 박정옥에게는 그게 마음 편할 리도 없었고, 자신의 남편이 술 한 잔만 먹어도 선배 언니를 찾아간다는 것은 그 자체만으로도 고통이었을 뿐만 아니라 아무리 생각해도 용납될 수 없는 일이었다. 그럼에도 그녀는 자신의 남편인 명기에게 한 마디도 하지 못했다. 자신의 남편이 그러는 것도 애초 결혼하면서 내세웠던 조건에 포함되는 것이기 때문이었다. 명기가 어떻게 해도 일체 간섭하지 않는다는 조건 말이다. 말하자면 마음속에 다른 여자를 품고 있어도, 같이 생활하면서 겉으로 드러나게 다른 여자를 그리거나 생각해도 아는 척하거나 뭐라고 해서는 안 되는 것이다. 투기도 안 되고 단순한 시샘도 안 되었다. 그리고 그것이 꼭 여자에 관해서만 적용되는 게 아니었다. 명기가 어느 한 곳에 오래 붙어있지 못하고, 다분히 정옥을 피할 목적으로 전국 각지로 일자리를 옮겨 다니며 원룸 따위의 방을 얻어놓고 혼자만의 생활을 하며 집에는 어쩌다가 한 번씩만 들어와도 아무 말 못하는 것 역시 그 조건이라는 것에 포함되는 것이다.

우연찮게 명기의 집에 전화를 했다가 바로 그런 상황임을 알게 되었던 적도 여러 번이었다. 집에 있어야 할 명기는 없고 박정옥의 목소리가 지나치게 가라앉았거나 술 마신 목소리가 들리면 명기가 또 지은선을 찾아간 것으로 봐도 거의 틀리지 않았다. 물론 박정옥은 아무 일도 없다고 극구 부인을 하지만 그 부인(否認)이 되려 사실을 입증하는 무엇이었다. 그러니까 술도 잘 하지 못하는 박정옥이 술을 마시고 취한 목소리를 내면 바로 그런 날인 것이다.

언젠가 한 번은 무심코 전화를 했다가 박정옥이 너무 술을 마셔 횡설수설 했던 적도 있었다. 사실 박정옥은 술을 잘 하지 못했고 마신다고 해야 겨우 매실주 정도를 마시는 게 고작인데 그렇게 취한 것을 본 적은 한 번도 없었다. 그런데 문제는 명기와는 연락이 닿지 않는다는 것이었다. 명기의 핸드폰은 꺼져있었고, 집에는 아무도 없다고 했다. 금방이라도 무슨 일이 일어날 것 같고 마음이 놓이지 않았다. 거기다가 명기에 대해 화가 나기도 했다.

아무래도 안 되겠다는 판단에 따라 그 밤에 집을 나서서 차를 몰았다. 내 집에서 명기의 집까지는 지름길을 택하여 아무리 빨리 달린다고 해도 두 시간 가까이는 달려야 했다. 전철로 가도 달리는 시간만 한 시간이 넘는 거리였다. 밤늦은 시간이어서인지 차가 밀리지 않아 비교적 빨리 도착할 수 있었다.

그러나 나는 명기의 얼굴도 박정옥의 얼굴도 보지 못한 채 그냥 되돌아와야만 했다. 명기의 아파트에 도착하여 벨을 눌렀을 때 안에서는 아무런 기척도 없었다. 전화를 넣어보았지만 받지도 않았다. 현관문틈에 귀를 밀착시키고 들어보면 안에서 울리는 전화벨 소리만 들려왔다. 명기의 핸드폰은 여전히 꺼진 상태였고.

어찌해야 좋을지 난감하기만 했다. 안에서 다 죽어가고 있는 것은 아닐까? 그렇다면 긴급 구조대라도 불러야 되나?

한참 그러고 있는데 핸드폰이 울렸다. 박정옥의 목소리가 흘러나왔다. 바로 집안에서 거는 것이었는데 아주 형편없는 목소리였다.

그녀는 그 먼 길을 달려 여기까지 왔는데 지금 자신의 모습을 도저히 보일 수가 없어 들어오라고 할 수가 없노라고, 너무 미안하다고, 그냥 돌아가 달라고 말했다. 다른 것도 아니고 자신의 모습을 도저히 보일 수가 없다는 것이었다. 나는 그냥 돌아섰다. 그리고 또 하나 나를 그냥 돌아서게 한 것은 말끝에 잠깐 들렸던 박정옥의 울음이었다. 간신히 참고 있던 울음이 끝에 터져버린 것인데, 그걸 감추느라 박정옥은 미안하다는 말도 채 맺지 못하고 서둘러 전화를 끊어버렸다.

"내 스스로 발목을 붙잡힌 거라……."

명기가 담배를 한 대 피워 물더니 연기를 길게 토해내며 중얼거리듯 말했다. 그 얼굴 위로 당시의 박정옥의 모습이 겹쳐 보였다.

나는 그저 잠자코 있었다.

문득 창문이 맞닿다시피 한 옆 건물에서 자지러질 듯한 여자의 웃음소리가 창유리를 뚫고 들려왔다.

18. 어느 한 남자의 아픔

다음날 시간에 맞춰 서대전역으로 갔다. 입장권을 한 장 끊어가지고 개찰을 하는데 역무원이 말했다.

"열차에 올라가지는 마십시오."

사실을 얘기할까 하다가 뒤에서 사람들이 밀리는데다가 괜히 이야기만 길어질 것 같아 알았다고 하고는 개찰구를 통과했다. 아마 그 역무원은 내가 다시 빠져나오지 않는다는 것을 안다면 무임승차를 한 것쯤으로 생각할지도 모를 일이었다.

통로를 빠져나가 플랫폼으로 나서며 규선에게 전화를 했다. 그는 병원에서 전화를 받았다. 제 와이프 곁을 잠시도 떠나지 않는 것 같았다. 그래도 목소리는 밝은 편이었고, 통화를 하다가 제 와이프를 바꿔주기까지 했다. 그가 그렇게 제 와이프를 바꿔주는 그 의도를 알 것 같아 나는 가벼운 농담 몇 마디를 던졌고, 변용순도 꽤 밝은 목소리로 응대했다.

전화를 끊고 나자 제 와이프를 반드시 살려내겠다던, 제 와이프 옆에는 자신이 있어 줘야 된다던 어젯밤 규선의 말이 다시 떠올랐다. 그리고 명기의 원룸과 거기서 혼자 지내는 명기의 모습도 떠올랐다가 지나갔다.

열차는 제 시간에 맞춰 들어왔다. 협회 사무국장의 핸드폰에 전화를 하자 5호 차라고 했고, 그 객차가 서는 위치에서 기다리자 열차는 곧 플랫폼으로 들어섰다. 객차 안에서는 벌써 나를 발견한 사람들이 차창을 사이에 두고 손을 흔들었다. 그들에게 마주 손을 흔들어 보이며 열차에 올라 안으로 들어섰다. 그리고는 우선 눈에 띄는 대로 낯익은 얼굴들과 인사를 나누고 빈자리를 찾아 앉았다. 그 객차 한 량으로도 모자라 옆 객차의 일부 좌석까지 회원들이 차지했는데, 다소 시간이 이른 감이 있었지만 일정관리 때문인지 점심이 제공되는 가운데 사람들은 서로 의자를 돌려놓고 앉아 이야기를 나누며 술까지 곁들였다. 사실, 그 때까지만 하더라도 뜻하지 않은 일이 기다리고 있으리라고는 미처 생각지 못했다.

잠시 후 익산역에 도착한다는 안내방송을 들으며 나는 자리에서 일어나 통로를 따라 주욱 걸어 나갔다. 담배에 대한 욕구도 있었고 화장실도 다녀와야 했다. 들어올 때와는 반대편으로 나가다보니 다시 새로운 사람들과 만나게 되고, 눈에 띄는 대로 목례와 수인사를 나눴다. 그런데 그렇게 진행하면서 마악 승강구 쪽으로 빠져 나가려는데 뒤에서 누군가가 내 이름을 부르며 소리쳤다.

"어이, 서시영! 왜 나한테는 아는 척도 않고 그냥 지나가는 거야? 나는 사람 아니야? 나한테도 아는 척해야지. 이리 와 술 한 잔 하라고!"

몸에 걸친 황토색 개량 한복은 후줄근했고, 통로로 조금 비어져 나온 발에는 흰 고무신이 꿰어졌고, 비누칠을 하고는 일회용 면도날로 밀어버리기라도 한 듯 반들거리는 머리통에, 더부룩하게 기른 수염과 넙데데한 얼굴 등 특이한 차림새였는데, 누구인지는 얼른 생각나지 않았다. 그 모습은 얼핏 보아도 땡땡이중이라는 것을 알 수 있었다. 그렇다면 우리 회원 중에 땡땡이중이 있었던가? 아니면 누군가를 따라온 사람? 순간적으로 혼란이 왔다. 나를 알아보고 더군다나 아주 잘 안다는 식으로 나에게 반말 투로 이야기하는 것을 보면 같은 회원인 것 같은데 내 기억 속에 그런 땡땡이중은 없었다. 어딘가 낯이 익은 구석이 있는 것도 같았지만 쉽게 떠오르지는 않았다.

어쨌거나 저쪽에서 이름을 부르며 아는 체를 했으므로 그저 멀뚱할 수는 없었다. 그리하여 잘 안다는 듯이 손을 들어 보이며 나갔다 오겠다고 하고는 객실을 빠져나왔다. 누구였더라? 화장실에 가 용변을 보고 승강구에 기대어 담배 한 대를 다 피우며 아무리 생각해도 기억은 떠오르지 않았다. 상대방은 이쪽을 잘 알고 반가워하는데 누구인지 기억나지 않는 것처럼 난처한 일도 없는 것 아닌가.

아무리 기억을 헤집으며 생각해도 떠오르지 않았으므로 별 수 없이 그냥 들어설 수밖에 없었다. 객실 안으로 들어서자 땡땡이중은 기다렸다는 듯이 소리쳐 불렀다. 가까이 다가가며 눈치 채지 못하도록 명찰부터 슬쩍 훔쳐보았다. 모두의 가슴팍에는 명찰이 매달려 있었다. 움직일 때마다 흔들리는 그의 명찰에 적힌 이름은 '진종우'였다.

진종우? 이 사람이 진종우라고? 그렇다면……? 믿을 수가 없었다. 내가 아는 진종우와는 너무도 달랐다. 하지만 진종우라는 이름을 대입해 놓고 한참을 뜯어보니 조금씩 예전의 얼굴이 되살아났다. 더욱 믿어지지 않는 일이었다. 그가 정말 진종우라면 어떻게 된 것인가? 아니, 내가 아는 그 진종우가 맞기는 한 것인가?

"어떻게 된 거요? 미안한 얘기지만 너무 변해 알아볼 수가 없을 정 돕니다. 그 차림새는 또 뭐고……."

진종우는 대답 대신 크게 웃어젖히고는 술부터 한 잔 하라며 종이컵 에 벌컥벌컥 따라 주는 것이었다.

"사람 살다 보면 그럴 수도 있는 거 아닌가. 나, 머리 깎고 중이 되어 뿌렸지. 말 그대로 땡땡이중 아니겠나. 6년 넘었지?! 땡땡이중 노릇을 한 지가. 내가 조그만 암자 하나 짓고, 천운암이라 이름 붙이고, 내가 주지노릇 하고, 노상 하늘 보며 술 마시고 살아. 전화 하고 한 번 놀러 오소. 닭 잡아 주게."

놀러 오소, 닭 잡아 주게. 마당에 닭도 놓아먹인다며, 그 닭을 모가 지 비틀어 잡아줄 터이니 놀러 오라는 말이 시쳇말대로 골 때렸다. 그 것은 그의 어떤 단면을 그대로 보여주는 것이기도 할 텐데 나는 그만 할 말을 잃었다.

"놀러 오소, 닭 잡아 주게."

나에게 뿐만이 아니라 이야기를 붙이게 되는 사람마다 그렇게 말했 다. 그는 한 자리에 진득하니 앉아 있지도 않았다. 객차 여기저기를 돌 아다니며 말 붙이기도 어려운 선배에게 뿐이 아니라 비슷한 연배, 후 배 가리지 않고 술을 권하며 떠벌였다.

사람이 변한다변한다 해도 어찌 저렇게까지 변할 수 있을까? 생각할 수록 기가 막혔다. 차림새뿐만 아니라 술에 찌들대로 찌들어버린 얼굴 하며가 다른 말 필요 없이 노숙자 모습 그대로였다. 말끔한 차림들의 단체 여행객 속에 노숙자 하나가 끼어들어 제멋대로 휘젓고 다니는 꼴 이었다.

진종우를 만난 지가 언제인가 나는 새삼스럽게 되짚어보았다. 그러니까 지금과도 같은 제주도 단체여행길에서였다. 꼭 9년 전의 일이었었다. 직접 서로 대면하기로는 그게 처음이었고 이후로 몇 번 더 공식적인 자리에서 만나 술자리도 갖고 같이 어울리기도 했다. 그러다가 언제부터인가 보이지 않게 되었다. 어떤 공식적인 자리에서도 그의 모습은 보이지 않았다. 그러면서 그는 개인적인 교류가 없었던 내게서나 다른 사람들 사이에서 잊혀져갔다. 그가 나타나지 않는다는 사실조차도 의식하지 못한 채 기억의 뒤편으로 밀려나버렸다.

그러니까 그가 보이지 않았던 기간은 7, 8년 쯤 될 것이다. 그 7, 8년 사이에 사람이 저리도 변해 버릴 수가 있는 것인가. 예전의 그는 말수가 없고 결코 튀는 행동 같은 건 하지도 않았었다. 평범한 외양에 있는 듯 없는 듯 그저 조용하기만 하던 사람이었다. 헌데 땡땡이중이 되고 노숙자나 다름없는 몰골에 쉴 새 없이 떠벌이고 있는 것이다.

예전의 그를 아는 사람들은 어떤 정신적인 충격이 있었던 모양이라고 말했다. 그러면서도 슬금슬금 피하기만 했다. 어떤 사람은 노골적으로 무안을 주기도 하고 또 어떤 이는 그저 허허허 웃어넘기며 마지못해 몇 마디 응대를 하고는 자리를 떴다.

그러거나 말거나 그는 큰 소리로 떠들어대며 만나는 사람마다 술을 권하면서 '놀러 오소, 닭 잡아 주께.' 하는 것이었다. 그것은 목포에 도착해서 다시 전세버스를 이용해 완도로 가고, 행사장으로 옮겨 다니고, 행사가 끝나고서 자유시간이 주어졌어도 내내 마찬가지였다.

진종우에게 정신적인 충격이 있었다면 그게 무엇이었을까? 도대체 어떤 충격이기에 사람을 저토록 몰라보게 바꿔놓을 수 있는 것인가. 일행을 따라 움직이면서도 내내 그것이 궁금했다. 나 역시도 다른 사람들과 마찬가지로 될 수 있는 한 그의 눈에 띄지 않으려고 했지만 어쩌다 보면 그와 부딪치게 되곤 했는데, 그럴 때면 더욱 궁금증이 발동해 무슨 일이 있었는지 우회적으로 물어보기도 했지만 진종우는 거기에 대해서는 전혀 입을 열지 않았다.

완도에서의 밤은 그가 어떻게 지냈는지 알 수 없었다. 다행이라고 해야 할까? 내가 배정받은 숙소는 그와 다른 곳이었고, 그 밤에 몇몇씩 어울린 자리에서도 진종우의 모습은 보이지 않았다. 그런데 다음날 보길도로 넘어가서였다. 때 아니게 추적추적 비가 내리는 가운데 예정된 행사에 참석하고, 이른바 문화답사라는 것도 대충 마치고는 일찌감치 민박집으로 들어갔다. 많은 인원이라 여러 민박집으로 분산되고 또한 한 방에 다섯 명씩 배정을 받았다. 그런데 첫날과는 달리 진종우와 같은 방이었다. 진종우가 들어서자 거기 배정된 나머지 세 사람은 오늘 밤 잠을 자기는 다 틀렸다며 투덜거렸다. 그리고 저녁을 먹고 나서 어찌하다 보니 세 사람은 모두 다른 방으로 옮겨갔는지 보이지 않았다. 결국 나와 진종우 둘만 남게 되었다. 나도 다른 방으로 옮겨갈까 몇 번이나 엉덩이를 들썩거렸지만 어느 순간 진종우의 눈빛이 턱도 없이 슬퍼 보여서 그러지 못했다. 진종우라고 왜 사람들이 자신을 피한다는 것을 모르겠는가? 아니, 그보다도 턱도 없이 슬퍼 보이는 저 눈빛은…….

밤이 늦어지자 진종우는 취했음에도 몹시 술을 마시고 싶어 했다. 술을 마셔야 되겠는데 돈이 다 떨어져버렸고 다른 방에서 얻어오기도 뭣하다는 것이다. 으레 그렇듯이 이 방 저 방에서 술판이 벌어지고 있었지만 그는 쉽게 끼어들지 못했다. 결국 그는 나에게 졸랐다.

"서형! 그러지 말고 술 한 잔 사소!"

"술을 사는 거야 얼마든지 살 수 있지만 더 마셔도 괜찮겠습니까?"

“걱정 마소.”

정말 더 마시게 해도 괜찮을까 싶었다. 하지만 그의 눈빛이 너무도 간절했으므로 나는 밖으로 나갔다. 민박집 근처에 구멍가게가 있었다. 술과 담배, 안주가 될 만한 것들을 사들고 들어왔을 때 그는 조그만 수첩을 꺼내 방바닥에 배 깔고 엎드려 무엇인가를 적다가 나를 보고는 히죽 웃었다. 언뜻 그 웃음이 천진스러웠다. 하긴 다른 사람이 피할 정도로 제멋대로 행동했지만 다른 방에 가 술을 얻어먹지도 못할 정도로 정작의 속 넉살은 없는 그였다.

사람들이 진종우라면 슬금슬금 피하다보니 그 밤은 홀가분했다. 다섯 명씩 사용하도록 배정된 커다란 방에 우리 둘 뿐이었다. 나머지 세 사람 가운데 두 사람은 들어왔다가 아예 가방까지 챙겨 가지고 어디론가 가버렸고, 한 사람은 보이지도 않은 채 가방만 한쪽 구석에 덩그러니 팽개쳐졌다.

바깥은 비바람이 쳤다. 비는 그저 구질구질할 정도였지만 바람이 드센 편이었다. 민박집 대문 밖은 파밭이었다. 겨울이 가까워지고 있는데도 파밭이 무성하고 푸르다는 게 남녘임을 새삼 일깨워줬다. 어둡기 전에 보았던 그 파밭을 스치고 불어오는 바람이 창문을 두드렸다. 아귀가 잘 맞지 않는지 창문이 유난히도 덜컹거리는 소리를 들으며 진종우와 나는 술을 마셨다.

“참 오랜만에 협회에 나오고 이런 행사에도 참석하니 참 좋소.”

허허, 웃으며 진종우가 말했다. 계속 마셨던 탓에 그는 몇 잔의 술로도 쉽게 취기가 올랐다. 알전구 아래서 그의 머리통과 얼굴은 번들거리면서도 불콰했고 부기(浮症)까지 보였다.

“이럴 때나 와서 서로 얼굴들도 보고 하는 거지요.”

“그럼 서형은 그동안 매번 참석했던 거요?”

“매번이라기보다도 될 수 있는 한 참석하자는 쪽이었지요 뭐. 진 선배도 이제 될 수 있으면 서로 얼굴 보게 나와요. 내년에는 또 어디가 될지 모르지만 나도 꼭 참석하겠으니. 아니, 내년이 아니라 올 해 말쯤에도 총회가 있을 것이니 나옵시다요.”

“날더러 총회에도 나오고 그러란 말요?”

진종우가 그러면서 허허, 공허하게 웃음을 날렸다. 가구 따위는 보이지도 않고 한쪽 구석의 낡은 교자상 위에 침구가 개어 얹힌 게 전부인 방에 그의 웃음소리가 컹컹 공명되었다.

“그럼은요. 그래야 얼굴도 보고 하는 거지 언제 얼굴 보겠습니까?!”

“글쎄 말이오. 사람들이 과연 내가 나오는 걸 좋아할까? 헛허허!”

그는 다시금 방이 울리도록 웃음을 날리더니 말을 이었다.

“사람들이 나를 피한다는 걸 왜 모르겠소, 서형! 그리고 망나니처럼 구는 나를 누가 좋아하겠소! 술 처먹고, 소리 지르고, 꼬장 부리고……. 그래서는 안 된다는 것을, 이런 자리에서는 할 짓이 아니라는 것을 내가 왜 모르겠소.”

문득 진종우의 얼굴이 처연해지는가 싶더니 눈에 눈물이 핑글 돌았다.

그 얼굴빛과 눈물이 내 가슴을 알 수 없게 눌렀다.

“진 선배! 왜요?! 그동안 무슨 일이 있었긴 있었군요. 사실 나도 무엇 때문에 진 선배께서 이렇게까지 사람이 달라졌나 싶었고, 다른 사람들 역시 정신적 충격이 있었던 것 같다고 해서 그저 그쯤으로…….”

파밭을 스치고 불어와 창문을 때리는 바람 소리는 여전한데 다른 방에서는 와아, 하고 웃음소리가 터져 나왔다. 그런가 하면 다른 민박집들을 오가느라 대문을 드나들며 낄낄거리는 소리도 들려왔다. 민박집은 ㄷ자 형태의 단층으로 지어졌는데 우리가 든 방은 대문 쪽의 맨 끝 방이었다. 그리고 인원이 많다보니 한 민박집에 다 수용하지 못해 이웃의 다른 민박집까지 분산 수용하는 바람에 서로들 오가곤 하는 것이었다.

진종우는 몇 잔의 술을 연거푸 들이키더니 다시 입을 열었다.

"그게 말이오. ……. 서형이 알려나 모르겠는데 나한테 아들놈이 둘이 있었소. ……. 그래요. 괜히 길게 얘기할 필요가 뭐 있겠소. 아직 여기 사람 누구에게도 하지 않은 이야기이긴 합니다만, 내가 머리 밀고 땡땡이중이 된 것은 바로 아들놈 때문이었소. 내가 말이오, 이 애비라는 작자가 말이오, 뭐 말라 비틀어진 예술을 한답시고 떠돌아다녔는지……. 사실 집안 살림이 어떻게 돌아가는지 나는 신경도 쓰지 않았소. 그래서 집안에 돈이 떨어졌는지 뭐가 어떻게 됐는지 나 몰라라 했던 것 아니었겠소. 그런데 어쩌다보니 전기료도 못 내서 전기까지 끊어지고 말았지 뭐요. 그래도 여름이었으니까 전기 끊어졌어도 냉장고 선풍기 못 틀고 텔레비전을 못 봐서 그렇지 견딜 만은 했소. 원시적으로 사는 셈 치고 그런 경험도 괜찮다 여기면 되었으니 말이오. 그런데 말이오. 큰아들 놈이 집에 불이 없으니까 밖에 나가 길가 가로등 불빛 밑에서 책을 읽다가 그만 달려든 차에 치어 죽었다오."

"뭐라?!"

그 말을 듣는 순간 바늘 같은 게 내 몸을 관통하며 지나가는 느낌이었다. 파르르, 나 자신도 모르게 살갗이 떨려왔다.

진종우는 허탈한 표정이더니 한마디 더했다.

"그 길로 머리를 깎은 거요."

그리고는 술잔을 비워냈다.

　나도 더 이상 아무런 말도 못하고 술잔을 비워냈다. 무슨 말을 할 수도, 물을 수도 없었다.

　얼마의 시간이 지났을 때, 문득 진종우가 노래를 부르기 시작했다. 나도 그 노래를 따라 불렀다. 파밭을 스치고 불어와 창문을 때리는 바람소리도 점점 커지고, 진종우와 내가 부르는 노랫소리도 점점 더 커졌다. 옆방에서 시끄럽다고 소리치며 벽을 쿵쿵 두드렸다. 그래도 우리는 목이 터져라 노래를 불러댔다.

　다음날 배를 타고 보길도에서 완도로 넘어갔다. 그렇게 시작된 귀경길이었다. 밤새 몰아치던 바람은 자고 파도도 비교적 잔잔했다. 하긴 먼 바다도 아니고 내해(內海)인 셈이니 배 끊길 일은 거의 없을 것이다. 간밤에 진종우와 함께 마신 술로 녹초가 되어 나는 돌아오는 배에서도 옷가지를 깔고 바닥에 누워버렸다. 그러면서 가끔 진종우의 모습을 확인했다. 그도 지쳤는지 내려올 때와는 달리 한쪽 구석에서 잠잠했다. 그런데 목포에서 상행선 열차를 타면서 보니 그의 모습이 보이지 않았다. 아무리 찾아보아도 보이지 않았고, 다른 사람들에게 물어도 모른다는 대답뿐이었다. 그는 어디로 사라져 버린 것일까? 혹시나 싶어 열차가 출발한 뒤에도 둘러보았지만 진종우의 모습은 어디서도 찾아지지 않았다.

19. 새가 날면 나뭇가지가 흔들린다

살미랑!

오늘도 바람은 불었다. 모든 게 살아 있음을 느낀다. 바람이 없다는 것은 죽은 것이다. 지구가 있고, 대기가 있는 이상 바람이 없을 수는 없을 것이다. 옛날, 돛으로만 항해를 하던 시절, 뱃사람들이 가장 두려워했던 것은 풍랑이 아니라 바람 한 점 없는 맑은 날이라고 했다. 아득하게 그어진 수평선. 그 바다 한 가운데서 바람이 일지 않으면 몇 날 며칠이고 갇혀 있어야 한다. 그 숨 막힐 듯한 고요는 산더미 같은 파도보다도 더 공포스럽다. 그 공포에서 벗어날 수 있는 길은 바람뿐이다. 그 숨 막힐 듯한 고요가 지나고 바람이 일면 비로소 삶에의 희망을 가질 수가 있는 것이다. 그 무풍의 바다였다 해도 바람이 아주 없었던 것은 아닐 것이다. 다만 느끼지 못할 정도의 미미한 바람이었기에 공포에 떨었을 것이다. 그리고 그들은 공포에 떨면서도 믿었을 것이다. 그 무풍의 바다 위 대기에 바람의 씨가 숨어 있다는 것을.

나는 바람 속으로 나간다. 바람이 살갗에 느껴진다. 그럼으로써 살아 있음도 느낀다. 그 여자는 내게 그런 바람이었다.

한윤주. 이제 나는 그녀를 이야기한다. 내 삶의 바람처럼. 딸꾹질을 하듯 떨며 흐느끼던 그녀의 육체, 그 사타구니에서 나던 시큼한 냄새와 찜찔한 맛에 내 오감은 떨렸다. 그러면서 나는 그녀의 사타구니에서 나는 바람을 온 몸으로 맞았고, 그 바람을 느꼈다.

'하늘그린식품'의 일을 일찍 끝내고 한윤주의 집으로 갔을 때, 거리며 창유리 등에는 오후 두 시의 햇빛이 환하게 비추고 있었음에도 현관문을 열고 나를 맞이하는 그녀는 뜻밖에도 잠옷 차림이었다. 상하로 나뉜 하늘색 잠옷이었다. 하늘색 바탕에는 하얀 물방울무늬가 동동 떠다녔다. 그것이 내가 대전에 내려갔을 때 통화를 하면서 이야기했던 잠옷이라는 것을 나는 어렵지 않게 알아차렸다.

"어때? 언제 제대로 잠옷 입은 모습을 보여줄 수 있을지 모르지만 조금이라도 빨리 보여주고 싶어서 이 방법을 택했어. 잠옷이라기보다는 그냥 실내복이지 뭐……."

그렇게 말하며 환하게 웃는 그녀를 나는 담뿍 안아다 침대에 눕혔다. 그녀에게서는 분 냄새가 났다. 샤워를 하고 나면 목덜미나 겨드랑이에 분가루를 바른다는 것을 나는 안다. 그녀의 귓불을 깨물며 나는 말했다.

"사랑해. 어디 갔다가 왜 이제야 왔느냐고 다시 묻고 싶어."

그녀는 눈 감고 내가 속삭이는 말을 들었다. 나는 눈을 뜨고 그녀의 모습을 바라보았다. 여자는 청각에 예민하게 반응하고 남자는 시각에 예민하게 반응한다. 그만큼 여자는 청각에 취약하고 남자는 시각에 취약하다. 그녀도 나도 취약하고자 했다. 정신도 혼미해지고 육신도 혼미해지고, 그렇게 꿈속을 걷고자 했다. 그녀는 눈 감고 내 말을 몇 번이고 음미하며 달콤함에 빠져들고, 나는 그녀의 모습 하나하나를 내 눈 속에 집어넣는다.

"난 어디 가지 않았었어. 그냥 여기 있었어. 시영 씨가 못 찾아냈던 것이지."

누군가가 상습범처럼 여자를 만나면 말했다고 한다. 자신의 영혼을 팔아서라도 그 사랑을 사고 싶다고. 나는 그런 말은 하지 않았다. 하지만 윤주를 안으면 아주 먼 길 휘돌아온 것 같은 느낌인 것만은 분명했다. 그리고 그녀에게서 나는 분 냄새가, 그 한 없이 부드러운 것이 내 가슴을 날카롭게 찌르는 것도 사실이다.

살미랑아! 바람이 분다. 누군가가 말했다. 바람이 불어 살아야겠다고. 다시 바람이 불어 그녀를 느끼고 싶다. 그녀가 옆에 있고, 그녀를 만지고 있어도 그녀를 다시 또 느끼고 싶다.

나는 갑자기 부당하다고 생각하기도 한다. 현재 나를 둘러싸고 있는 상황들이, 그녀를 둘러싸고 있는 상황들이 뭔가 부당하기만 하다. 내가 이런 생각을 하는 것도, 내가 이성(理性)이라는 것을 뒤집어쓰고 살아간다는 것이 부당하고, 짜증스럽고, 화가 나기도 한다.

그래, 돌려 말할 필요가 뭐 있는가. 내가 아내 경연이가 없이 홀가분한 몸이라면, 애초에 결혼 따위는 하지 않고 독신으로 살아왔다면 얼마나 좋았을까, 그리고 윤주 역시 사실상의 별거를 하고 있지만 진즉에 이혼을 했거나 혼자 살고 또한 아이도 없다면 얼마나 좋았을까, 그런 생각을 해보는 것이다. 어찌 보면 유치하기 짝이 없지만 그러나, 사실이다.

하지만 그것들조차도 내가 살아 있음을 느끼게 하는 바람일 것이다.

그렇지 않은가, 살미랑이여!

나는 잠시 생각한다. 급성 림프구성 백혈병 진단을 받고 입원한 아내의 곁을 지켜줘야 된다며 병원 마당의 어둔 불빛 속에서 눈물을 보였던 규선과, 전기료를 못 내 단전(斷電)이 되어 집 밖의 가로등 불빛에 의지해 책을 읽던 아들이 그만 차에 치어 죽었노라고, 그 길로 머리를 깎고 땡땡이중이 되어버렸노라고 했던 진종우를……. 완도의 그 섬들에서 올라온 이후 진종우에게 전화를 해봐야지 하면서도 아직 하지 못했다. 전화번호는 협회에 알아보면 될 것이고.

그들은 나를 슬프게 했다. 그리고 딸꾹질을 하듯 흐느끼던 윤주의 그 육신과 사타구니에서 나던 시큼한 냄새와 찝찔한 맛도 나를 슬프게 했다. 적어도 오늘 하루, 적어도 그녀와 함께인 동안은 죽고 못 살 것 같은데 왜 슬픈 것인지…….

살미랑. 나는 나를 부르고 싶다. 그 누구도 아닌 나를 부르고 싶다.

한 그릇에 삼천 원 한다는 수제비를 사먹으러 가자고 길을 나섰다. 윤주는 어린 아이처럼 폴짝거렸다. 아파트 광장에는 어디서 날아왔는지 비둘기 세 마리가 모이를 주워 먹다가 푸드덕 날아올랐다.

"비둘기가 유해 조류로 분류됐대. 평화의 상징에서 퇴치의 대상으로 전락했다고 떠들던걸."

그녀가 말했다. 뉘엿, 해가 기울며 아파트 광장엔 그림자로 덮였다. 짧아진 해에 그림자가 덮이는 속도도 빠르다. 햇빛은 다만 높은 아파트 건물 상단에만 걸렸을 뿐이고, 그것조차도 금방 걷히고 어둠이 내려앉을 것이다.

"그래도 비둘기는 모르니까. 사람들이 간사한 것이지. 어제까지만 하더라도 과자 부스러기를 던져주던 사람들이 오늘은 그물 가지고 덤 벼드는 거겠지."

몇 번 더 푸드덕 날아올랐다가 내려앉곤 하던 비둘기는 다시 한 번 더 큰 날갯짓으로 날아오르더니 멀리 날아가 버렸다. 이 도시의 어느 구석에 있는지는 모르지만 이제 날이 저문다는 것을 알고 제 둥지를 찾아가는 것일 터이다.

문득 저 비둘기들이 윤주의 아파트 창문의 창틀로 날아들어 우리의 정사를 훔쳐보던 녀석들이 아닌가 하는 생각이 들었다. 그 생각에 혼 자서 킥 웃다가 일부러 엉뚱한 말을 했다.

"외간 남자와 이렇게 아파트 단지서 활보해도 돼? 더군다나 남편이 지방에 내려가서 거의 오지 않는다는 것을 아는 사람은 알 텐데."

"시영 씨가 뭐 그전에는 우리 집 안 왔었나?"

"요즘은 자주 드나들잖아."

"상관없어. 지들이 이상하게 생각해 보았자고."

"배짱이 두둑해졌군,"

"내 삶이 그렇게 만들어버렸어."

"네 삶이 뭐가 어쨌는데. 사람……."

"사람 사는 거 다 거기서 거기라고 말하려고 그러지? 그런 말은 하 지 마. 달리 보면 사람들은 또 다들 그런대로 살아가. 그런데 나는 아닌 거지. 내 삶, 더는 내 남편이라는 사람이 이렇게 만들었으니까."

"남편?"

"그만 얘기하자. 어쨌든 이제 겁날 것도 없다는 거니까. 정말이야. 나 이제 겁날 거 없는 여자야."

윤주는 그러면서 잠깐 빤한 시선을 내게 돌리더니 다시 고개를 곧게 세우고는 앞으로 걸어 나갔다.

아파트 단지를 다 빠져나왔을 때 거리에는 햇빛이 한 조각도 남지 않고 다 걷혀져버렸다. 시장까지는 적어도 20분 가까이는 걸어야 된다고 했다. 택시를 타겠냐고 묻자 윤주는 걷는 게 좋다고 말했다. 시간이 급하면 택시를 타고, 그녀는 자신의 말을 수정했다. 나도 시간 급할 것은 없다고, 걷는 게 좋다고 말했다.

수제비 집은 재래시장 입구쯤에 있다고 했다. 3천 원짜리인데도 바지락을 많이 넣어 준다고 했다. 거기 가면 붕어빵 장수도, 떡볶이 장수도, 번데기 장수도 있어서 시장에 오갈 때면 혼자 들어가 수제비를 사 먹거나 길거리서 붕어빵 번데기 등을 사먹는다고, 집에서 혼자 밥 먹기 나빠 그렇게 때울 때가 많다고 그녀는 말했다.

그 수제비를 사먹고 나서 나는 그 길로 집으로 돌아갈 것이다. 그녀는 찬거리 한둘쯤 사서 다시 이 길을 되짚어 올 것이고.

내가 집에 들어갔을 때 아내 경연이가 먼저 귀가해 있으면 밥은 먹고 들어왔다고 말하게 될 것이다. 그러나 누구랑 먹었는지는 말하지 않게 될 것이다. 그런 걸 묻지도 않을 테지만 만약에 묻는다면 '하늘그린식품' 직원들과 먹었다고 하면 그만이고, 보다도 그런 걸 묻는다면 나는 비둘기가 유해 조류로 분류됐다는 따위의 이야기나 늘어놓게 될 것이다.

도로를 따라 천천히 걸음을 옮겨놓았다. 얼마쯤이나 갔을까 한데 어느 상점의 통유리로 들여다보이는 텔레비전 화면에는 버락 오바마의 얼굴이 가득 클로즈업되었다. 뿐이랴. 저 멀리 보이는 건물 옥상의 전광판은 버락 오바마에 관한 뉴스를 쏟아냈다. 버락 오바마가 미합중국의 대통령에 당선됐다고, 미국 역사상 최초의 흑인 대통령이 탄생했다고. 어제 오늘 온통 그 뉴스로 도시는 범람했다.

윤주는 옆에서 걷다가 앞으로 나서더니 어린애처럼 인도 가장자리의 연석을 평균대 하듯 밟으며 나갔다. 쫓아가 그녀를 안쪽으로 잡아당겼다. 그녀가 나를 빤히 쳐다보았다.

"안쪽으로 가시지."

그러자 그녀는 다시 나를 돌아보며 천진하게 웃었다.

버락 오바마가 당선됐든, 최초의 흑인 대통령이 탄생했든, 오늘 우리와는 아무 상관없었다. 그저 그 소식을 전하는 뉴스 앵커의 목소리가 좀 시끄럽고, 티브이나 인터넷이나 신문이나 가득한 버락 오바마의 얼굴에 눈이 좀 어지러울 뿐이었다.

버락 오바마는 수제비 집 선반에 올려진 티브이에서도 와글와글 쏟아졌다. 그러나 저 혼자 떠들 뿐 아무도 눈여겨보는 사람은 없었다. 이미 볼 만큼 보았고 들을 만큼 들었다. 보다는 수제비에 곁들여 먹는 겉절이에 더 관심이 많았다. 새우젓이 아주 적당하게 들어간 거 같아요. 방금 겉절이를 더 청해 입에 한 젓가락을 집어넣고 우물거리던 뚱뚱한 여자가 주인 여자에게 말했다. 빨갛던 그 여자의 입술 루주는 벌써 다 지워져버렸다.

"성일이 아빠는 올라오지 않는 거야?"

커다란 스테인리스 대접에 담겨져 나온 수제비 속에서 바지락 껍질을 골라내며 내가 물었다. 바지락 껍질은 갯벌 색깔과 무늬를 닮았다. 나무에 사는 것들은 나무를 닮고, 갯벌에 사는 것들은 갯벌을 닮고, 모래에 사는 것들은 모래를 닮는다.

"삼 주일 전에 올라왔었던 게 마지막이야. 자기도 와 봤자 뭐하겠어. 나하고 말 한 마디를 하나 뭘 하나……. 그러니 하루일지라도 집에 있는 게 고역일 것이고, 또 집에 있을 사이도 없이 오랜만에 올라왔으니 자기 볼 일 보고 다니기에도 바쁜 거고.”

그녀는 수제비가 쫀득거린다며 내 그릇 속에서 바지락 껍질을 건져내 준다. 자신의 남편에 대한 이야긴데도 마치 남의 이야기를 하는 것 같고, 말과 얼굴빛이 너무도 동떨어졌다.

“어떻게……, 봉합이 안 되는 거야?”

“봉합? 시영 씬 우리 부부가 봉합되기를 바라는 거야?”

그녀가 나를 빤히 쳐다보았다. 허름하고 작은 수제비 집은 제법 사람들이 끄는 모양이었다. 길게 양쪽 벽면에 붙여 두 줄로 배열된 여덟 개의 탁자에 연신 손님들이 자리를 채웠다가 일어서곤 했다. 대부분은 시장 상인들로 보이는 여자들이었다.

“봉합……. 글쎄. 언제까지 그렇게 살 수는 없는 일 아니야. 봉합이든 수선이든 할 수 있다면 해야지.”

나 역시도 내뱉는 이야기와 얼굴빛이 동떨어졌다는 게 느껴졌다. 얼굴 근육들이 서로 부자연스럽게 움직인다. 그들 부부가 봉합되기를 바라는 것인가? 알 수 없었다. 봉합되기를 바라는 것도 같고 아닌 것도 같다. 아니, 아닌 쪽으로 훨씬 더 기우는 게 사실이다. 그럼에도 나는 봉합을 얘기하는 것이다. 아니, 그것도 아니고, 이성적인 판단으로 봉합되어야 한다고 생각한다. 생각과 마음이 따로 놀 때가 이런 경우일 것이다.

“우리 부부는 이미 수습되기는 틀렸어. 이미 깨질 대로 다 깨졌고, 다 물 건너갔어.”

한숨을 폭 내쉬면서 했지만 역시도 남의 이야기를 하듯이 했다. 그리고는 수제비 맛있지? 라고 물었다. 나는 맛있다고 대답했다. 3천 원 짜리 치고는 훌륭하다고도 덧붙여주었다.

"수습되기는 틀렸다고 하고 그냥 마는 거야?"

"그럼 내가 뭘 어떻게 해?"

"뭐 어떻게든 해봐야 되는 거 아냐? 방법을 찾아보든가?"

그렇게 말하면서 우리가 참 이상한 대화를 나누고 있다고 생각했다. 우리의 관계에서 볼 때 말이다.

"방법? ……. 없어. 그런 건……. 내가 시영 씨한테 이야기하지 않았는데 저 지난 번에 왔을 때 딱 한 마디 하더라. 이혼하고 싶다고."

"이혼?"

그 말을 듣는 순간 아찔한 느낌에 가슴이 쿵 떨어졌다. 이혼이라는 말 자체가 아닌 그 무엇 때문에. 나는 다시 한 번 그녀의 이혼이란 말에 가슴이 쿵 떨어졌다는 사실에 놀랐다.

"그래. 자기도 그 편이 훨씬 낫겠지. 나하고 언제까지 이러고 지내봐야 아무 희망이 없을 테니까. 나는 아무 말도 안 했어."

"그거 참……."

"난 남편에게 여자가 있다는 것을 알아."

"여자?"

"여자가 있으니까 그러지. 그리고 여자 없이 그렇게 지낼 사람도 아니고. 벌써 아주 오래 됐어. …… 그런데 참 이상하지? 남편에게 여자가 있다고 생각하면 막 화가 나고 참을 수 없을 만큼 질투가 나. 이미 오래전에 나와는 끝나버린 거나 마찬가지인 사람인데도 그래. 이미 나와는 상관없는 사람이라 생각하면서도, 그래서 어떻게 하든지 신경 안 쓴다고 하면서도 다른 여자가 있다고 생각하면 질투가 나는 거야. 더군다나 그전과는 달리 내 옆에는 시영 씨가 있고, 가슴 한 복판에 시영 씨를 넣어두고 있는데도 그래. 이상하지 않아. 막말로 이제는 질투할 필요가 없게 됐는데도 질투가 나니 말야."

윤주는 묘하게 얼굴을 일그러뜨리며 웃었다. 그리고는 다 먹고 난 수제비 그릇을 한쪽으로 밀어놓고는 손거울을 꺼내 들여다보더니 수제비 맛있지? 하고 다시 물었다. 나는 맛있다고 대답해주었다.

티브이에서는 더 이상 버락 오바마가 나오지 않았다. 그러나 뉴스 시간이 되면 또 나올 것이다.

20. 버락 오바마

당분간, 버락 오바마의 열풍은 계속될 것 같다. 많은 사람들이 환호하고 축제 분위기에 휩싸여 있다. 아무리 나와는 상관없는 일이라고 해도 어느 한 구석 축하와 지지를 보내는 마음도 사실이다. 그런데 그에게 축하를 보내면서도 또 다른 한편에서는 묘한 슬픔을 느끼는 것도 사실이었다. 그 한 바탕의 축제에서 승자(勝者)가 된 오바마를 지켜보고 지지를 보내면서도 한쪽으로는 묘한 슬픔을 느껴야 했던 것이다.

왜 나는 그 승자를 바라보며 슬픔을 느껴야 했던 것일까?

아니, 그보다도 먼저 미국 땅에서 그 흑인 대통령의 출현은 분명 역사적 사건임에는 틀림없다. 그것은 미국 땅에서 뿐이 아니라 전 세계적으로 이목을 집중시킨 크나큰 사건이었다. 그렇지만 그 흑인 대통령의 출현이라는 것도 백인적인 시각에서 바라본 것이 아닐까? 엄격히 말해 오바마는 흑인이 아니라 흑백 혼혈인이다. 그런데도 흑인이라고 말한다. 그렇다면 반대로 역대의 대통령들이 모두 흑인이었다가 흑백 혼혈인이 대통령에 당선되었다면 백인 대통령이 출현했다고 말할 것인가? 그렇지는 않을 것이다. 그러니까 백인이 아니면 흑백 혼혈인이라도 흑인으로 말하고, 황백 혼혈인이라도 황인이라 말하는 것은, 다시 말해 백인은 순수혈통이어야만 백인이라고 말하고 다른 유색인들은 그것의 순수 혈통이 아니어도 흑인 혹은 황인이라고 말하는 것은 백인 우월주의의 시각이 아니겠느냐는 것이다. 그런데도 거기에 대해서 이야기하는 이는 한 사람도 없고 '흑인 대통령의 출현'에만 젖어 있다. 가랑비 몇 줄금에 땅거죽이 젖었다고 속까지 물이 스민 것은 아닌데.

그런데 축제의 한복판에 선 오바마를 바라보며 느끼는 묘한 슬픔은 무엇인가? 그에게 질투를 느껴서인가? 아니면 그에게서 잘못된 무엇인가를 발견해서인가? 그렇지는 않다. 그럼에도 슬픔을 느끼는 것은 그에게 나를 견줘보게 되기 때문이었다.

오바마는 나보다 나이가 많긴 하지만 대통령으로서는 매우 젊은 나이라서인지 자꾸만 나와 견줘보게 되는 것이다. 오바마는 유색인으로써 그 역사적인 일에 도전을 해 성취하는 진취적인 기상으로 가득한데 나는 마음 한 구석에 회한이나 품고 어느 한편 염세(厭世)에 젖어 있기조차 하다는 사실 같은 것 말이다. 물론 나도 아직 꿈을 버린 것은 아니다. 이루고 싶은 것들이 많고 끊임없이 무엇인가를 하고자 한다. 그럼에도 내 앞에 놓인 현실 앞에서 자꾸만 무너지고 염세적 회한을 품게 되는 것이다. 그것들은 대체 어디서 오는 것일까?

그러나, 우리는 안다. 오바마 열풍도, 다른 무엇도 시간이 지나면 그것에 대해 무뎌지고 더는 점점 잊히게 되리라는 것을. 그게 오랫동안,

어쩌면 영원히 이어질 것 같아도 한순간에 지나지 않고, 나이가 점점 더해가면서 그 기대의 시간도 짧아진다는 것을 우리는 어느새 터득해 버렸다. 오바마 열풍도 어쩌면 오바마의 시대가 끝나기도 전에, 더는 오바마의 시대가 시작되면서 벌써 시들해져 버리리라는 것…….

그리해서라도 나는 그 누군가의 이름을 부르고 싶은 것이다, 지금.

21. 아내와 같이 있으면 왜 쓸쓸한가?

겨울을 재촉하는 비가 내렸다. 빗물에 가로수 잎들은 더욱 쏟아졌고, 아스팔트 노면에 붙어버린 그것들은 차량들이 지나면서 일으키는 바람에 딱지처럼 빠닥빠닥 힘들게 뒤집어졌다. 이 비가 그치면 날씨는 한결 추워질 것이다.

공원 슈퍼의 나이 든 부부는 오늘도 목청 높여 싸웠다. 남자의 목소리는 들리지 않고 여자의 목소리만 칙칙한 공기를 뚫고 사방으로 흩어졌었다.

창문을 열고 옆으로 비껴 보면 비를 맞는 슈퍼 앞의 평상이 눈에 들어온다. 비닐장판이 깔린 평상 위에도 낙엽들이 떨어져 붙어서 웬만한 바람에도 날아가지 않는다.

슈퍼의 남자는 하릴없이 우산을 쓰고 나와 플라스틱 빗자루로 보도

블록 위의 낙엽들을 쓸다가 평상 위도 쓸어낸다. 낙엽들은 빗물 때문에 잘 쓸리지도 않았는데, 참으로 엉뚱하게도 어느 날 갑자기 저 남자가 자기 부인의 사나움을 견디지 못해 자살을 하는 게 아닌가 하는 생각이 들었다. 말 그대로 터무니없고 엉뚱한 생각이지만 부인이 사나워 남편이 자살했다는 것은 가끔 듣는 이야기다. 반대로 남편이 사나워 부인이 자살했다는 이야기는 아직 들어보지 못한 것 같았다.

낙엽들을 쓸어 모으던 남자가 안으로 들어가 보이지 않았으므로 나는 시선을 돌려 공원을 바라보았다. 비에 젖은 공원은 아무도 없이 텅 비었다. 벤치에도 낙엽이 떨어지고 빗물에 젖어 번들거렸다.

조금 전 나는 전화를 했다가 아무런 소득도 없이 통화를 끝냈다. 아니, 통화 자체가 이루어지지 않았다고 해야 할 것이다.

규선의 와이프가 급성 백혈병이라는 것은 두 말 할 것도 없지만, 지난번 완도에서 올라온 뒤로 진종우에 대한 생각도 머리에서 떠나지 않았다. 내내 아무렇지 않다가도 불쑥불쑥 그가 떠오르곤 하는 것이었다. 다른 무엇보다도 가로등 불빛 밑에서 책을 읽다가 차에 치어 죽은 아들을 묻고 그 길로 머리를 깎고 땡땡이중이 되었다는 이야기가 그러했다. 그 날 집인지 암자인지에는 잘 들어갔는지, 그리고 잘 지내고 있는지, 목소리라도 한 번 들어보고 싶었다.

협회에서 발간하는 책자의 주소록을 뒤적여보니 진종우의 전화번호가 나왔다. 하지만 전화를 했을 때 그 번호는 결번으로 나왔다. 협회 사무국으로 전화를 하니 다른 번호를 알려주었다. 그 번호로 전화를 하자 늙은 여자가 받았다. 진종우를 찾는다고 하자 그런 사람 없다는 대답이 들려왔다. 혹시 암자가 아니냐고 묻자 일반 가정집이라고 했다. 그렇다면 지금의 이 전화번호를 언제부터 사용했느냐고 묻자 벌컥 신경질을 내며 끊어버렸다. 늙었지만 성깔머리가 보통이 아닌 여자 같았다. 다시 협회 사무국으로 전화를 하여 진종우의 핸드폰 번호는 없느냐고 하자 기록된 게 없다고 했고, 아까 알려주었던 번호는 언제 올려진 것이냐고 물으니 오래 전의 것이고, 자신들이 업무를 맡은 게 3년 전부터였는데 그 기간 중에 바뀐 것 같지는 않다고 했다. 내가 가지고 있는 주소록은 5년 전의 것이었고, 그렇다면 5년 전부터 3년 전 사이에 바뀐 전화번호일 거라는 결론이 나왔다.

그나저나 그렇다면 진종우에게 연락을 취할 방법은 없다는 말인가? 그와 가까이 지내는 사람이 누구인가 생각해보았지만 마땅히 떠오른 사람은 없었다. 혹시나 싶어 인터넷 검색으로 진종우가 책을 냈던 출판사를 찾아내어 전화를 해보았지만 그쪽에서도 진종우의 연락처는 모른다고 했다. 하긴 그가 맨 마지막으로 책을 냈던 것이 거의 십여 년 전이었고, 그 이후에는 통 활동이 없었는지 검색되는 게 없었다.

공원은 여전히 빗물 젖은 채 텅 빈 모습이었다. 사람들이 한둘씩 우산을 받쳐 들고 지나갔고, 차량들도 드물게 딱지처럼 아스팔트 노면에 붙은 낙엽들 위로 굴러갔다.

공원슈퍼에는 아까부터 한 사람도 드나들지 않았다.

아내 경연이는 일찍 들어왔다. 일찍 들어왔다는 것은 퇴근 후 다른 회식 자리에도 가지 않고, 즐겨 가는 검도장에도 가지 않고 곧바로 왔다는 얘기였다. 그럼에도 근무하는 경찰서 정문을 나서서 곧장 직행한 것은 아니고 큰 슈퍼마켓에는 들른 모양이었다.

어떻게 보면 경찰 제복 차림에는 어울리지 않게 비닐봉지를 몇 개씩이나 손가락에 끼워 들고 들어왔다. 경연이가 잘 가는 큰 슈퍼의 로고

가 찍힌 비닐봉지였다. 집과 그녀가 근무하는 경찰서의 중간쯤에 위치한 대형 쇼핑센터의 지하층에 있는 슈퍼마켓이었다.

경찰 제복 차림으로 그 슈퍼에서 이런저런 물건들을 고르는 모습을 생각하자 좀 웃음이 나오기도 했다. 아무리 경찰 제복을 입었더라도 하나의 생활인이고 집에서는 주부일 수밖에 없을 것이다.

가지고 들어온 비닐봉지들을 주방에 부려놓고 방으로 들어가 옷을 갈아입고 나온 경연은 다시 주방으로 들어갔다. 비닐봉지들을 풀어헤치자 그 속에서는 온갖 것들이 나왔다. 양배추, 케첩, 참치 캔, 콩나물, 두부, 생선, 된장, 칫솔, 주방 세제, 때밀이 타월, 마른 가지 등등, 조금씩 조금씩 종류도 다양했다. 생선과 육류 등이 든 비닐봉지는 가위로 배를 갈라 펼쳐놓고 정리했다.

무슨 날이야? 라고 물으려는 찰나 경연이가 먼저 말했다.

“두 사람 사는데 뭐가 이렇게 살 것도 많고 쓸 것도 많고 복잡한지 모르겠어.”

“그냥 간단하게 먹고 간단하게 쓰면 되는 거지.”

“그게 말처럼 쉽게 되는 줄 알아? 안 갖추면 불편하고, 없으면 필요하게 되고 그러니까 문제지.”

그러면서 이것저것 씻고 썰고 하기 시작했다. 방에 들어와 있는데 불러서 나가 보니 생선을 씻으면서 작은 비닐봉지를 벌려달라는 것이었다. 하라는 대로 비닐봉지를 벌리고 서 있자 씻은 생선들을 넣었다. 다시 들어와 있는데 또 불러서 나가보니 이번에는 주방 세제를 좀 따라 달라는 것이었다. 생선을 만진 손이라 다른 것 만지면 비린내가 난다는 것이었다. 해서 붉은 고무장갑 낀 손에 그만이라고 할 때까지 세제를 따라주고 들어왔다.

또 부르는 것인가 했는데 더 이상 부르는 소리는 들려오지 않았다. 씻고, 조리기구들을 부딪치는 소리가 들리고, 기름 냄새에 다른 음식 냄새들까지 풍겨왔다. 그렇게 얼마가 지나 불러서 나가보니 식탁에 각종 나물들과 함께 비빔밥이 차려져 있었다.

"웬 비빔밥?"

"먹고 싶어서. 비비기 싫으면 그냥 먹고."

"저녁때인데?"

"비빔밥이 때가 따로 있어? 아무 때나 먹고 싶으면 먹는 거지. 입에서 요구하면 몸이 필요로 하는 것이라고."

저녁이라 부담이 될까 싶으면서도 나는 나물을 집어넣고 밥을 비볐다. 경연은 다 비비지도 않은 채 아귀아귀 입속으로 몰아넣기 시작했다. 먹어가면서 비비는 것이었다. 그러면서 밥알을 튀겨가며 이야기를 쏟아내기 시작했다.

"우리 부서 이 경사가 말이야, 언젠가 한 번 봤잖아. 그 키가 장대처럼 큰 사람 말야. 187이라는데, 실제로는 더 큰 거 같아. 나는 그렇게 키가 큰 사람은 싫더라. 커도 적당히 크고 균형 잡히게 커야지. 아참, 지금 내가 무슨 이야기야? 그래, 그 이 경사가 순찰을 돌다가 깡패들하고 맞붙어서 당했지 뭐야. 지금 병원에 입원해 있어. 갈빗대가 두 대나 부러졌대. ……."

경연이는 계속 늘어놓았다. 나는 별로 귀에 들어오지도 않지만 듣는 척 몇 번씩 대답만 해주었다.

얼마를 더 계속하던 그녀가 얼굴 표정을 거두더니 낮아진 목소리로 중얼거리듯 말했다.

"아참, 당신은 이런 이야기 싫어하지?! 우리는 이것도 저것도 취향이 너무 달라서 탈이야."

그 말에 나는 아무런 대꾸도 하지 않았다. 분위기가 시들해지고, 경연은 먹고 난 빈 그릇들을 개수대에 담갔다. 그러다가 또 문득 생각났다는 듯이 말했다.

"요즘 한윤주 씨 연락 안 와?"

경연의 입에서 윤주의 이름이 발음되어져 나오는 순간 나는 뒷목이 당겼다.

"바쁜가 보지 뭐."

"놀러 온다고 하더니 안 오네. 전화해서 언제 놀러 오라고 해. 당신도 쉬고 나도 쉬는 날로 말야."

경연의 그 말에 내 가슴이 스르르 내려앉았다.

"그대가 한 번 전화해주지."

"그대?!"

별 생각 없이 한 말인데 갑자기 그녀는 반색하는 얼굴이 되었다. 나는 가끔씩 쓰지 않던 말을 툭툭 내뱉을 때가 있다.

"그냥 나온 말이야."

"그래도 그대라는 말이 색다르게 들리네. 왠지 기분도 좋고. 나 곧 샤워한다아!"

말끝을 올리고 조금 길게 늘여 뺐지만 그건 결코 합의 도출을 위한 의사 타진이 아니라 일방적인 통고였다. 경연은 내 의향을 묻거나 하는 경우는 거의 없고 자신이 결정하면 그대로 밀고 나가는 성격이었다. 어쨌거나 샤워를 하다는 말에 나는 어떤 대답도 하지 않았지만 그에 상관없이 그녀는 금방 콧노래라도 흘러나올 듯싶은 얼굴이었다.

불을 다 끄고 커튼까지 쳤는데도 방안은 훤했다. 어둠에 눈이 익은 탓도 있겠고, 커튼이 좀 얇은데다가 서너 뼘 가량 벌어진 때문에 밖의 가로등 불빛들이 비쳐들었다. 뿐만 아니라 각종 전자제품들이 작동중임을 알리는 작은 표시등 불빛도 만만찮은 빛을 뿜어내 어둠을 밝힌다. 보일러의 온도 표시창, 티브이 세트, 오디오 세트, 핸드폰 충전기, 무선 전화의 충전기, 충전식 청소기, 공기 청정기 등등. 거기다가 탁상시계의 야광 숫자판과 전등 스위치에 부착된 야광별까지 한 몫 거든다.

왜 잠이 오지 않는 걸가? 나는 눈을 뜨고 멀거니 누워 천정을 바라보았다. 희미한 불빛이지만 사방연속무늬까지 보였다. 새벽 두 시 반쯤. 탁상시계의 초침소리가 시끄럽게 들릴 정도로 사방은 조용했다. 아주 이따금 집 앞의 도로로 부드럽게 미끄러져 가는 차량의 엔진 소리가 들리고 나면 다시 정적이 이어졌다.

벌써 전에 잠들어버린 경연은 잠을 자면서도 씩씩했다. 드르렁 코를 곯다가 제풀에 놀라 고개를 들었다가 내려놓으며 숨소리를 잦기도 하고, 여러 번 몸을 뒤채기도 하고, 앓아들을 수 없는 잠꼬대를 하기도 했다.

그렇게 몸을 뒤채다가 내 몸에 척 걸치는 그녀의 다리 한 짝을 슬그머니 옆으로 내려놓았다. 생각보다 훨씬 무겁게 느껴지는 다리. 그 다리와 반쯤 차 내린 이불 밖으로 드러난 어깨 등을 또 멀거니 바라보았다. 별다른 느낌도 없고, 언뜻 아주 먼 그림처럼 여겨지기도 했다. 그러다가 또 이 여자는 도대체 무슨 생각을 가지고 사나 싶은 생각이 들기도 했다.

자주 느껴지는 그 무엇. 경연과 나는 서로 아주 먼 그림이라는 게 바로 그것이었다. 같이 붙어살지만, 한 침대를 사용하고 식탁에 마주 앉아 밥을 먹지만 서로 섞여지지 않을 그림 같기만 했다. 아주 먼 풍경으로 바라볼 때는 그런대로 조화롭게 보이기도 하지만 가까이서 보면 서로 다른 길을 걷고 있는 게 바로 우리 부부의 모습이 아닌가 싶은 것이다. 가장 극단적이었던 그런 모습 중 하나는 아내가 나하고는 단 한 마디 상의도 없이, 내 의사 같은 건 타진해볼 생각도 않은 채 낙태를 해버린 일이었다.

낙태……. 지금도 그 때의 일을 생각하면 너무 황당하기만 하고, 따라서 그녀와 무슨 이야긴가를 나누다가도 문득 그 생각이 떠오르면 말문이 막혀버리곤 했다. 심지어는 방사(房事)를 갖다가도 그 생각이 떠오르면 그만 스르르 삭아들고 마는 것이었다.

경연이는 아이 갖기를 싫어하는 여자였다. '아이 같은 거' 갖지 않고 홀가분하게 살다가 생을 마치겠다는 것이 그녀의 말이었다. 그래도 과연 그럴까 싶은 것이 내 생각이었다. 그래서 결혼 초기에 아이를 갖지 않겠다는 말을 했을 때도 대수롭지 않게 여겨 그냥 넘어가고 말았다.

그에 비하면 나는 또 어떤가? 나도 아이에 대한 애착이나 집착이 많은 편은 아니었다. 더군다나 아내라는 여자에게서 내 아이를 낳고 싶은가 하는 생각에는 무언지 모르게 회의적이었다. 아내 경연이라는 여자를 통해 내 아이를 세상에 내놓고 싶은 욕심은 그리 일지 않았던 것이다. 그것은 어쩌면 그녀가 먼 풍경처럼 여겨지고, 무엇인지 모르게 서로 다른 길을 가고 있다는 생각 때문인지도 몰랐다.

그 옛날, 나는 명애란을 통해 내 아이를 낳고 싶다는 생각에 사로잡혔었다. 직접 내 아이를 낳아 달라는 편지를 썼던 적도 있었다. 술 마시고서 얼굴 맞대고 내 아이를 낳아 세상을 살아내자고 말하기도 했었다. 누구처럼 '내 아이를 낳아 달라' 는 말은 단순히 우스갯소리이거나 결혼을 하자는 간접적인 표현이 아니다. 나에게 있어 그 말은 삶을 영속시키고 싶다는, 아이를 통해 삶에 뿌리를 내리겠다는 의지의 표현인 것이다.

그런데 명애란에게 가졌었던 그런 욕망이 경연에게서는 그리 일지 않았던 것이다. 그래서 그녀가 피임을 한다는 사실을 알았을 때도 그런가 보다 하는 정도로 여기고 말았다. 그래도 시간이 흘러 적당한 때가 되면 아이를 갖겠지 생각했다. 경연이라는 여자를 통해 꼭 내 아이를 낳아야 된다는 욕망이 있었던 것은 아니지만, 언젠가는 아이가 생기게 될 것이고, 생기면 낳게 되고, 낳으면 기르고, 아이가 커가면서 부리는 재롱이 삶의 최대 선물이라 여기며, 그렇게 나이 먹어가는 것을 자연스럽게 받아들이고, 또한 그런 모든 것들을 당연히 여기게 되리라 생각했다.

그 당연한 것들이, 살아가는 과정에서 순차적으로 일어나는 그 모든 것들이 그러나, 어느 한순간에 허망하게 지워지는 것을 나는 보아야 했다. 경연이가 임신했다는 사실을 어쩌면 그녀보다도 내가 먼저 알아챘는지도 모른다. 다 그런 건 아니지만 어떤 부분의 일에는 내가 좀 예민한 편이어서 경연이의 생리 주기를 정확히 계산하고 있고, 때로는 그녀마저 무심히 넘어가려는 것을 말투나 성질부리는 것에서 알아채 일깨워주는 경우도 많았다. 그런 만큼 경연이가 임신을 했을 때 나는 즉각 알아챘다. 그러면서도 먼저 아는 체를 하지 않고 그녀가 말해 주기를 묵묵히 기다렸다. 먼저 아는 체를 한다는 것도 경연의 자존심을 상하게 하는 일인지 모른다는 생각도 있었다.

시간이 지나면 말해주겠지 하고 기다렸던 그것. 그러나 얼마를 기다려도 경연에게서는 아무런 말도 없었다. 그러다가 어느 날 지나가는 말투로 툭 던진 한마디는 병원에, 산부인과에 갔다 왔다는 것이었다. 산부인과라는 말이 나왔을 때만 해도 이제 말하려나보다 했었다. 그러나 경연의 입에서 나온 말은 황당하게도 낙태라는 단어였다.

"날짜가 한참 지났는데도 없어서 생리불순인가 했는데 임신이라지 뭐야. 그래서 낙태를 했어. 피임을 철저히 했는데 어떻게 임신이 됐는지 모르겠어.”

“그래서 낙태를 했다고?”

“말했었잖아. 아이는 갖지 않겠다고.”

그 말을 듣는 순간 나는 아무런 말도 할 수가 없었다. 말할 필요도 없었지만 어떤 말도 나오지 않았다. 그러면서 내 가슴이 아주 차갑게 식어버리는 것을 나는 느꼈다. 드라이아이스를 집어넣기라도 한 것처럼 급속히 냉각되어버렸다.

침대가 출렁거리도록 경연이는 다시 몸을 뒤채었다. 그 모습을 먼 풍경처럼 바라보다가 나는 상체를 일으켜 앉았다.

언젠가 경연이는 내게 이런 말도 했었다. 하고 싶은 말이면 속에 담아두지 않고 그때그때 쏟아내곤 하는 그녀였다.

“당신은 내게 한 번도 마음 문을 열지 않았어. 어느 때는 이러고도 같이 산다는 게 치사하게 생각되기도 하더라.”

언제부터였는지 경연이는 잘 모를 테지만 그것은 아마도 그녀가 사전에 말 한 마디도 없이 그렇듯 낙태를 하면서 내 가슴이 급속히 냉각되어버린 이후부터였을 것이다. 그리고 또한 명애란을 염두에 두고 한 말이기도 할 터였다. 그녀도 내 가슴에 비록 하나의 부호 같은 존재일지라도 명애란이 남아있다는 것을 알고 있었다.

침대를 내려서서 방을 나왔다. 그러도록 경연이는 아무것도 몰랐다. 창밖은 여전히 가로등 불빛만 뿌옜다.

불도 켜지 않고 소파로 가 엉덩이를 붙이고 앉는데 한 가지 생각이 흘러갔다.

경연이가 윤주에게 전화를 해 놀러 오라고 하라는 둥 하는 것은 어
쩌면 윤주를 이용해 내 가슴속 어딘가에 남았을 명애란의 그림자 같은
것을 지워버리겠다는 나름의 계산인지도 모른다는.

22. 하늘 그리기

가벼운 노크 소리와 함께 출입문이 열리더니 막내 사원으로 통하는 민경진이 들어섰다. 오늘 입고 나온 투피스가 참 밝고 단정해 보인다 싶었는데 그녀가 말했다.

"손님이 오셨습니다."

손님? '하늘그린'의 사무실로 찾아오는 손님이라면 당연히 일 때문일 텐데 무슨 일인가 싶었다. 고개를 들어 올리는데 민경진이 비껴서는 출입문으로 들어선 사람은 뜻밖에도 신명기였다.

"아니, 어쩐 일이야?"

동학사 입구 근처의 관광호텔 식당에서 일하고 있어야 될 사람이 서울의 사무소에 나타났다는 게 믿어지지 않았다. 더군다나 며칠 연락도 없었고 그런 저런 이야기도 없었잖은가.

명기는 그저 씨익 웃기만 했다.

"어떻게 된 거야? 연락도 없이. 무슨 일 있어?"

자리에 앉기를 권하며 다시 물었다.

"감찰하러 왔지. 친구 회사 일을 제대로 하고 있나, 사장인 친구가 회사를 제대로 챙기지 못하는 사이에 무슨 비리 같은 건 저지르지 않나 하고 말이야."

"농담만 하지 말고……. 무슨 일 있는 거야?"

"무슨 일? 글쎄……. 있다고 해야 되겠지?!"

"무슨 일인데?"

"그런 게 좀 있어."

민경진이 찻잔을 들고 들어와 탁자에 내려놓고 나갔다.

명기가 찻잔을 들어 한 모금 마시며 사무실을 한 번 쓱 훑어보았다.

"여기서 네 직함이 뭐야? 사무실에 들어서자 직원이 어떻게 왔느냐고 물어서 사람을 만나러 왔다니까 또 누구를 찾느냐는 거 아냐. 그래서 네 직함을 말하려니 모르잖아. 직원 중 하나가 내가 자기들 사장 친구라는 것을 알아보고 이쪽으로 안내하라고 해서 됐지만. 허허."

"내 직함? 글쎄 상근을 하는 것도 아니라서 특별히 직함이 따로 있는 것도 아닌 것 같고 나도 잘 몰라. 그래도 직원들이 나를 대표 대리라고 부르더군. 아마 선규가 직원들한테 내 이야기를 할 때 그렇게 호칭을 붙여 얘기했나봐."

"대표 대리라……. 그거 참. 말이 되긴 되는 거 같다만."

명기는 다시 한 번 허허 웃었다. 벽면에 부딪쳐 울리는 그의 그것이 왠지 마른 웃음 같다는 생각이 들었다.

"그건 그렇고, 어떻게 된 거야? 이 시간에 여길 다 오고."

그러자 그는 힘도 들이지 않고 말했다.

"나, 거기 일 그만뒀어."

"뭐? 그 관광호텔 일을 그만두었다는 말이야?"

"그래."

잠시 묘한 침묵이 흘렀다. 벽면에 걸린 액자 속의 흑인 나부(裸婦)가 창문틀에 얹어놓는 엉덩이는 햇빛을 받아 빛나면서도 유난히 커보였다. 그 나부의 가슴을 비껴 올라가 창문 바깥을 나는 새 한 마리는 다분히 상징적이었다. 그 흑인 나부의 엉덩이와 새에게서 시선을 거둬들이며 다시 확인하듯 물었다.

"그게 정말이야? 아주 짐을 싸가지고 왔다는 얘기?"

"그전부터 그쪽과 별로 좋지 않았어. 몇 번이나 그만두려다가 참고 참고 했던 건데……. 이번에 좀 일이 있었는데 안 좋은 소리를 하잖아. 그래서 한 바탕 해부치고 나온 거지 뭐."

"무슨 일인데 그래, 또?"

"얘기할 필요가 뭐 있어. 그쯤 알아두면 되는 거지. 그 바닥의 일이라는 게 또 그렇기도 하고. 일 하다가 수틀리고 맘에 안 들면 짐 싸면 그만인 거야."

명기의 시선도 잠깐 액자 속의 흑인 나부의 엉덩이에 머물렀다. 그에게도 저 흑인 나부는 눈에 익었을 것이다. 이 사무소를 내면서부터 걸리기 시작했었으니까.

그렇듯 명기가 생각지도 않게 갑자기 일을 그만두고, 또한 그렇게 그만두게 되면 곧바로 다른 곳으로 옮겨가거나 얼마 동안 쉬었다가 새로운 일자리를 찾아가곤 하는 것은 어제 오늘의 일도 아니었다.

고개를 돌리려는데 언뜻 흑인 나부가 웃었다. 다시 고개를 세워 바라보자 나부는 이전과 마찬가지로 관능적인 모습일 뿐 웃음은 없었다. 그럼에도 순간적으로 보아졌던 웃음은 착시였을 것이다.

"그래, 어쩌면 잘된 일인지도 몰라. 아니, 진즉에 그만두고 올라왔어야 했어."

내 판단은 사실 그랬다. 명기의 그것들은 잘못된 것이었다. 일을 마치고 숙박만 하기 위해 돌아오는 그 원룸과, 한 발이면 건너뛸 것 같은 옆 건물의 창문을 통해 들려오는 교성(嬌聲)이나 염탐하듯 훔쳐 들으며 쓸쓸해하는 것은 분명 작위적인 구석이 있었고, 또한 스스로를 그렇게 몰아가는 행위이기도 했다.

"무슨 소리야?"

명기가 물었다. 카페의 낮은 조명 탓에 그의 얼굴은 잠긴 듯 차분한 구도였다. 칸막이 뒤쪽에서 여자 둘이 이야기를 나누며 호호 웃는 소리가 낮은 조명을 뚫고 들려왔다.

"말 그대로지 뭐. 이제 여기 저기 역마살 낀 듯이 돌아다니는 거 그만 할 때도 되지 않았느냐는 이야기야. 설마 벌써 다른 곳으로 갈 계획을 잡아놓은 것은 아니겠지?"

"낀 역마살이 어디 간다든?"

"역마살? 말하기 좋아 하는 말이지 그런 건 애당초 없는 것인지도 몰라. 하나의 습관일 뿐이겠지."

"습관이라……. 그도 그럴듯하군."

"어디, 다른 곳에 가기로 정해놓은 거야?"

"그렇지는 않아. 나도 갑자기 그만둔 거니까? 그 바닥이 좀 그렇다는 거 알잖아. 원룸도 제대로 정리하지 않고 부동산 중개소에다 내놓고는 대충 짐만 챙겨 싣고는 올라온 거야. 짐이래야 가방 몇 개가 전부인 셈이지만. 그래서 다시 내려가 월세도 계산하고, 보증금도 받아와야 돼. 그렇게 가방 챙길 때마다 느끼는 거지만 내 인생이 가방 같아서 말야. 허 참. 가방 챙겨들고 다니다가 내 인생 다 가는 게 아닌가 싶더라니까.”

“그러게 이제 가방 그만 챙기란 이야기야. 기왕 이렇게 됐으면 그냥 집에 눌러 있으면서 시간 여유 가지고 일자리 알아보란 말이야. 다른 데로 갈 생각 말고 서울에서. 그리고 갈 곳이 나타나기 전까지 시간 보내기가 뭣하면 ‘하늘그린’에 나와도 되고. 규선이도 못 올라오니까 나와서 일도 좀 거들어주면 되겠네.”

“내가 그쪽 일은 뭘 아나?”

“나는 뭐 잘 알아서 하나? 하다보면 알아지는 거지. 어쨌든 될 수 있으면 집에서 다니는 쪽으로 해보란 말이야.”

“글쎄, 나도 그런 마음이 없는 것은 아닌데 그게 마음대로 돼야 말이지.”

“마음대로 안 된다는 건 핑계이고 그런 경우엔 자기기만이야.”

“자기기만?”

“틀린 말은 아니잖아.”

“그래, 그렇기야 하지만서도……”

“그렇게 미적지근한 말만 하지 말고. 집에서 정옥 씨도 좀 안아주고 그래야 될 거 아니겠어. 여자들 마음 아프게 하면 나중에 늙어서 보자고 벼른다더라. 실제 그러기도 하고. 늙어서 원수 갚으면 어쩔래?”

“그거 참. 늙어서까지 얼굴 보고 살아야 된다는 것을 생각하면 좀 그래. 그런 생각에서나마도 놓여나고 싶은 거지.”

“쓸데없는 소리 마. 규선이 생각해보지 않았어?”

“규선이?!”

규선의 이야기에 나도 명기도 좀 침울해졌다. 칸막이 너머에서는 여전히 두 여자가 마주앉아 나누는 이야기 소리가 들려왔다. 맞은편에 앉은 여자는 빨간 바지를 입었다. 조금 전 화장실에 다녀오다가 얼핏 보았다. 명기는 잔을 들어 목에서 소리가 나도록 마셨다.

“그래, 규선이…….”

“규선이 애기 꺼내니까 좀 그렇다. 나 요즘 규선이한테 놀라고 있어.”

“누가 아니라니. 규선이 와이프 병원에 가봤어?”

“그래. 며칠 전에도 갔었고, 어제 올라오면서도 들렀는데…….”

명기는 말을 잇지 못하고 고개를 돌렸다.

창가 쪽 자리였고 삼 층의 카페였다. 창밖으로 일직선을 이루며 뻗은 도로가 내려다보였다. 벌써 날이 어두워져 도로에는 불빛들이 깔렸다. 그 불빛 속을 뚫고 지나가는 사람들은 더러 오종거리기도 했고 외투 깃을 세우기도 했다. 겨울이 그렇듯 빠르게 다가오는 게 보였다.

다가오는 겨울 속에서 규선의 이야기는 썰물이 빠져나간 갯벌 같은 황량함을 던져주었다.

“병원에 가서 규선이 얼굴 보면 참 안 됐다는 생각뿐이고, 그 앞에서 뭐라 할 말도 없어지더라. 어떻게 해줄 수도 없고…….”

“많이 힘들어하지?”

“말해 무엇해. 규선이 와이프도 그렇고, 규선이도 많이 힘들어 보이더라. 얼마 사이에 얼굴도 말이 아니게 망가졌더라고.”

“병원에서는 뭐라고 하는지 들어봤어?”

“물어보나 마나지 뭐. 물어보고 싶어도 규선이 더 힘들어질까봐 묻지도 못하겠고. 아마 며칠 있다가 올라올 모양이더라. 화성에 사업 허

가서 나왔다며? 그거 취소하겠다고. 한창 새로운 사업 벌이려다가 시작도 하기 전에 그만두게 되다니. 달리 생각하면 잘된 일일 수도 있는 거지. 본격적으로 사업 벌였다가 그렇게 됐다면 이러지도 저러지도 못했을 거 아냐."

"그 친구 다시 생각해도 대단해. 와이프 그렇게 됐다고 미련이고 뭐고도 없이 주변의 가지들을 다 쳐내고 매달리다니. 어떻게 생각하면 무섭다 싶기도 하고, 이제까지 가까운 친구라 여기고 지내면서도 규선이의 몰랐던 부분을 새롭게 보는 것 같기도 하고……. 아무튼 좀 그렇더라. 그게 또 가슴 아프기도 하고. 어쨌든 사업을 해야만 하는 친구인데……."

"누가 아니라니……. 이 친구 제 와이프가 바다를 보고 싶어 한다며 눈을 적시던데 그 모습이 또 짠하더라고. 돌아보니 바다 한 번 제대로 구경 못 시켜줬다는 이야기가 아니겠어."

"뭘 바다 이야기야 또……?"

"규선이 와이프 용순 씨도 그렇지 뭐. 그동안 그 한과공장에 매달리느라 다른 것은 하지도 못했잖아. 마음 놓고 어디 한 번 제대로 다녀오지도 못했고."

"사실 그 한과공장 일은 용순 씨가 다 해냈지 뭐. 규선이야 이리저리 돌아다니며 사업을 벌이고 확장한다고 일이나 퉁퉁 저지르고 다녔지만 실질적인 일은 용순 씨가 다한 셈이라고. 그 조그만 여자가 억척스럽기도 했는데 말야."

"규선으로서는 이제 그런 것들이 다 가슴 아픈 것이지. 지금으로써는 해주고 싶어도 늦어버린 일이 되었고. 그래도 어떻게 의사한테 허락을 받든지 해서 바다구경 한 번 시켜줘 보고 싶어 하더라고. 하루나 이틀쯤으로 잡고 있는 것 같던데."

"그게 가능하고 괜찮을까?"

"하자면 못할 것도 없겠지. 그러니까 규선이 마음은 더 늦어 그나마도 못하게 되기 전에 해보자, 그런 것인가 봐."

"용순 씨는 전혀 가망이 없는 건가?"

"글쎄, 거기에 대해서는 묻지도 못하겠고 확실한 이야기도 없고 하니까……. 아마 가망이 없는 것 같아. 더군다나 용순 씨는 병의 진행 속도가 무척 빠른 것 같고. 그런데도 규선이는 어떻게든 제 와이프를 살리겠다고 저러는 것이고, 또 잘될 거라고 믿는 거지. 사실 다른 것보다도 그게 가슴 아프더라고……."

목에 무엇인가 걸리기라도 한 듯 명기는 크험크험 기침을 토해냈다.

창밖으로 내려다보이는 거리에 불빛이 가득 넘치고 있었음에도 다가오는 겨울은 참으로 황량해 보였다.

23. 자고 깨니 십여 년이 지나 있었다

거리엔 불빛이 번들거렸다. 휘청, 명기는 몇 번 걸음을 헛놓았다. 그리고 웃었다. 허허. 나도 웃었다. 허허허. 웃음소리가 넘치는 불빛 속의 대기로 흩어졌다. 목덜미를 스치고 지나가는 바람은 차가웠다,

어느 상점의 쇼윈도. 거기 서 있는 마네킹을 보고도 명기는 히히 웃었다. 나도 덩달아 웃었다. 아, 저놈의 아니, 저년의 마네킹이 나를 빤히 내려다보는 줄 알았네. 사람들이 우리와 어깨를 부딪기도 하면서 지나갔다. 아니, 상점 안에서 마네킹이 아닌 실제 여자가 통유리를 통해 우리를 바라보기도 했다.

"너 그 소식 들었어? 박유창이 말이야."

명기가 문득 말을 던졌다. 박유창이란 이름이 화살처럼 날아왔다. 불빛 속의 대기를 뚫고 날아온 그 이름. 나는 멈칫했다. 박유창. 그는

친구이자……, 그리고 명애란의 남편이었다. 바로 그 박유창을 말하는
것인가?

"박유창이 몰라? 우리 동창……, 그리고 명애란이…….”

"음. 그런데…….”

짐짓 아무렇지도 않은 척했다. 화살은 이미 내 몸을 관통해 어디론가
날아가 버렸다. 날아가 버렸더라도 뚫고 지나간 자국은 남고, 그 구멍
으로 바람이 지나갔다. 갑자기 윤주가 떠올랐다. '총 맞은 것처럼' 이란
노래를 불렀던 윤주. 관통이란 단어와 그 노래가 의미상의 연결고리를
만들었겠지만 이상하게도 윤주와 명애란은 연결되어 생각나곤 했다.

"아, 잠깐만. 그보다도 먼저 전화를 해야 되겠어.”

명기가 걸음을 멈추고 핸드폰을 꺼내들고 어디론가 전화를 했다. 그
것을 보자 나도 윤주에게 전화를 하고 싶어졌다. 아니 아까부터 전화
를 하고 싶었지만 내내 명기와 함께인 바람에 그러지 못했다.

명기는 길거리에 서서 핸드폰을 붙잡고는 큰소리로 이야기하기 시작
했다. 본래의 목소리는 조용한 편인데 한 옥타브쯤 올려 떠들어댔다.

"아, 여보세요. 오랜만입니다. ……. 내가 누군지 알겠습니까? …….
이거, 나도 몰라보다니 서운한 걸요?! 벌써 나를 잊으셨다는 말입니
까? ……. 에이, 아니죠. 진짜 서운해지려고 하네. 내가 그대에게 잊힌
존재라니. ……. 여보세요, 이경연 씨…….”

이경연? 내 아내였다. 어디로 전화를 하나 했더니 내 아내에게 하는
것이었다. 나는 허, 웃음을 한 번 토해내고는 그냥 내버려두었다. 명기
의 내 아내와의 통화는 한동안 이어졌다.

"…… 경연 씨, 오늘 시영이 집에 못 들어갈 겁니다. 나랑 우리 집에
가서 한 잔 더 하고 거기서 잘 테니 그리 아세요. 괜찮죠? 물론 경연 씨

도 우리 집으로 온다면 좋고요. 지금 나서서 차 몰면 그렇게 오래 걸리
지도 않잖아요.”

“무슨 소리를 하는 거야? 나 집으로 가야 돼.”

미처 생각지도 않았던 이야기에 그렇게 말했지만 명기는 막무가내
였다. 경연 씨, 오늘 시영이 우리 집에서 잡니다. 그런 줄 아세요. 명기
는 다시 핸드폰에다 대고 그렇게 말했고, 나는 그 핸드폰으로 타고 들
어가도록 그렇지 않다고, 집으로 가겠다고 큰 소리로 외쳤다.

불빛이 번들거리는 길거리에서 우리의 그런 행동이 우스웠던지 몇
몇 사람들은 입가에 웃음을 물고 지나가기도 했다.

명기의 그 통화가 끝나고, 그것 때문에 또 자기네 집으로 가자거니 안
된다거니 몇 마디 이야기를 나누다가 설핏 차가운 바람결을 느끼며 담배
를 피워 물었다. 그리고 절반쯤이나 피우다가 명기는 다시 입을 열었다.

“그래, 박유창이 말이야……..”

나는 뻑뻑 담배를 두 번 깊숙이 빨았다. 아무렇지도 않은 척했지만
박유창이란 이름이 내 신경에 날을 세웠다. 그게 무슨 대수야, 뭘 어쨌
다고……. 그렇게 넘기고 있었음에도 정작의 내심은 그래지지 않았고,
저절로 신경의 올들이 잡아당겨졌다.

명기는 마치 지나가는 이야기처럼 계속했다. 그러면서도 말꼬리를
사리는 듯한 것이 이야기를 꺼낸 것을 후회하는 듯했다.

“내가 직접 박유창을 본 것은 아니지만 말이야……. 다른 친구들을
만났는데 그 자리서 박유창 이야기를 하더라고. 그런데 그게 좀……,
내가 괜한 이야기를 꺼내는 것인가?”

“아니야. 괜찮아. 걔가 나하고 무슨 상관이 있다고.”

“그렇지? 괜찮은 거지? 하긴 이만한 세월에 내가 아직도 그걸 의식

하고 있다는 게 우습다.”

명기가 내 얼굴을 살폈다. 나는 고개를 돌리지 않은 채 전방의 허공에다 시선을 두었다. 담배는 거의 다 타들어가면서 손가락 끝이 좀 뜨겁게 느껴졌다. 한 모금이나 두 모금만 더 빨고 꺼야 되겠다고 나는 생각했다.

“뭔데 그래?”

“하긴 별것도 아닌데 내가 괜히 그런다. 그래, 별거 아닐 수도 있는 거지 뭐. 그러니까, 박유창이가 그동안 많이 힘들었었는데 얼마 전부터 확 피었다더라. 불경기에 고환율에 다들 죽어라 죽어라 하는데 그래도 되는 놈들은 되는 모양이야. 얘기 듣자니 그전에 땅을 좀 사두었던 게 있었던 모양인데 그 일대가 개발되면서 시쳇말대로 돈벼락을 맞았다고 하더군. 그것뿐이 아니라 하던 일도 잘 되는데 신경 쓰기 싫다고 남 주고서 수익금만 일정 비율로 먹는다고 하고. 애들 얘기로는 팔자 피었다고 하더라만 쫙 빠진 여자까지 하나 달고 다닌다고……..”

“쫙 빠진 여자?”

“흔한 얘기로 졸부근성 뭐 그런 거겠지.”

“졸부근성이나 마나 그럴 수도 있는 거겠지. 그리고 박유창이라면 그러는 게 나을 수도 있는 것이고.”

나의 그 말이 의외였던지 명기는 나를 돌아보았다. 도로를 타고 불어오는 바람 한 줄기가 우리들 사이를 가르고 지나갔다. 4B 연필 같은 밤이 데생의 음영처럼 불빛의 도화지를 먹어갔다.

살미랑!

혼자 밤길을 걷는다. 명기는 먼저 집으로 돌아갔다. 제 집으로 가자고 했지만 나는 내 집으로 간다고 고집했고, 그는 아마도 지금 내가 전동열차를 타고 가는 중이라고 생각할 것이다.

밤길을 혼자 걸으니 좋다. 바람 냄새도 맡아지고, 매연 냄새도 맡아지고, 사람들 냄새도 맡아지고, 그 속에서 조금은 외로운 것도 같다.

사실 나는 전동열차를 타야 했다. 이제 얼마 안 있으면 전동열차의 운행은 끊길 것이다. 그런데도 또다시 지하철역 입구를 그냥 지나친다. 하더라도 나는 결국 집으로 돌아갈 수밖에 없고, 전동열차가 끊긴 그 시간 이후라면 영등포로 가서 총알택시를 타게 될 것이다.

경연은 내가 명기의 집으로 갔다고 생각하는지 잠잠하다. 하긴 전화를 자주하고 무엇인가를 확인해야만 안심하는 조급스런 여자는 아니다. 나도 경연에게 전화할 생각은 않는다.

명기가 했던 이야기는 그 음 자체가 소멸되지 않고 그대로 내 귀에 걸려있는 것 같다. 돈벼락을 맞았고, 졸부근성이 발동해 쫙 빠진 여자를 달고 다닌다는 박유창. 그 이야기에서 나는 박유창보다는 명애란을 떠올리지 않았느냐. 그리고 박유창에 대해 그럴 수도 있지 않느냐고 했지만 인간이란 족속은 세대가 바뀌어도 왜 더 나아가지 못하고 그처럼 유치한 짓을 되풀이하는 것일까, 하는 생각도 했지만, 내 삶의 방식도 크게 다르지 않으리라는 생각도 했었다.

그렇다, 살미랑이여! 나 역시 뭐가 다를 것이겠는가 말이다. 그 옛날 명애란이 나를 떠나 박유창에게로 갔을 때, 그리고 그 이후에도, 나는 통속의 유행가 가사의 한 구절처럼 그녀가 행복하기를 바랐고, 그러면서도 전혀 다른 마음이기도 했었다. 그 다른 마음. 그것이 항상 문제였다. 수시로 내 마음은 덜컹거렸다. 부드럽게 잘 굴러가던 수레바퀴가 돌에 걸리고 그것을 타 넘어가는 것처럼. 돌에 걸리면 타 넘어가야 하지만 그 때마다 덜컹거리면서 무엇인가가 조금씩 부서지곤 했다.

그래, 조금은 치사하고 유치해도 솔직해지자. 사랑은 언제나 변질될 수 있는 것, 그래도 배신의 상처는 깊고, 다시 또 그리해도 그녀가 나를 버리고 박유창을 선택해 갔을 때, 그 기왕의 선택은 돌이켜지지 않을 것이고, 그렇다면 차라리 다 뒤로 젖혀두고 행복하기를 바랐지만, 그러면서도 나는 그녀가 철저히 불행해지기를 바라는 마음도 동시였었다. 그녀의 결혼생활이 실패하고, 불행의 골이 깊어져 눈물짓고, 그러한 날들 속에서 자신의 선택을 뼈저리게 후회하고, 그러면서 나를 그리워하고, 나와의 추억을 되새김질하며 살아가기를 바랐었다. 좀 더 심하면 이혼을 한다거나, 깊은 병을 앓는다거나 하여 살아가는 내내 나를 그리워하고 그 가슴에서 나를 놓지 못하게 되기를 바랐었다. 그리고 가끔은 유치하게도 박유창이 죽는 것도 상상해보았다. 갑자기 박유창이 죽어 그녀가 혼자가 되어버리고, 나 역시 어떤 연유로 하여 혼자가 되어 그녀와 나의 결합을 상상해보지 않은 것도 아니다. 마치 시간을 되돌려놓듯이. 그저 시간만 되돌리는 게 아니라 모든 운명의 아귀가 딱딱 맞아떨어지도록.

그러나 박유창이 돈벼락을 맞고 쫙 빠진 여자를 달고 다니는 것은 그 어느 항목에도 들어 있지 않았다. 다시 말해 그것은 명애란의 인생 각본에 없어야 하는 것이었다. 설혹 그녀의 결혼생활이 불행해지기를 바라던 항목으로 분류될 수 있다 해도 그건 아니었다. 그러기에는 이미 유효기간이 다 지나버렸다. 결혼생활이 불행해지고, 혼자가 되고, 그리하여 자신의 선택을 후회하며 나를 그리워하고, 어쩌면 늦고 막연하더라도 나와의 결합을 꿈꾸기라도 할 수 있는 유효기간. 그 유효기간이 다 지나버려 망명정부의 지폐처럼 아무 쓸모도 없게 되어버렸지만 그렇다 해도 박유창의 그것은 명애란의 인생 각본에는 없는 것이어야 하지 않았나……?

어쨌든 명기의 입을 통해 듣게 된 박유창의 그 이야기는 나를 무엇인지 모르게 착잡하고도 쓸쓸하게 만들었다.

알지 않겠나, 살미랑이여! 정작의 무엇이 나를 착잡하고도 쓸쓸하게 만들어 전동열차의 운행이 끊어지는 시간에 도시의 거리를 홀로 걷게 만드는지를.

시계를 보니 이제 내가 타야 될 전동열차는 끊어졌다. 이 근처 역에서 막차가 떠나는 시간은 20여 분이나 지났다. 물론 아직 전동열차가 모두 끊어진 것은 아니었다. 지하철역의 지하도 입구를 지나다보면 전동열차가 들어와 멈추었다가 떠나가곤 하는 소리가 저 지하로부터 들려왔다. 하지만 그것들의 종착역은 이 도시 안의 어느 역들일 것이다. 청량리역이나, 천호역이나, 사당역 등등. 따라서 지금 전동열차를 탄다고 해도 사당역까지밖에는 가지 못할 것이다.

쓸쓸하지만, 타야 될 막차의 시간을 지나서 혼자 길을 걷고 있는 게 좋다. 점차 사람 냄새도 뜸해지고, 매연 냄새도 뜸해지고, 그러면서 바람 냄새는 짙어질 것이다.

시간 저편 어느 날에도 이랬던 적이 있었지 않았나 싶다. 정확히 언제 무슨 일 때문이었는지는 기억되지 않지만 늦은 밤 홀로 길을 걸으면서 무엇인가 쓸쓸하지만 그게 좋다고 여기던 날……. 그 기시감(旣視感) 같은 것…….

가끔, 현재의 모든 일들이 꿈속에서 진행되는 것이 아닌가 싶을 때가 있다. 또한 그랬으면 좋겠다고 생각할 때도 있다. 그리하여 잠을 깨고 보면 그 사이에 수 년, 혹은 십 년이나 이십 년이 훌쩍 지나 있는 것 말이다.

어떤 의식불명 환자가 18년 동안이나 누워 있다가 깨어났다는 기사를 읽은 적이 있다. 그가 의식을 되찾고 나서 맨 처음 한 말이 '엄마' 였다고 한다. 아무것도 의식하지 못하는 사이에 지나가버린 18년.

지금 내가 서 있는 이 시간이 미처 의식하지 못한 채 십여 년이 지나버린 끝이고, 그동안의 일들은 꿈속에서 진행된 일인지도 모른다는 생각이 들었다. 그리고 의식하지 못한 채 지나가버린 시간 끝에는 다시 명애란이 있었다. 그러니까 저편의 마지막 시간에도 명애란이 있었고, 이편의 처음 시간에도 명애란이 있는 것이다.

그런데 그 십여 년 사이에 모든 것이 변해버렸다. 18년 동안 의식불명이었던 환자가 의식을 되찾고서 맨 처음 한 말이 '엄마' 였다고 하지만, 그러나 나는 명애란의 이름을 부를 수가 없다.

더 한층 짙어진 바람 냄새를 맡으며 핸드폰을 꺼내 들었다. 단축번호를 누르자 신호가 가고, 잠시 뒤 윤주의 목소리가 들려왔다.

"시영 씨?! 이 시간에 어떻게 전화를 다 하는 거야?"

나는 문득 목을 꺾었다. 눈물이 났다. 도로를 타고 불어오는 바람 속에서.

24. 바람은 수면에 제 무늬를 새기고

여행을 떠나자. 윤주가 말했다. 언니한테 콘도 회원권 빌리면 돼, 라고도 말했다.

그녀는 주말에 아이를 시댁에 보낼 거라고 했다. 시댁에 집안 행사가 있어서 아이를 보내야 된다는 것이었다. 그리고 아이에게는 벌써 주말에 엄마가 여행을 떠날 것이니 아빠에게도 그렇게 이야기하고 일요일 늦게 오도록 일렀다고도 했다. 그러니까 아이의 아빠는 근무하는 지방인 강릉에서 곧장 시댁으로 가고, 아이는 시간 맞춰 고속버스든 열차든 태워 보내면 된다는 것이었다.

"그대는 시댁에 안 가?"

그런 물음에 윤주는 벌써 시댁에 안 가기 시작한지 오래 된다고 말했다. 남편과 서로 어긋나기 시작하면서 안 가기 시작했고, 시댁에서 뭐라고 하지 않느냐는 물음에 이제는 당연히 안 오는 사람으로 내놨다는 것이었다.

"그런데 시영 씨가 여행을 갈 수 있는지 모르겠네."

그녀는 그렇게 말하고는 '경연 씨 때문에'라고 덧붙였다.

"경연 씨라……, 내 아내에게 거짓말을 하라, 그거군."

그녀가 볼이 불룩해지도록 입에 바람을 가득 물더니 묘하게 입술을 찌그러뜨렸다.

"그래, 떠나자. 이런 기회가 언제 다시 올지 모르지. 기회가 왔을 때 하지 못하면 나중에는 후회밖에 남지 않는 법이니까."

이미 마음속으로 결정을 내리고 그렇게 말했다. 그리고는 다음 순간부터 경연에게 거짓말할 궁리를 하기 시작했다. 떠나기까지 남은 날은 삼 일. 금요일 오후에 출발해 일요일 오후에 돌아오는 것이다.

아니, 어쩌면 영영 안 돌아올 수도 있는 것 아닌가? 실없는 소리 같지만 잠시 그렇게 중얼거리기도 했다.

나란히 트레이닝복을 입고 현관문을 나섰다. 원호를 이루며 올려진 콘도 건물이었다. 통로 저쪽으로 엘리베이터가 보였다. 문이 잠긴 것을 확인하고 나서 돌아서며 윤주가 샐쭉 웃었다. 연노랑의 트레이닝복이 그녀와 잘 어울려 보였다. 언뜻 병아리 같기도 했다.

엘리베이터 안에는 두 남녀가 들어있었다. 안으로 들어서면서 서로 눈이 마주쳤고, 또한 서로 부담을 주지 않기 위해 눈길을 피했다. 우리보다 나이가 많은 부부로 보이는 두 남녀는 조용한 얼굴이었고, 여자는 호피 무늬의 스카프를 목에 매고 있었다. 엘리베이터가 내려가는 동안 그들이 우리를 부부로 보아주기를 나는 바랐다. 아마 그렇게 보았을 것이다. 우리는 그 짧은 시간과 좁은 공간에서 서로 껴안는 행동을 하지 않았으니까. 아주 젊은 사람이 아닌 이상 남녀가 엘리베이터 같은 공간에서조차 서로 부둥켜안는다면 정상적인 관계가 아닐 가능성이 많은 것이다.

나이 많은 부부 중 남자가 일층에서 내리며 고개를 까딱해보였고, 우리는 슈퍼마켓으로 가기 위해 지하층으로 내려갔다. 거기서 우리는 저녁거리를 사게 될 것이다. 어떤 음식을 조리해 먹을 것인가는 아직 결정하지 않았다. 따라서 만들어 먹을 음식에 대해 이야기를 하며 필요한 식재료를 고르고, 거기에 붉은 포도주도 한 병 챙겨 넣게 될 것이다.

"나 여우지? 나도 내 속에서 여우 한 마리가 크고 있다는 사실을 몰랐었어. 그걸 시영 씨가 일깨워준 것이지."

엘리베이터에서 나와 슈퍼를 향해 가면서 그녀가 말했다. 출입문을 통해 슈퍼 안에서 움직이는 사람들의 모습이 보였다.

"여우 본색?!"

"그래. 나 여우이고 싶어. 아니, 여우가 되기로 했어."

"언제는 말렸나?"

"나, 계속 웃고 가볍게 얘기했지만 그러면서도 한편으로는 마음이 무거웠어. 사실 경연 씨를 생각하면 많이 미안해."

"경연이⋯⋯."

"시영 씨와 경연 씨, 두 사람의 관계가 어떠하든지 내가 못할 짓을 한다는 것만은 분명해. ⋯⋯. 차마 하지 못할 짓을 하고 있는 거지, 지금 이 순간에도. 그래서 많이 미안해. 하지만 안 미안할 거야. 미안하지만 안 미안할래."

미안하지만 미안하지 않겠다는 윤주의 그 말이 가볍게 들리면서도 늑골 아래를 찔러오는 듯했다.

“그래도 되지?”

그녀의 빤한 시선이 건너왔다.

“그래, 미안하지만 미안해하지 말자. 나도…….”

“그리고 한 가지만 더 이야기할게. 우리 지금 이 시간 이후부터 집으로 돌아갈 때까지 우리 두 사람 이야기 이외에는 어떤 이야기도 하지 말자. 남편 이야기, 아내 이야기, 아이 이야기, 일 이야기……. 그 어떤 것도 하지 않기야. 알았지?!”

“동감.”

나는 간단하게 대답해주었다.

그녀가 한층 밝아진 얼굴로 내 팔에 팔짱을 껴 왔다.

작은 규모의 슈퍼였지만 그런 데서 필요함직한 물건들은 제법 갖추어 놓았다. 젊은 남녀, 가족 단위로 보이는 사람들, 친구로 보이는 사람들 등이 바구니에 이것저것 물건들을 골라 담았다. 우리도 바구니 하나를 꺼내 들고 슈퍼 안을 돌아다녔다.

어떤 것이 좋을까? 아니 보다도 어떤 요리를 해먹을까? 두부전골 같은 거 좋아해? 생선은 좀 그렇지? 뭘 좋아해? 좋아하는 거 있음 말해. 요리 잘해? 주부생활 몇 년인데. 될 수 있는 한 간편하게 해 먹자고. 과일 야채도 좀 사고.

어깨를 맞대고 물건을 고르다보면 그녀에게서는 향긋한 분 냄새가 났고, 그럴 때면 와락 껴안고픈 충동이 일곤 했다. 긴 머리칼이 내 얼굴이나 걷어 올린 팔뚝을 간질이기도 했다. 그러다보면 서로 눈길이 마주치고, 눈길이 마주치면 웃음을 교환했다.

그렇게 지하에서 장을 봐가지고 엘리베이터를 타고 올라와 내일은 근처 호수에 가자는 이야기를 하며 두부전골을 끓이고, 밥을 하고, 야채를 다듬고, 드레싱을 만들어 끼얹었다. 화재를 예방하기 위해서인지 가스가 들어오지 않는 관계로 전기 핫플레이트를 이용해 조리를 하느라 좀 답답하기는 했지만 크리 큰 불편은 없었고, 거기 얹은 전골냄비가 끓기를 기다리며 우리는 서로를 몇 번씩 끌어안으며 무엇인가를 확인했다.

그러다가 우리는 갑자기 끓어올랐다. 기다리던 전골냄비보다도 우리가 먼저 끓어올랐고, 우리는 굳이 그것을 억제하지 않았다. 그녀를 주방 바닥에 눕히고 옷을 벗기며 사랑한다고, 그리고는 다시 그녀의 긴 머리칼들을 제치고는 귓불을 잘근 깨물며 사랑한다고 나는 거듭 속삭였다. 그녀도 내가 벗기는 것을 도와 제 스스로 벗어던지고, 발가락으로 내 트레이닝복 바지를 내려 빼내며 사랑한다고 말했다.

우리가 일어났을 때, 답답한 전기 핫플레이트 위의 전골냄비는 끓어넘쳤고, 넘친 것이 눌어붙어 타면서 매캐하게 연기가 피어올랐다.

"이것도 화재라고, 경보기가 울리고 스프링클러가 작동할지 몰라!"

그녀가 혼곤하고도 핼쑥해진 얼굴로 말했다.

사방은 고요했다. 내다보면 창밖은 이 콘도 건물과 그 주변에만 불이 밝혀지고, 저 멀리는 그저 몇 점의 먼 불빛만 떠 있을 뿐 어둠에 묻혀 적막했다. 어떤 소리도 들려오지 않았다. 모든 것들이 다 잠든 것 같았다. 그런 가운데서 우리 둘만 살아서 움직이는 듯싶은 느낌이었다.

호수의 저편까지는 무척이나 멀고 아득해 보였다. 물결은 출렁거렸고 그 물결 위에서 햇빛이 부서졌다. 수면을 스치고 불어오는 바람은 자꾸만 물결에 제 무늬를 새겨 넣었다. 한결 차가워진 그 바람결은 그렇게 또한 겨울도 몰아오는 중이었다.

물결 너머 저쪽 끝으로 조그만 마을이 보였다. 너무 멀고 물결의 일

렁임 탓인지 더욱 아득하게 보이는 것이 마치 수면에 떠 있는 것 같기도 했다.

우리는 햇빛을 맞고 바람을 쐬었다. 조그만 돌을 집어 호수를 향해 던지기도 하고, 그러다가 시린 손을 마주잡고 비벼 녹여주며 서로의 눈빛을 바라보았다.

너무도 짧았던 시간이고 이렇다 할 어떤 일이 있었던 것은 아니지만 옛 시절 한 때를 공통의 화제로 떠올릴 수 있다는 것은 축복일 터였다. 하빈읍의 그 교회 담장의 철책과 그 위에 올려져 피었던 짙붉은 장미 같은 것 말이다. 함께했던 것은 아니지만 하빈읍의 그 소도시에 대한 기억들 말이다. 어디에 무엇이 있고, 어디서 각자의 찬구들과 어떻게 어울려 다녔는지에 대한 것들. 한윤주라는 여학생이 성경책 속에 접어 넣어 가지고 다녔던 하얀 손수건도 물론이었다.

"아직도 그 하얀 손수건을 갖고 싶은 거야? 아니, 그 하얀 손수건은 벌써 가진 것이 아닐까?"

윤주가 의미 있는 웃음을 지으며 말했다.

드물게 사람들이 바람을 뚫고 산책을 했다. 콘도에 온 사람들일 것이다. 뒤쪽 저편으로 햇빛 속에 우뚝 선 콘도 건물이 보였다. 주변 풍경 때문인지 유난히 하얗게 빛났다.

나는 기억한다. 어젯밤 욕실에서 몸을 활처럼 둥글게 만 그녀의 등에 온도를 가늠해 샤워기를 틀어 한 손으로 더운 물을 뿌려주면서 다른 한 손으로 어루만졌던 그 매끄럽던 감촉과 비누 향기를. 그리고 하늘색 물방울무늬의 잠옷과 그것을 벗겨 던졌을 때 느껴지던 천의 보드라움보다도 정작 나를 취하게 했던 그 살내음을.

윤주는 그 하늘색 물방울무늬의 잠옷에 애착을 보였다. 언제 제대로 잠옷 입은 모습을 보여줄 수 없을 것 같다고 집에서 잠깐이나마 입어 보였던 상하로 나뉜 그 잠옷. 그것을 조그만 배낭 속에 넣어 가지고 와 어젯밤 다시 입어 보이면서 '기회가 없을 줄 알았는데 이렇게 시영 씨 앞에서 제대로 입어보네' 라며 히죽 웃었었다.

그리고 그녀는 내 머리와 가슴에 말(言)의 문신(文身)을 새겨 넣었었다.

"시영 씨! 우리의 이것이 짧은 시간에 끝나버릴 사랑이라 해도 놓치고 싶지 않아. 무엇인가 끝 날에 이르고, 파멸을 향해 가는 것일지라도, 그리하여 이 모든 날들이 지나고 저 뒤에서 아주 초라한 모습으로 서서도 결코 후회하지 않을 거 같아."

노랗게 마른 잔디에 누웠다, 윤주는 옆에 앉아 마른 잔디를 한 움큼 쥐어뜯어 날렸다. 잔디에서 향기가 나고, 끝간데 없는 하늘은 아득히 멀어 보였다.

어젯밤에 했던 그녀의 말이 푸른 문신으로 되살아났다. 짧은 시간에 끝나버릴 사랑이라 해도 놓치고 싶지 않다는, 파멸을 향해 가는 것일지라도 결코 후회하지 않을 거라는…….

눈을 감았다. 바람 소리가 들리고, 물결이 일렁이는 소리가 들리고, 시간 가는 소리가 들렸다.

"옛날 이야기 하나 할까? 학교 다닐 때……."

윤주가 웅얼웅얼 물결 소리를 흉내 내듯 말했다.

나는 잠자코 누운 채 마른 풀 향기만 들이마셨다.

얼마쯤 시간을 두었다가 그녀가 다시 이야기했다.

"내가 다녔던 여학교 앞에 '소라성' 이라고 있었어. 떡볶이, 어묵, 튀김 등등에 빵도 팔고 음료수도 팔고……. 그러니까 학생들을 상대로 그런저런 것들을 파는 장사였지. 허름한데다가 떡볶이나 튀김, 곰보빵 같은 것들과는 어울리지도 않게 오디오를 설치해놓고 음악도 틀어주고, 암튼 그랬었어.”

“……”

“우리 학교 애들은 교문을 나서면 우르르 그곳으로 몰려갔어. 점심시간이면 몰래 빠져나가 거기서 히히덕거리며 도시락을 까먹기도 하고. 그 소라성 주인이 아주 젊고도 조그맣고, 무척이나 예쁜 아줌마였는데 우리들한테 참 잘해줬어. 거의 우리 수준이었달까? 우리 비위를 잘 맞춰준 거지.”

“젊고, 조그맣고 예쁜 아줌마? 너네 여학교 앞에 말이지? 길 건너서 약간 밑으로 내려가 샛길로 빠지는 모퉁이에 있던 가게 주인?!”

나는 벌떡 일어나 앉았다.

“시영 씨도 알아?”

“왜 몰라. 그 조그맣고 예쁜 아줌마. 아줌마가 참 예쁘장해서 남학생들한테도 인기가 많았다고. 우리들도 학교 끝나고 갈 때면 거기 들르곤 했었는데.”

“맞아. 남학생들도 꽤 많이 왔었어. 시영 씨도 거기 드나들었었구나?”

“학생 때 뿐이 아니라 졸업하고도 갔었는걸. 그런데 그 가게 상호가 소라성이었었나?”

“그래, 소라성이었어.”

“글쎄, 상호는 잘 생각나지 않지만 듣고 보니 그런 것 같다.”

“그런 것 같은 게 아니라 확실해. 내가 그 아줌마하고 얼마나 친하게 지냈는데. 남학생들한테도 인기가 많았지만 우리 여학생들한테도 인기가 많았어. 그 아줌마가 보기에도 어려 보일 정도였잖아. 너무 일찍 결혼을 해서 아줌마였지 실제로 나이도 적어 우리들 언니뻘밖엔 안 됐어.”

“그랬구나. 자세히도 아네.”

“그럼. 그 아줌마네 집까지 놀러가고 그랬었는걸. 우리 몇몇 친한 친구 애들이 있었어. 그 아줌마네 집이 거기서 버스를 타고 시골로 더 들어가는 곳에 있었는데 놀러 오라고 해서 방학 때 몇 번인가 놀러 가기도 했었어. 그런데 말이야……”

윤주는 뭔지 모르게 말끝을 흐렸다. 그러더니 잠시 사이를 두었다가 말을 이었다.

“나는 거기를 떠나면서 더 이상 그 아줌마를 보지 못했는데, 나중에 친구들을 통해 들으니 자살을 했대.”

“자살? 무슨 소리야. 나 졸업을 하고도 한참 뒤에 까지 거기 갔었는데. 그 때도 그 아줌마 거기서 그 장사 계속했다고.”

“시영 씨가 아는 그 뒤의 일이지. 내가 거기 떠나온 지 오 년쯤 뒤의 일이었던가 봐.”

“그런데 그 아줌마가 왜 자살을 해?”

“남자관계가 복잡했었다나 봐. 그 때만 해도 우린 그런 거 몰랐었는데. 예쁘장하고 눈웃음 살살 치는 게 남자들 많이 따르게 생겼었잖아. 나도 자세히는 모르지만 그 남편이 무슨 일인가로 교도소에 갔었는데 그 사이에 다른 남자와 눈이 맞았고, 남편이 출소를 해서 그 사실을 알게 되고 그런 스토리 전개지 뭐.”

그러면서 윤주는 풀풀 바람 같은 웃음을 날렸다.

우리는 그만 일어서서 엉덩이를 떨었다. 몸에서 마른 풀잎들이 떨어졌다. 저편으로 여전히 햇빛 속에 선 콘도 건물이 보이는데 옛날 일들이 단편적으로 되살아났다. 자살을 했다는 소라성의 젊고도 예쁘장했던 아줌마. 자살을 했다는 게 사실일까?

사실 내가 친구들과 어울려 다니면서 맨 처음 술을 마셨던 곳도 바로 그 소라성이었다. 소라성은 우리 집에서 멀지 않았다. 날이 어두워진 저녁 가까웠던 친구들과 모의를 꾸미듯 소라성을 찾아갔다. 사이다 한 병 주세요. 우리는 소리치며 그 예쁘장한 아줌마에게 눈을 찡긋해 보이고는 구석에 놓인 낡은 테이블에 둘러앉는다. 그러면 아줌마는 사이다병에 소주를 담아 내놓는 것이다. 조그맣고 예쁘장한 것도 그렇지만 남학생이나 여학생들에게 인기를 끄는 비결은 따로 있었다.

그렇게 사이다병에 담아내는 소주를 마시느라 소라성을 드나들던 친구들. 그 친구들 중에는 박유창도 있었다. 언젠가 졸업을 한 뒤에도 그 아줌마 이야기가 나와 일부러 거기를 찾아가서 소주를 마셨던 적도 있었다. 박유창과 단 둘이서. 그 때, 그 예쁘장한 아줌마는 자살하지 않고 여전히 소라성을 운영했다. 우리가 아닌 또 다른 남학생들에게 사이다병에 소주를 담아내 인기를 사면서,

명기가 했던 박유창의 이야기가 다시금 떠올랐다. 박유창을 한 번 만나봐야겠다는 생각이 들었다.

25. 휘파람을 부세요

몇 달 만에 원고 청탁을 하나 받아놓고 절절 매었다. 원고라는 게 그렇다. 언제나 시작을 할 때면 막막하여 헤매게 된다. 아무리 낑낑대며 애를 써도 잘 나가지지 않는다. 그러다가 이제 좀 써진다 싶으면 어느새 끝맺을 때가 되곤 하는 것이다.

'하늘그린'의 일 때문이었을까? 그리 긴 시간이 아니었음에도 내 본래의 일에서 멀리 떠났던 것 같은 느낌이고, 그 어떤 리듬과 감각도 무뎌진 기분이었다.

연신 주방을 오가며 냉장고 속의 물을 꺼내 마시고, 커피를 몇 잔씩 마시고, 닫힌 창문이었음에도 불구하고 공원 슈퍼의 늙은 부부가, 특히 여주인이 퍼부어대는 갈라진 목소리를 들으며 컴퓨터 앞에 앉아 있다가 한 통의 전화를 받았다.

장현우였다. 그는 소설가로 지방 대학에도 출강했다. 지난번 협회 세미나에서는 볼 수 있을까 했었는데 나오지 않았었다.

요즘 뭐하나? 보기 힘들어. 그는 목소리 끝을 높였다.

지방대학에 출강하는 일이 경제원칙에는 거리가 멀다던 그의 말이 떠올랐다. 한 주일에 사 일이나 서울에서 전주까지 오가야 했다. 직접 차를 몰고 다니기에는 너무 피곤하여 열차를 이용하거나 시간이 맞지 않으면 고속버스를 이용해 오르내린다고 했다. 그러자면 교통비도 만만찮고, 무엇보다도 길거리에 까는 시간이 너무도 아깝다는 것이다. 그러니까 출강하고서 얻어지는 수입에서 교통비 식비 따위를 제하고 거기다가 길거리에 버리는 시간까지 계산하면 남는 게 없는 정도가 아니라 오히려 손해라는 것이었다.

그러게. 나야 뭐 그렇지……. 미지근한 내 대답에 그는 물었다. 외도 하나? 그는 자신이 글을 쓰지 않고 대학에 출강하는 일을 외도라고 표현했다.

외도? 글쎄…….

며칠 뒤 한 번 보자고 그는 말했다. 못 만날 것도 없지, 라고 나는 대답했고, 자신이 강의가 없는 날인 토요일 오후면 좋겠는데 이번 주는 다른 약속이 있어 안 되겠고 다음 주에 만났으면 좋겠다는 말에 그러자고 약속을 했다. 구체적인 시간과 장소는 그 때 다시 전화해서 정하기로 했다.

전화를 끊기 전 장현우는 내게 써놓은 작품이 없느냐고 물었다. 자신이 관여하는 잡지에 싣겠다는 것이었다. 써놓은 게 없다고 하자 하나 만들어 보라고 했고, 나는 또 그래보지, 라고 대답했다.

다시 전화를 끊기 전 내가 물었다.

"혹시 진종우에 대한 소식 좀 아나?"

"진종우?"

"왜 있잖아. '피아노 그림자' 라는 작품을 쓴……."

땡땡이중이 된 친구라는 말은 하지 않았다. 장현우가 거기까지는 모를 테니 말이다.

"아, 앰비씨 원작소설 공모에 당선하여 데뷔한 친구?"

"그래. 혹시 그 친구에 대해서 소식 좀 아는 게 없어? 연락 좀 하려니 잘 안 돼서 말이야."

"그 친구 나는 잘 몰라. 스치듯 몇 번 본 적은 있어도 제대로 만나지도 않았었고. 그런데 왜?"

"아냐. 그냥 뭘 좀 알아볼까 해서."

그리고 전화를 끊었다. 이상하게도 진종우에 대한 생각은 가슴 한 구석에 남아 가끔씩 떠오르곤 했다.

공원슈퍼 여주인의 목소리는 더욱 갈라져서 닫힌 창유리를 긁어댔다. 얼굴에 심술이 덕지덕지 묻고 도대체가 활짝 피기는커녕 찌그러들어서 보는 사람조차도 짜증이 날 것 같은 여주인. 창유리를 긁으며 들려오는 그 목소리 때문인지 다시 물을 마시고 커피를 끓여 마시며 컴퓨터 앞에 앉았지만 작업 진척은 잘 되지 않았다.

그러다가 그것이 공원슈퍼 여주인의 목소리 때문만이 아니라는 것은 깨달았다. 내 속에서 폐유 덩어리처럼 떠다니며 모든 것들을 짓눌러오는 게 있었다. 그것은 다름 아닌 박유창이었다. 돈벼락을 맞고 쫙 빠진 여자를 달고 다닌다던 박유창.

명기를 통해 그 이야기를 들은 이후 이상하게도 박유창에 대한 생각은 지워지지 않았다. 아닌 척했지만 그렇지가 않았다. 박유창의 그것이 명애란의 인생 각본에는 없었던 것이라는 생각 역시 그러했다.

그리고 어느 순간 깨달았다. 박유창에 대해 분노하고 있는 내 자신을.

비록 아무렇지도 않은 척하고 있었지만, 그저 먼 남의 일이라 내 스스로에게 말했지만 박유창에 대한 분노는 점점 더 끓어오르기만 했다.

컴퓨터를 꺼버렸다. 박유창을 한 번 만나봐야 되겠다는 생각이 저 밑바닥에서부터 밀고 올라왔다. 그러나 이제 와 만나서 무얼 어쩌겠다는 것인가?

창문을 활짝 열어젖혔다. 슈퍼 여주인의 갈라진 목소리는 어느 틈엔지 그쳤지만 찬바람이 훅 몰아쳐 들어왔다.

명애란을 마지막으로 만났던 게 언제였나……? 몰아쳐 들어오는 찬바람을 맨 얼굴로 맞았다.

사 년쯤 전의 일이었다.

과거에는 친했었지만 연락이 뜸해진 친구들 쪽에서 전화가 왔다. 언제부터인가 무슨 일이 있을 경우에만 연락을 취하는 그런 사이가 돼버린 친구들이었다. 그쪽 친구들과의 사이가 그렇게 소원해진 원인 중 하나가 바로 명애란 때문이었음을 부인할 수는 없을 거였다.

오랜만이다. 그동안 잘 지냈나? 전화를 건 친구가 그렇게 말했다. 애써 감추지만 서먹함이 묻어났다. 친구는 전화를 건 이유를 말했다. 박유창의 어머니가 돌아가셨다는 게 그것이었다. 그러면서 너도 가야지? 라고 물었다. 당연한 이야기지만 그 물음에서도 어떤 조심성이 묻어났다. 가야지. 부음이 아니라 박유창이라는 이름을 듣자 무언가 마음이 무거워졌지만 나는 별 망설임 없이 대답했다.

예전에, 학생 때부터 박유창의 집에 오가던 일이 생각났다. 박유창의 어머니도 떠올랐다. 정작 박유창이 없을 때에도 박유창의 집으로

쳐들어가 밥을 달라기도 했었다. 그러면 그의 어머니는 되는대로 밥상을 차려 내놓기도 하고 모자라면 라면도 끓여주곤 했었다. 그런 다음이면 또 곧잘 아들의 친구들에게 배드민턴을 치자고 했다. 할 수 있는 운동이 줄넘기와 배드민턴뿐이라고, 기다렸다는 듯이 채를 나눠주고 주택가 골목에 나와 배드민턴을 치기 시작하면 시간 가는 줄 몰랐다. 한번은 박유창의 아버지가 퇴근해 돌아오도록 배드민턴을 치느라 저녁밥 짓는 것을 잊었던 적도 있었다.

병원 영안실에서 장례가 치러졌다. 친구들은 자기들끼리 모여서 내려간다고, 같이 가겠으면 양재동 만남의 광장으로 나오라고 했지만 거기까지 가는 시간이면 절반은 내려가게 될 텐데 굳이 그럴 필요가 뭐 있겠느냐고 대답했다. 번거롭고 시간 많이 걸리는 것도 그렇지만 그 친구들과 어울려 간다는 것도 썩 내키지 않았다.

차를 몰고 고속도로를 달려 내려갔을 때 친구들은 벌써 도착해 영안실 앞마당의 상 하나를 차지하고 둘러앉아 있었다. 그들에게 손만 한 번 들어보이고는 조문을 하러 영안실 안으로 들어서다가 명애란과 마주쳤다. 소복 차림에다 하얀 리본을 머리에 꽂은 그녀는 불빛 탓인지 유난히 얼굴이 하얘보였다. 상을 당한 며느리였음에도 그녀는 나를 보자 잠깐의 웃음을 던졌다. 상가의 분위기가 어둡지 않은 탓도 있을 거였다.

"왔어?!"

명애란이 말했고, 나는 눈인사를 건넸다. 상복을 입은 모습이 무척이나 예뻐 보였다. 그녀가 나를 빈소로 안내했다. 빈소에서는 상주인 박유창이 그의 형과 조문객을 맞고 있었다.

조문을 끝내고 나자 그때까지 뒤에 서 있던 명애란이 다시 나를 안내했다.

“모두들 와 있어.”

“들어오면서 봤어.”

“잘 돼?”

“그렇지 뭐. 그런 차림인 걸 보니까 진짜 이 집 며느리 같다.”

“언제는 박 씨 집 며느리 아니었나?”

명애란의 그 말도 내가 한 말도 내 가슴 한구석을 쳤다.

“얼굴도 하얗고 더 젊어진 거 같아? 무척이나 예뻐 보인다.”

“예뻐 보여? 미쳤나봐. 그치만 나 칼 안 댔다고 말하고 싶어. 보톡스도 안 맞았고.”

“마음의 보톡스를 맞나 보지 뭐.”

“그런 거 있음 정말 맞고 싶다. 심장에 주름 좀 펴게.”

“요즘도 싱크대 서랍에 담배 숨겨두고 피우나?”

“그렇지 뭐. 그만 하려고 해도 잘 안 돼.”

“이상하게도 싱크대 서랍에 담배 숨겨두고 피운다는 게 마음에 걸리더라.”

그러자 명애란이 잠시 내 얼굴을 빤히 바라보았다. 그리고 잠깐이었지만 그녀의 눈빛이 깊어졌다.

“그런 말 하지 마. 마음에 걸려하지도 말고.”

정작 박유창의 어머니가 어떻게 돌아가셨나 하는 이야기는 하지 않았다. 영안실에서 그 앞마당에 나오기까지의 그 짧은 시간에 나눴던 그 이야기들. 친구들이 모인 자리로 오게 되면서 더 이상의 이야기는 나눌 수 없었다.

그렇더라도 그 짧은 시간에 나눴던 이야기마저 무엇인가 겉돌기만 했다는 느낌을 지울 수가 없었다. 정작 하고 싶은 이야기는 따로 있는데, 그 무엇인가를 이야기하지 않으면 안 될 것 같은데 그것은 꺼내지도 못한 채 엉뚱하게도 보톡스나 담배 이야기만 한 것이다. 매번 그랬다. 손에 꼽을 정도밖엔 볼 기회가 없었지만 그때 마다 정작 이야기하지 않으면 안 될 것 같은 이야기는 꺼내지도 못하고 엉뚱한 이야기만 몇 마디 던지다가 돌아서게 되곤 했던 것이다.

영안실 앞마당은 향냄새가 가득했고 거기다가 모기향 연기 또한 자욱했다. 여름이었다. 수풀이 가까워서인지 연신 모기들이 달려들었고, 불빛 주위에는 날벌레들이 새까맣게 모여들었다.

가끔, 무리를 지어 나는 불빛 주위의 작은 날벌레들 속으로 큼지막한 것들이 날아들어 푸덕푸덕 휘저어놓고 날아가기도 했다.

시간이 늦어지고 점차 자정에 가까워지자 조문객들의 발길도 끊어지고 남은 사람들도 얼마 되지 않았다. 빈소를 지키던 박유창도 밖으로 나와 두세 패로 나뉘어 자리를 지키는 사람들 사이를 오갔다. 명애란 역시도 마찬가지였다. 그렇듯 오가면서 언뜻 눈이 마주치면 슬몃 웃음을 지어보이기도 했지만 시간이 지나면서 피곤기가 묻어났다.

그러한 명애란을 바라보면서 술 한 잔 하고픈 생각이 간절했지만 차를 운전하고 갈 생각에 그러지도 못했다. 그렇다고 거기 어디서 웅크리고 잘 수도 없는 일이고. 돌아가야 된다고 생각했다. 다른 친구들은 더 머물고 밤을 새울 작정까지 하고 있는 것 같았지만 나는 먼저 일어나고 싶었다. 그런데 이상하게 엉덩이가 좀처럼 떼어지지가 않았다.

어쩌다보니 명애란이 바로 건너편에서 쌓아놓은 물건 상자들에 등을 기댄 채 눈 감고 있었다. 그렇게 잠시 눈을 붙이는 모양이다. 내 시선은 딴 짓을 해도 그녀를 향했다. 풍겨오는 향냄새와 퍼져나가는 모기향 연기 속에서도, 친구들이 열중하는 화투패를 들여다보고 참견을 하면서도 내 시선은 그녀를 향하기만 했다.

얼마쯤 지났을까? 한 이십 분 가량 그렇게 눈 붙였는가 싶은데 명애란이 부스스 깨어나더니 주위를 한 번 둘러보고는 일어나 영안실 앞마당을 벗어났다. 아마, 화장실이라도 가는 모양이었다. 이 때다 싶어 꺼내놓았던 담배 라이터를 챙겨 넣고 일어나 그녀를 뒤쫓았다.

기척에 뒤돌아보다가 멈추어 선 명애란이 물었다.

"왜?"

"많이 피곤해 보이네."

"그렇지 뭐."

"어디 들어가 조금이라도 자지 그래."

"그래야겠어. 그런데, 화장실 가려고?"

"아니. 그만 가려고."

"지금 간다고?"

"그래. 친구들한테는 얘기하지 않았으니까 갔다고 전해주고. 물론 전화하겠지만."

"이따 다른 사람들 일어설 때 같이 가지 그래. 몇 사람은 얼마 지나지 않아 일어설 모양이던데."

"아냐, 어차피 서로 길도 다르고……. 보다도 조용히 가는 게 낫지 뭐. 그래, 그럼 잘 지내."

"잠깐만."

명애란은 그렇게 말했으나 다음을 잇지 못했다.

다시 한 번 잘 지내라고 하고는 돌아섰다. 그러자 그녀는 조곤조곤한 발걸음으로 따라왔다. 그만 가보라고 해도 알았다고 하고는 계속 따라왔다.

결국은 차를 세워둔 곳까지 와서야 걸음을 멈추었다. 서로 잠시 마주보았으나 아무런 말도 하지 못했다. 눈빛은 무엇인가를 이야기하고 싶어 했으나 입은 열리지 않았다.

카 도어를 열자 명애란이 손을 내밀었다. 손을 맞잡고 그저 서로의 눈만 바라봤다. 그녀의 살갗 감촉과 체온이 느껴졌다.

운전석에 앉아 시동을 걸고는 말했다.

"잘 지내."

"잘 가."

"오늘 너 무척 예뻐 보인다."

"미쳤나봐."

"갈게. 그럼……."

그것으로 끝이었다. 망설이지 않고 차를 전진시켜 그곳을 빠져나왔다. 그녀는 거기 그대로 서 있었다. 남겨진 그 어떤 것을 안고서.

국도로 들어서서 차를 달리기 시작했다. 이따금씩 한두 대의 차량들이 저편에서 떠올랐다가 옆을 스치고 지나갈 뿐 도로는 텅 비었다시피 했다. 밝혀진 가로등 밑을 지날 때면 날벌레들이 앞 차창에 후두둑 부딪치곤 했다. 그 소리는 흡사 빗소리 같았고, 벌레들이 터지면서 앞 차창유리를 더럽혔다.

피곤기가 묻어나던 명애란의 얼굴이 떠올랐다. 그녀가 했던 말도 떠올랐다. 마음의 보톡스, 그런 거 있음 정말 맞고 싶다. 심장에 주름 좀 펴게.

심장의 주름. 그건 무엇일까……? 그리고 정작 해야 될 이야기는 꺼내지도 못했는데, 그 해야 될 이야기가 무엇인지는 내 자신도 알 수가 없었다.

　점퍼를 걸치고 집을 나서려 하니 경연이가 이 시간에 어딜 가느냐고 물었다. 공원에 나가 바람 좀 쏘이고 오겠다고 했다. 경연이 고개를 돌려 거실 벽시계를 쳐다보았다. 열한 시를 넘어 가리켰다. 경연의 얼굴에서는 졸음이 가득 묻어났다. 그걸 모르는 척 먼저 자라고 하고서는 현관문을 나섰다. 춥고 지금이 몇 신데 바람이야? 뒤에서 꿍얼거리는 소리가 들려왔다.

　텅 빈 공원의 나무들 사이로 차가운 바람이 지나갔다. 습기를 머금은 바람이었다. 어쩌면 눈이 올 것도 같았다. 겨울로 들어섰지만 아직 첫눈은 내리지 않았다. 이 밤에 첫눈 내리는 날의 약속을 한 사람들은 자주 창문을 열고 밖을 내다볼 것이다. 아직 약속이 없는 사람들은 전화를 걸어 서둘러 약속을 하기도 할 것이다.

　공원 슈퍼는 불만 빤히 밝혀진 채 아무도 보이지 않았다. 드물게 두툼한 옷을 두른 사람들이 어깨를 움츠리고 지나갔고, 차량들이 미끄러져 들어와 저편으로 사라져 갔다. 노상 주차장에 납작 엎드린 차량들은 습기 머금은 채 차가운 바람 속에서 불빛을 받아 번들거렸다.

　이쪽 끝에서 저쪽 끝으로 천천히 걸음을 옮겨놓았다. 명애란이 떠오르고, 명기가 했던 박유창의 이야기가 떠올랐다.

　사 년 전, 병원의 그 영안실 마당에서 본 것이 명애란의 마지막 모습이었다. 그 이후에는 그럴 만한 기회가 없었기에 만나지도 못했고, 잠깐이거나 먼발치에서도 보지 못했다.

　그런데 이상하게도 박유창에 대한 원망이랄까 분노 같은 것은 좀체 사라지지 않고 부유물처럼 내 속에서 떠다녔다. 사실 이제 와서 새삼스럽게 박유창에 대해 원망을 품을 것도, 분노의 거품을 물 필요도 없었다.

그럼에도 명기를 통해 이야기를 들은 이후부터 좀체 삭아지지가 않는 것
이었다. 비록 어떻게도 하지 못한 채 숨이 차오른다 싶으면 몇 번씩 헛기
침을 토해내는 게 고작이었지만 박유창은 폐유 한 덩이처럼 떠다녔다.

길게 숨을 토해냈다. 허연 입김이 뿜어져 나와 허공으로 사라졌다.
제법 길게 형성된 공원이었다. 몇몇 빤히 불 밝혀진 주택가의 창문들
이 눈에 들어왔다. 붉고 촉수 낮은 전등을 밝힌 창문들도 있었다.

공원 저편 끝까지 갔다가 되돌아섰다. 그러면서 핸드폰을 꺼내 들고
단축번호를 눌렀다. 신호가 가고 금세 윤주가 받았다.

"뭐해?"

"이 시간에 전화를 다했네. 그냥 티브이 켜놓고 들여다보고 있어. 바
보처럼."

"왜 바보처럼이야, 그게?"

"아무 생각 없이 멍청하게 들여다보고 있으니까 그렇지. 경연 씨는
자는 거야?"

"나 지금 집 아니야. 잠깐 나왔어. 바람 좀 쐬려고, 집 앞 공원에."

"공원에 나왔다고? 춥지 않아?"

"눈이 올 것 같은데 안 오네. 이러다가 그냥 말려나?"

"눈 내리면 좋겠다. 나도 베란다 창문이나 열어볼까? 이 시간에 나
가기는 좀 그렇고."

"나가지 말고 그냥 있어. 그나저나 애하고 둘이 있으려면 안 무서워?"

"처음에는 좀 무서웠는데 지금은 괜찮아. 우리 성일이가 꽤 의지가
되네."

"그럼 중학생이나 되는데."

그런 이야기를 얼마쯤 더 주고받다가 전화를 끊었다. 전화를 끊으면

서 윤주는 후렴처럼 한마디 집어넣었다. 보고 싶어, 라고.

내 집 창문이 정면으로 바라보이는 곳에 이르러 벤치에 엉덩이를 붙이고 앉았다. 공원슈퍼는 남자가 나와 셔터를 내리는 중이었다. 셔터 내리는 소리가 텅 빈 공원을 크르렁 울렸다.

내 집 창문에는 불이 밝혀져 있었다. 경연은 잠들었을까?

아무 움직임도 없는 창문을 오래도록 바라보다가 허공으로 고개를 돌렸다. 무엇인가 막막하고도 먹먹했다. 그리고 그리웠다. 무엇인지 모르게 그냥 한없이 그리웠다. 왠지 눈물이 쏟아질 것만큼 그리웠다.

아주 작게 나는 휘파람을 불었다.

보고 싶다고 했던 윤주의 그 말이 먼 귀 울림으로 남았다.

26. 진실게임

"우리 이혼할까?"

뜬금없이 경연이가 말했다. 그 소리에 나도 모르게 고개가 홱 돌려졌다. 알 수 없는 웃음이 경연의 얼굴 위로 지나갔다.

"무, 무슨 소리야?"

어이가 없어서인지 말이 더듬어졌다.

"당신이 나하고 이혼하고 싶어 하는 게 아닐까, 그런 생각 여러 번 했어."

"뭐라고?"

"아닐까?"

"참……."

"당신 나하고 맞지 않아 하잖아. 그래서 당신을 놓아줘야 되나……,

그런 생각 종종 해.”

“쓸데없는 소리.”

“쓸데없는 소리가 아닐 걸. 나도 사람이고 느낌이 있어. 내가 왜 그걸 모르겠어. 그러니까 나하고 이혼을 원한다면 언제라도 이야기해. 원한다면 즉시 해주겠다는 게 아니라, 그렇게 말한다면 나도 다시 생각해볼 테니까.”

“지금 무슨 말장난을 하자는 거야?”

“가볍게 이야기하는 것이지만 그렇다고 말장난이 아니라는 건 당신도 잘 알 텐데. 벌써 오래 된 이야기지만, 당신이 나와 맞지 않아하는 것뿐만 아니라 나에 대해서 크게 실망했다는 것도 알아. 임신했던 아이를 말 한 마디 없이 낙태를 했던 것이 결정적이었지.”

“새삼스럽게 왜 그 이야기야.”

“나에 대한 실망 때문에도 더욱 그랬겠지만 이제까지 당신이 가슴속에 다른 여자를 품고 살아왔다는 것도 알아. 알면서도 모르는 척해 왔을 뿐이지만 당신과 한 침대에 들어가는 횟수만큼이나 내 가슴도 허무해지더라.”

“명애란 이야기야? 그건 이미…….”

“알아. 이미 지나간 일이고 벌써 오래 전에 다 끝난 일이라는 걸, 더군다나 나를 만나기 전의 일이니 문제 삼을 것도 못 되지.”

“그런데, 내 가슴에 계속 살아 있다, 그렇게 얘기하고 싶은가?”

“말했다시피 당신과 한 침대에 들어가는 횟수만큼 내 가슴도 허무해지더란 이야기지.”

“그럼, 이혼을 원하는 건 당신이야?”

“그럴 수도.”

“애매하게 말하지 마.”

“물론 이제까지도 그래왔듯이 아무 문제도 없는 것처럼 살아갈 수가 있어. 아니, 우리 사이에 겉으로 드러난 문제는 없잖아?! 그렇지만, 내 이야기는 당신이 이혼을 원한다면 말을 해달라는 거야. 너무 심각하게 생각지는 말고.”

너무 심각하게 생각지는 말고. 경연은 너무도 가볍게, 정말 심각해야 될 그 이야기를 전혀 심각하지 않게, 웃음 띤 얼굴로, 마치 후렴구처럼 말하고는 일어서며 어깨에 숄더백을 걸쳤다. 투피스의 통 좁은 스커트에 엉덩이의 곡선이 팽팽하게 드러났다.

“그럼 다녀올 게.”

경연은 다시 한 번 가볍게 말하고는 현관으로 나서서 신발장을 열고 신발을 꺼내 신었다. 신발은 굽이 위태해 보일 정도로 높은 회갈색 하이힐. 그것을 신고 현관문을 나서며 다시 한 번 이따가 배고프면 아침에 먹다 남은 찌개를 데워 먹으라고 했고, 마지막으로 현관문을 닫으면서는 또 한 번 방실, 웃었다.

멍한 내 시야에 닫힌 현관문만 가득 들어왔다. 저 여자가 이혼 운운하고, 나와 한 침대에 들어가는 횟수만큼 허무해지더라고 이야기한 여자인가 싶었다.

경연은 친구들과의 모임에 나가는 것이었다. 그런데 방금 전 그녀가 어깨에 메고 나간 숄더백이 무슨 색깔이었더라. 잘 생각나지 않았다.

욕실에 들어가 비누 거품을 내서 턱에 바르고 일회용 면도기로 면도를 시작했다. 주로 전기면도기를 사용하지만 가끔씩 비누거품을 칠하고 면도를 한다. 전기면도기로 안 깎이는 부분까지 깎기 위해서이고,

그렇게 하고 나면 깔끔한 느낌이 든다.

거울을 들여다보니 턱에 피가 보인다. 면도날에 조금 베인 모양이다. 일회용 면도기로 면도를 하다보면 종종 그렇게 베이곤 한다. 하나나 두 개, 여드름이 솟았으면 그대로 싹 깎여버리고 핏물이 번지기도 한다. 가끔은 그 핏물이 꽃물처럼 보이며 매혹적으로 나를 끌어당기기도 한다.

금기(禁忌)는 묘한 매혹을 지니고 있다. 죽음은, 그 가운데서도 자살은 시도해서는 절대 안 되는 금기이다. 때문에 자살은 매혹적으로 다가와 현혹시킨다. 피를 보면, 그게 아무리 작고 하찮은 것일지라도 죽음과 더 나아가서는 자살이라는 것을 생각하게 되고, 한 번도 체험한 적이 없지만 묘한 쾌감을 준다. 미루어 짐작하는 것이겠지만 거의 확실하다. 칼날에 살갗을 베일 때 그 섬뜩한 순간에 쾌감은 분명히 느껴지고, 미루어서 자살도 그러할 것이라 짐작한다. 그러므로 번지는 핏물에서 매혹을 느낀다고 해서 이상할 것도 없고, 나만 특별한 것도 아닐 터다.

경연의 진실이 무엇인지 나는 잘 모른다. 그녀를 볼 때면 그런 생각이 들곤 했다. 특히 침대에 누워 잠든 모습을 보면 그런 생각이 들어 한참씩 들여다보게 되곤 했고, 등을 보이고 돌아서거나 현관문을 나설 때면 저 여자의 머릿속에 무엇이 들었는가 싶을 때가 많았다. 특히 오늘 같은 날이면 더욱 그러했다.

정말이지 다시 생각해봐도 경연의 진실이 무엇인지 잘 모르겠다. 이제까지 그래왔듯이 아무 문제가 없는 것처럼 살아갈 수가 있다고 했지만 저 여자가 끝까지 나랑 살 생각인지 아니면 다른 생각을 품고 나름대로 치밀한 계산을 하고 있는 것인지도 알지 못한다.

경연의 나에 대한 모든 것들은 그저 모호하기만 하다. 역시 나의 아내에 대한 것들도 모호하기만 하다. 그 부분에 있어서는 나도 나를 모르겠다.

　화장지를 엄지손톱만큼 뜯어서 피가 번지는 턱에 붙이고 욕실을 나섰다. 보일러 온도가 내려간 것인지 실내 온도가 선득했다.

　아침에 먹다 남은 찌개를 꺼내놓고 식탁 앞에 앉아 밥을 먹었다. 데워 먹으라고 했지만 몇 술 뜨지 않을 것이기에 그냥 먹었다. 다섯 번째 밥숟가락을 떠 넣고, 세 번째 찌개를 떠 넣었다가 그만 호흡 조절을 잘 못했는지 사레가 들리고 말았다. 왈칵 기침이 터져 나오면서 입안에 물었던 음식물들이 사방으로 뿜어져 나갔다. 기침은 한동안 계속되었고, 물 한 컵을 마시고 나서야 겨우 진정되었다.

　몇 술 더 밥과 찌개를 떠먹고 반찬들을 집어먹은 뒤 사레가 들려 뿜어냈던 것들이 튀어갔을 것이므로 남은 것들을 쏟아버리고 식탁을 치웠다. 그리고 주방 바닥 여기저기 흩어진 음식물 조각들을 화장지를 뜯어 훔쳐냈다. 세 겹 두루마리 화장지에 인쇄된 네 잎 클로버 문양이 눈에 들어왔다. 그러나 네 잎 클로버가 상징하는 것도 표백되었을 것이라는 생각이 들었다. 그 두루마리 화장지에 과도한 표백제와 형광 증백제가 사용된다는 것을 들은 적이 있었다.

　경연이가 했던 말들도 어쩌면 표백제나 형광 증백제 같은 것들이 처발라졌을지도 모른다는 생각이 들었다. 지금쯤 친구들을 만나 형광 미백제가 발라진 웃음을 웃고 있을지도 모르는 그녀. 왜 자꾸만 그런 생각이 드는 것일까?

　그런데 경연은 어떻게 해서 아직까지도 명애란 이야기를 하는 것인가? 내가 그녀를 만나기 전의 일이었으니 그녀와는 직접적인 관계도 없을뿐더러 이제는 그 이야기를 꺼낼 필요도 없을 것인데. 물론 내 머릿속 기억이나 가슴속의 것을 두고 하는 것이라면 할 말이 없을 테지만.

　그래도 현실적으로 한윤주를 입에 올리지 않고 의심의 눈초리를 보내지 않는 것은 얼마나 다행한 일인가. 윤주를 생각하면 명애란의 이름이 들먹여지는 게 차라리 잘된 일인지도 모른다. 내가 좀 더 교활해진다면 기왕의 명애란이란 이름을 이용할 수도 있는 것 아닌가? 경연의 관심을 그쪽으로만 돌려놓는다면 다른 쪽은 신경 쓰지 않을 것이니 말이다.

　그나저나 경연이는 왜 또 명애란을 생각나게 만들어놓고 나간 것인가. 명애란의 그 무엇인가를 버린 지도 오래이건만.

　살미랑이여! 오늘 이 시점에서 명애란에 대하여 이야기를 하노니,

　어느 모임에 참석을 하고, 이어지는 뒤풀이의 그 떠들썩한 자리가 파하면 사람들과 헤어져 돌아오는 늦은 밤의 길 모퉁이에서 오르는 술기운에 내 자신을 방치한 듯 저르르 몸을 떨다가 공중전화 부스로 들어가 명애란에게 전화를 하고, 그럼에도 정작은 한마디도 하지 못한 채, 뿐이랴 숨소리도 제대로 내지 못한 채 다만 그녀가 여보세요, 여보세요, 하는 목소리만 확인하고는 돌아서서 뭔가 허망하기만 하여 다시 포장마차를 찾곤 하던 일을 나는 언제부터인가 버렸다. 눈 오는 밤의 그 시린 날 담배 한 대 물고 길을 걷다가 공중전화에 매달려 전화를 했다가 여보세요, 하던 명애란의 그 짧은 목소리마저 들리지 않고 박유창의 목소리가 들려오면 그대로 수화기를 내려놓은 채 돌아서서 목 꺾고 한숨을 길게 토하던 일을 나는 언제부터인가 버렸다. 이제 다시 나는 그런 짓을 하지도 않고, 해봐야 아무 소용도 없다는 것을 알았을 뿐만 아니라, 하고 싶어도 유효기간이 이미 다 지나버렸다는 것을 나는 확실하게 인지하고 있다.

　그러므로 나는 명애란에 관한 그러한 것들은 버렸다. 이미 오래 전의, 언제부터인가, 버렸다.

27. 물그림자

규선의 얼굴에는 피곤기가 가득했다. 오늘 하루 종일 뛰어다닌 탓이었다. 아니, 그게 아니더라도 그는 이미 지친 모습이었다. 그럼에도 그걸 감추고 가끔 큰소리로 웃곤 하는 게 도리어 안쓰러웠다.

실내에는 커피 향내가 휘돌았다. 방금 여직원 민경진이 가져다 놓고 간 커피 잔에서 올라오는 수증기는 천정에서 떨어지는 불빛과 창문에서 들어오는 빛을 비끼면서 일러스트레이션 같아보이게 했다. 옆 사무실에서는 간간이 직원들의 이야기 소리와 웃음소리가 들려왔다. 사무기기에서 내는 기계음도 들리고, 오가는 발자국 소리도 들리고, 전화벨 소리와 길게 이어지는 고객과의 전화 상담 소리도 들려왔다.

밖에는 눈발이 흩날리고, 하늘은 흐렸다. 그렇지만 구름층은 두텁지도 않고 낮지도 않아 그 위에 해가 있음이 느껴지고, 해가 저물 시간이 가까워지는데도 흰한 정도였다. 아침부터 흩날리기 시작한 눈발은 내내 그 모양으로 계속되었다. 눈앞을 어지럽히는 정도로 흩날리다가 그쳤다가를 되풀이했다.

"이제 저쪽 일은 거의 정리가 된 셈이지?"

"그렇지 뭐."

"마음이 좀 그렇다."

"그렇게 아쉬울 것도 없어. 사업이 다 그런 거라고 생각하면 되니까?"

"그래. 좋게 생각하자고."

"어쨌든 저쪽 일은 공장 부지로 샀던 땅을 팔기만 하면 되는데, 그거야 그냥 놔둬도 언젠가는 임자가 나설 테지. 돈이 그리 급한 것도 아니고. 하긴 임자가 나서지 않아 그냥 놔둬도 문제는 없잖아. 그리고 이쪽 일은 네가 좀 더 신경을 써주면 되고……. 부탁할게."

"잘 해내지는 못하지만 소홀하지는 않을 테니 그건 걱정 말고."

"그래, 고맙다."

숨을 한 번 크게 몰아쉰 규선은 커피 잔을 들어 올리고서 창밖으로 시선을 던졌다.

오늘은 이른 오전 시간부터 규선이가 올라와 이리 뛰고 저리 뛰었다. 화성의 시화호 부근에 차리려던 지역 특산물 사업체 설립을 취소하기 위해서였다.

충분히 짐작은 했지만 그는 지난번에 보았을 때보다도 더 까칠한 얼굴 모습이었다. 그게 보는 이의 가슴을 아릿하게 만들었다. 그래서 그의 와이프 변용순의 상태에 대해서도 그저 안부 정도만 물었을 뿐 자세한 건 묻지 못했다.

그래도 그의 까칠해진 얼굴 모습이 왜 고맙다는 생각이 드는 것일까? 펼치려던 사업을 그만 접어 놓고 정리하려는 것이 왜 고맙다는 생각이 드는 것일까? 비록 만나서 아무렇지도 않은 척 웃었지만, 일부러 더 큰 소리를 내며 호들갑 떨듯 이야기했지만, 그가 자신의 병든 와이프를 지켜주기 위해 애를 쓴다는 사실이 문득 목구멍이 뻑뻑해지도록 고맙게 여겨지는 것이었다.

어쨌든 그가 올라왔을 때부터 눈발이 흩날리기 시작했었다. 쌓이지도 않고 그대로 녹아버릴 정도로 내리다 말다 하는 그 성근 눈발. 그것을 뚫고 이리저리 돌아다녔다. 시청에서 보건소로, 세무서로, 등기소로⋯⋯. 간단한 것 같지만 갖춰야 될 서류는 왜 그렇게 많고 절차는 또 왜 그렇게 복잡한지. 필요한 것들을 갖춰 서류를 만들고, 제출하고, 되물리고, 보완해 다시 제출하고⋯⋯. 그러다보니 하루해가 다 가버렸다. 어떻게 된 건지 점심 먹는 것까지 놓쳐버려 뒤늦게야 식당으로 들어가 배를 채우고, 그런 다음에야 공장 부지로 쓰려 했던 땅을 매도하기 위해 공인 중개사 몇 군데를 들렀는데, 그러고 나자 기운이 쭉 빠져버렸다.

그렇게 일을 보고 돌아다니면서도 그는 자신의 아내에 대한 걱정을 놓지 않았다. 처제가 병원에 와 자기 언니를 지킨다는데도 뭔가 마음이 놓이지 않는 모양이었다. 수시로 전화를 걸어 상태를 물었고, 제 아내와도 통화를 하곤 했다.

규선이 자기 아내와 하는 통화 내용은 특별한 게 아니었다. 그저 일상적인 이야기에 지나지 않았다. 눈발 날리는 게 영 시답잖다거나, 식당에서 먹은 음식이 좀 짜고 맛이 없었다거나, 길거리의 풍경이 어떻다거나 하는 것들이었다. 몸의 상태에 대한 이야기는 꺼내지도 않고 그렇게 일상적인 이야기를 하는 게 왜 또 콧날을 시큰하게 만드는 것인지. 나 역시 전화기를 바꿔 쥐고 그의 아내와 통화를 하면서 좀 어떠냐는 물음 같은 건 꺼내지도 않고 엉뚱한 이야기나 되는대로 떠벌였다.

"어쨌든 일은 벌이는 것만이 능사가 아니라 간추리고 정리를 해가며 해야 된다는 걸 이번에 알았다."

사무실을 나서며 규선이 말했다.

"한과 공장 일도 말이야. 내가 직접 오가면서 하려다보니 보통 힘든 게 아니더라고."

"그럼 쉬운 일이 어디 있어."

"물론 쉽지 않다는 건 알았지만 그동안 와이프가 얼마나 애를 썼으며, 큰 부분을 차지하고 있었다는 게 깨달아지더라니까. 그동안 일하던 사람들을 그대로 부리며, 그 중에서 하나를 세워 와이프가 하던 일의 일부를 맡겨 책임지게 하고 하는데도 잘 안 되더라고. 공장 전체가 굴러가는 것도 왠지 덜컹거리기만 하고 생산량이나 품질도 그전만 못하다는 이야기가 들려오고 말이야."

그러면서 그는 다소 공허하게 웃었다.

엘리베이터를 타고 내려와 빌딩을 빠져나왔다. 흩날리던 눈발은 이제 더 이상 보이지 않았다. 언제 또 시작될지 모르지만 일단 그친 것 같았다. 바람은 한결 차가워지고, 사람들은 옷깃을 세우고 주머니에 손을 찌르거나 장갑을 낀 채 걸었다.

어디 들어가서 잠시 쉬며 저녁을 먹기로 했다. 저녁 식사도 그렇지만 쉴 수 있는 공간이 우선이니 조용한 집을 찾기로 했다. 그런 다음 늦더라도 규선은 내려가야 했다.

"명기한테 다시 한 번 전화해보지?!"

몇 번인가 함께 갔었던 적이 있는 레스토랑 앞에 이르자 규선이 말했다. 명기한테 벌써 몇 번 통화를 시도해보았지만 연결이 되지 않았다. 핸드폰이 계속 꺼진 것으로 나왔다. 오랜만에 셋이서 한 번 만나 서로 얼굴이나 보자는 게 규선의 말이었다.

다시 전화를 넣어 보았지만 마찬가지였다.

"계속 꺼져 있는데."

"어디 일자리라도 알아보러 나간 걸까?"

지난번에 갑자기 올라온 이후 새로 일자리를 구했다는 이야기는 아직 없었다.

"일자리를 알아보러 다니면 오히려 핸드폰을 끄면 안 되지. 배터리가 다 방전되었다는 것도 연속극에서나 써먹는 수법이고."

"명기, 그거 아무래도 또 수상쩍어. 잔뜩 바람 든 거 아니야?"

규선이 얼굴을 묘하게 일그러뜨리며 웃었다.

"집으로 전화를 넣어볼까?"

"글쎄……."

거기에는 뭔가 망설임이 있었다. 사실 집 전화나 명기의 아내한테 전화해서 물어보면 간단할 일이었다. 그러나 그 어떤 것이, 규선이 아무래도 수상쩍다며 얼굴을 묘하게 일그러뜨리는 그것이 쉽게 전화를 하지 못하게 했던 것이다.

"모르는 일이잖아. 아무 일도 없이 그냥 집에 붙어 있고, 때문에 핸드폰 배터리 방전된 것도 신경 쓰지 않고 있는 것인데 우리가 괜히 앞질러 생각하고 있는 것인지도 말이야."

"그럴까? 그럴 수도 있겠다."

그러는 사이 건물로 들어서고 계단을 올라 이 층의 레스토랑으로 들어섰다. 몇 번 와보지는 않았지만 올 때마다 조용하고 테이블과 의자의 간격도 넓고 편한 것이 마음에 들었다.

　손님이 꽤 있는 편이어서 안쪽의 구석진 자리를 잡아 앉고 나서야 명기의 집으로 전화를 했다. 명기의 아내 박정옥이 전화를 받았는데 오랫동안 말을 하지 않았던 것인지 첫음절이 잘 나오지 않을 정도로 잠긴 목소리였다.

　"정옥 씨, 오랜만입니다. 잘 지냈어요? 밥 잘 먹고?"

　일부러 목소리를 높였다. 그러면서도 들려올 목소리를 감지하느라 촉수를 세웠다.

　"오랜만이네요. 한 번 오겠다고 하더니……."

　일견 목소리를 높이고 있었지만 축 쳐진 감정곡선이 내 촉수에 감지 되어 왔다.

　벌써 틀렸구나 싶자 무슨 이야기를 꺼내야 될지 몰랐다.

　"그러게요. 가서 정옥 씨랑 와인이라도 한 잔 해야 하는데 말입니다."

　그냥 다른 이야기나 늘어놓다가 끊어야 되겠다는 생각이 들었다.

　"와인이 아니라 매실주지요. 호호"

　짐짓 웃음소리까지 냈지만 공명이 없는 웃음소리였다.

　"아, 맞아요. 매실주. 정옥 씨 하면 매실주인데 말입니다."

　그 다음은 무슨 말을 해야 되나 하면서 잠시 침묵이 이어졌는데, 그 침묵 끝에 저편에서 먼저 이야기를 꺼냈다. 언뜻 짧게 토해내는 한숨 소리도 들려왔다.

　"명기 씨 찾는 거지요?"

　"아, 네……. 이 친구 어디 갔나요? 핸드폰도 안 받아서……."

　"명기 씨가 집에 있을 리 있나요. 그리고 핸드폰은 당연히 꺼두고요."

　그 말에는 더 이상 할 이야기가 없었다.

“그럼…….”

“그 사람 언제나 그렇잖아요. 나는 거기에 대해서 뭐라 말해서는 안 되는 것이고요.”

그 말끝에 이어지는 박정옥의 쓸쓸한 웃음소리가 들려왔다. 그리고 다시 또 한 번 공허한 웃음소리가 들려오더니 말했다.

“나는 혼자서 매실주 마시고 있고요. 모르셨어요. 조금 취했는데…….”

혼자서 매실주를 마시고 있다는 이야기가 뭔가 아득한 느낌으로 다가왔다. 그리고 보니 목소리에서 약간의 술기운이 묻어나는 것도 같았다.

몇 마디 더 이야기를 하다가 전화를 끊었다. 괜히 전화를 건 내가 잘못한 것 같고 미안했다.

“명기 또 거기 간 거지? 정옥 씨 선배가 한다는 화원. 지은선이라고 했나?”

규선이 쓸쓸한 미소를 흘리며 말했다.

“그런가봐.”

“아직도 그러면 뭘 어쩌자는 거야?”

“명기랑 그 여자랑 이상한 관계는 아니잖아.”

“이상한 관계는 아니라……. 바로 그게 문제인 거 아니겠어. 차라리 바람이든 연애든 확실하게 하든지, 그게 아니라면 아예 찾아가지 말든가, 그것도 아니라면 정말 몰래 찾아가 만나든지……. 이것도 저것도 아니면서, 이상한 관계는 아니고 그저 친구로 만나는 거라고 하고는, 옛날에 마음에 품었던 여자를 못 잊어 공개적으로 찾아간다면 정옥 씨는 뭐가 되느냐 말야. 더군다나 결혼도 사생활 참견하지 않는다는 조건을 앞세워 했다고 언제까지나 그럴 거면 그게 곧 정옥 씨를 말려 죽이겠다는 이야기 아니야.”

이미 다 아는 사실인데도 막상 이야기를 꺼내자 규선은 흥분을 했다.

"명기도 생각이 있겠지."

"생각 좋아하시네. 생각 있는 놈이 아직도 그래? 언제 한 번 만나면 아구통이라도 돌려놔야 되겠어. 그리고 그 지은선이라는 여자도 가만 생각해보면 되게 웃긴 작자야. 과거야 어찌됐든 자기 후배의 남편이면 오지 못하게 해야 되는 거 아니야?! 그거 참 정말 모를 사람들이야, 엉?!"

규선은 그러더니 물 컵을 비워냈고, 마침 핸드폰이 울려 받았다. 내용을 들어보니 그의 처제로부터 온 것이었는데, 이야기를 이어나가고 또한 자기 와이프와도 통화를 하는 것이 명기에 대한 이야기를 할 때와는 달리 그렇게 부드러울 수가 없었다.

가만히 그 모습을 지켜보았다. 그 위로 명기의 얼굴도, 또한 나의 얼굴도 겹쳐보였다.

28. 안개주의보

청량리역 광장에 비둘기가 날았다. 이제 막 걸음을 걷기 시작한 어린 아이가 뒤뚱거리며 비둘기들을 쫓았다. 날아올랐다가 내려앉곤 하는 비둘기가 신기한지 아이는 연신 소리를 지르며 웃어댔다. 벌어진 아이의 입과 얼굴로 햇볕이 떨어졌고, 쭈그려 앉은 여인은 비닐봉지 속의 팝콘을 몇 알씩 뿌려주었다.

열차의 출발 시간까지 남은 시간은 삼십 분 가량이었다. 십 분쯤 전에 개찰을 할 것이니 이십 분쯤은 기다려야 했다.

윤주는 뒤뚱거리며 비둘기를 쫓아다니는 아이를 바라보았다. 쏟아지는 햇볕을 얼굴에 받고 있었지만 표정은 좀 무겁게 가라앉았다. 광장을 느리게 흐르는 바람결은 차가웠지만 제법 따스함이 느껴지는 햇볕이었다.

오전 열 시 정도까지만 해도 도시는 안개에 뒤덮였었다. 그러던 것
이 서서히 안개가 걷히더니 햇볕이 났다.

며칠, 도시는 계속해서 안개가 짙었다. 저녁나절 해가 지면서 안개
가 끼기 시작하여 아침이면 불과 몇 미터 앞이 안 보일 정도로 짙어지
곤 했다. 그리하여 저녁 뉴스에는 짙은 안개로 인한 연쇄추돌 사고 소
식 등이 올라오곤 했다.

윤주의 시선이 허공에 머무는 것을 느끼며 나는 남은 캔 커피를 마
저 마셨다. 저 허공에 머무는 윤주의 눈빛이 어느 구석 잘 헤아려지지
않았다. 아니, 헤아려지지 않는다기보다는 치과에서 발치를 하면서 맞
은 마취주사가 덜 깬 것처럼 먹먹한 느낌이었다. 윤주의 손에 들려 있
는 강릉행 열차표 한 장, 그게 혹 쓸모없이 빠져버린 비둘기 깃털처럼
역 광장을 후르르 쓸려가는 것은 아닌지.

어제 저녁 윤주는 강릉에 다녀와야 되겠다고 했다. 나 또한 장현우
와의 약속이 있었다. 윤주가 열차를 타는 것을 보고서 나는 장현우와
의 약속장소로 가야 된다. 그러기까지는 시간이 꽤 남았다. 윤주를 보
내고 나서 한 시간 반 가량을 어디선가 보내야 약속 시간에 맞춰진다.
장현우는 혼자서만 나올 줄 알았는데 자기가 관여하는 잡지사 사람 몇
도 같이 나오겠다고 했다. 거기서 나는 장현우가 나를 그냥 만나려는
게 아니라 잡지사 쪽의 일이 있는 모양이라고 짐작했다.

오전 열 시쯤 윤주의 아파트에 도착했을 때 그녀는 장거리 여행을
떠나려는 사람 같지가 않았었다. 아무런 준비도 없이 그저 멍한 모습
이었다. 그것은 그녀가 아직도 마음을 확실하게 정하지 못했음을 말해
주는 것이기도 할 터였다. 물론 청량리 발 14시 열차라고 했으니 아직
도 멀었지만 말이다.

멍한 표정을 걷어내며 애써 밝은 표정을 짓던 윤주. 그녀가 큰언니 딸의 결혼식에 참석하기 위해 동해시에 간다는 것은 얼마 전부터 얘기해서 알고 있던 바였다. 신랑 집안이 동해시여서 그쪽에서 결혼식을 한다는 것이었다. 하지만 그것은 내일이었고, 아침 일찍 출발하는 대절버스를 이용해 다른 하객들과 함께 가겠다고 했었다. 그런데 갑자기 계획을 바꾸어버린 것이다.

그녀가 그렇게 갑자기 계획을 바꾸게 된 것은 남편인 지기호 때문이었다. 얼마 전 지기호는 집에 다니러 왔었고, 내내 저기압이던 윤주는 그 며칠 뒤 말했었다.

"이미 우리 사이에 남아 있을 것도 없고, 감정의 찌꺼기에 채일 일도 없는데 생각일 뿐 그게 잘 안 되네. 다 끝난 것이고, 마음도 다 비웠다고 생각했는데 말이야. 그 사람 속옷도 바뀌고, 양말도 바뀌고, 넥타이도 바뀌었더라고. 본래 자기 손으로는 양말 한 짝도 사지 않는 사람이거든. 이제 나와는 아무 상관없는 사람이다 생각하면서도 막상 그걸 보자 화가 나기도 하고, 질투도 끓어오르는 거야. 집에 와봐야 나하고는 이야기도 나누지 않지만 기껏 오랜만에 와서 밖에 나가 친구들 만나고 잔뜩 취해 들어와서는 뻗어버리고 자는 모습이라니. 밤새 잠 한숨도 못 자고 거실 소파에서 담요 뒤집어쓰고는 웅크리고 있는데 바뀐 속옷 양말 따위들만 생각나더라고."

아무리 자기 손으로는 속옷을 사지 않는 사람이더라도 다른 곳에서 오래 생활하다보면 필요에 따라 살 수도 있는 게 아니냐고, 그걸 꼭 다른 여자와 연결 지어 생각할 필요는 없지 않겠느냐고 말하려다가 나는 그만두었다.

그녀는 직접적으로는 한마디 얘기도 하지 않았으면서 남편의 바뀐 속옷과 양말 따위들에 대한 생각에서 놓여나지 못하고 마음을 끓였다. 그러다가 내일 동해시로 가려던 것을 오늘 남편이 조그만 아파트 한 채를 얻어 생활하는 강릉으로 가기로 계획을 바꾸어버린 것이었다.

"내 눈으로 무엇인가를 확인하지 않고는 견딜 수가 없을 것 같아."

윤주는 그렇게 말했다. 남편은 내일 자신의 근무지인 강릉에서 동해의 결혼식장으로 오기로 되어 있다고 했다. 아직 친정 쪽에서는 윤주와 남편과의 사이를 모르는 상태이고, 단순히 지방으로 발령받은 직장 일 때문에 그렇게 서로 떨어져 지내는 것으로 안다고 했다. 그러니까 남편도 실상은 그 결혼식장이 근무지에서 지척이라도 가고 싶지 않을 것이지만 어쩔 수 없이 가는 것이고, 적어도 일가친척들이 보는 앞에서는 아무 문제가 없는 것처럼 행동해야 한다는 것이었다. 비단 이번뿐만 아니라 고만고만한 집안 행사에서 벌써 몇 번이나 그랬었다고 했다.

자신이 거기 도착해 얼굴 마주치기까지 남편은 아무것도 모를 거라고도 윤주는 말했다. 그러니까 남편은 내일 혼자서 동해의 결혼식장으로 가기만 하면 되는 것으로 안다는 것이었다. 그렇게 말하는 윤주는 언뜻 범행을 뒤쫓는 수사관이라도 된 듯 비장한 얼굴이기도 했지만 그보다는 착잡함이 앞섰다.

도대체 윤주는 무얼 확인해야만 하는 것일까? 나는 윤주에게 가지 말란 말은 하지 못했다. 붙잡고 싶었고, 내일 대절버스를 타고 다른 하객들과 함께 가라고 하고 싶었지만 그 말은 나오지 않았다.

비둘기를 쫓던 아이는 보이지 않고, 시간이 되었으므로 역사(驛舍) 안으로 들어섰다. 개찰은 벌써 시작되고 길게 줄이 이어졌다. 그 줄을 따라 한 발짝씩 진행하면서도 우리는 할 말을 잃었다. 음료수 사올까? 괜찮아. 쓸데없는 한두 마디가 전부였고, 서로가 굳은 듯 어색한 표정이었다. 이윽고 개찰구를 빠져나가게 되자 그녀가 전화할게, 라고 말했고, 자주 하라고 했고, 다시 사람들 만나서 술 많이 마시지 말라고 했고, 걱정 말라고 했고, 그리고 돌아섰다.

역 광장으로 나왔을 때 보이지 않던 아이는 다시 비둘기를 쫓으며 뒤뚱거렸고, 여인은 아이 곁에 쭈그려 앉아서 팝콘이 담겼던 빈 봉지를 뒤집어 탈탈 떨어냈다. 그렇다면 여인과 아이는 열차를 타려던 것이 아니었단 말인가?

누군가가 저편으로부터 달려오더니 아이 앞으로 후다닥 지나갔다. 몇 마리씩 푸드덕거리기만 하던 비둘기들이 일제히 날아올랐다. 먼지가 뿌옇게 일었다.

장현우와의 약속장소로 가야 했다. 하지만 시간은 아직도 멀었다. 열차가 출발하는 소리도 아직 들려오지 않았다.

약속시간보다 20여 분이나 일찍 도착했음에도 장현우는 벌써 나와 기다리고 있었다. 도착한지 10분쯤 지났다고 했는데 그 역시 다른 일을 보다가 일찍 끝나는 바람에 시간을 앞당겨 오게 되었다고 했다.

의례적인 인사말 정도를 주고받고 나서 그는 어디론가 전화를 했고, 얼마가 지나자 두 사람이 왔다. 장현우가 관계하는 잡지사 사람들이라고 했고, 소개에 따라 명함을 건네며 인사를 해왔다.

"나는 명함은 없고, 서시영이라고 합니다."

"잘 알고 있습니다. 장 선생 통해 이야기 많이 들었고요."

서로 비슷한 나이에다가 수더분한 것이 얘기를 해도 부담 없이 잘 통할 것 같았다. 그래서일까, 서로 술 한 잔씩 돌리고 나자 마치 오래 전부터 알고 지냈던 사람들처럼 여겨졌다. 하긴 어떤 면에서는 서로 동업자

이거나 악어와 악어새 같은 관계이니 서로 쉽게 이해할 수 있고, 홀아비 심정 과부가 알아준다는 식으로 이야기도 쉽게 전달되었다.

그냥 본 지도 오래고 해서 술이나 한 잔 하고픈 생각에 만나자 했노라고 장현우는 말했다. 뭔가 다른 일이 있나보다 했는데 그의 그 말대로인 것 같았다. 물론 아주 없는 것은 아니었지만 그가 하는 이야기로 보아 큰 비중을 두지 않는 것이 그랬다.

"이번에 이쪽에서 전집물 하나를 맡아 출간하기로 했어. 물론 소설 쪽이고."

잡지사 쪽 사람들을 가리키며 장현우가 말했다. 잡지사에서는 그동안 단행본 출판도 병행해왔는데 나름대로 성과도 괜찮았다.

"전집물? 그동안 전집물도 출간한 적이 있었나?"

"아냐. 이번이 처음이지. 발행인이 자기네 아파트 팔아서 하는 일이야."

"아파트를 팔아 소설 전집물을 간행한다……?!"

어떻게 받아들여야 할지 얼른 판단이 서지 않아 그의 얼굴을 빤히 쳐다보았다.

"글쎄……, 발행인의 의지를 높이 사야 되겠지. 그런데 재정도 빡빡한데다가 일손도 부족해."

"그래서 일손 좀 덜어 주십사 부탁하려고요."

잡지사 쪽 사람이 나를 향해 말했다.

"일손?"

내 물음에 장현우가 다시 말을 받았다.

"서너 권쯤 교정 좀 봐줬으면 해서."

"교정? 나 잘 못하는데. 교정이라면 아무래도 편집진 쪽에서 하는 게……."

"어렵게 생각할 거 없잖아. 어차피 몇 사람 손을 거치게 될 거니까. 그런데 요즘 뭐 다른 일 하는 거 있어?"

"친구가 하는 회사에 나가 일을 좀 봐주고 있어. 하늘그린식품이라고,"

"아, 전에 나가다가 그만두었잖아. 다시 나가나? 그거 비상근 아니었어?"

"지금도 비상근이긴 하지만 친구한테 어려운 일이 생겨서 자주 나가봐야 돼."

"그랬군. 그래도 교정보는 건 할 수 있지?! 급하게 서두는 건 아니니까 크게 부담 가질 필요는 없어. 그렇다고 전혀 부담을 갖지 말라는 얘기는 아니야. 부담이 좀 있어야 일이 되는 거니까. 어쨌든 거기에 대한 구체적인 것들은 다음 번에 만나서 이야기하기로 하고, 자, 마시자고."

장현우는 허허 웃으며 분위기를 바꾸어 나갔다.

그렇게 이야기를 나누고 술을 마시면서도 나는 계속해서 핸드폰에 신경을 썼다. 윤주로부터는 아직 전화도 문자 메시지도 없었다. 가지 못하게 붙잡을 걸 그랬나 싶은 생각도 들었고, 청량리역에서 개찰을 하고 나갈 때의 허허로워 보이던 뒷모습도 마음에 걸렸다. 만약 안 좋은 일이라도 일어나면 어쩌나 싶으면서, 지기호에게 전화를 걸어 윤주가 가고 있다는 사실을 알려줄까 하는 생각도 들었지만 그것은 말 그대로 잠깐의 생각에 지나지 않았다. 어쨌든 그 부분에 한해서는 내가 관여할 부분도 아니고, 아는 척해서도 안 되는 것일 터였다.

별수없이, 더 늦으면 그러지도 못하리라는 생각에서 화장실에 가 전화를 했다.

이제 거의 다 도착한다는 그녀의 목소리는 생각보다 훨씬 나아 마음인 놓였다. 그러면서도 어느 한구석 허전해지는 것도 감출 수가 없었다. 목소리를 통해 감지되는 그녀의 상태가 맑음이어도 흐림이어도 허전하고 뭔지 모를 씁쓸한 구석이 남는 건 마찬가지였다.

"일부러 전화도 문자도 하지 않은 거야. 그렇잖아. 사람 만나서 여러 이야기들 나누고 있을 텐데 전화나 울리고 문자에 신경 쓰게 한다는 게……. 내 걱정은 말고. 혹시라도 무슨 일 있으면 전화할 테니까."

그렇게 말하는 윤주에게 알았다고 대답한 뒤 화장실에서 나가 자리로 돌아갔을 때 좌중은 장현우가 전주 소재의 대학에 출강하는 이야기가 한창이었다.

그는 힘들기도 하지만, 그 힘든 것보다도 전주까지 오르내리는 일이 시간을 너무 잡아먹어 못하겠다고 했다. 하여 계약 만료기간인 올해까지만 출강하고 수도권 대학으로 옮겨오든가 아니면 아예 그만둘 생각이라고 했다.

그런 이야기 중에 핸드폰이 삑삑거리며 문자 메시지가 수신되었다. 윤주였다. 내용은 아주 간단했다.

〈강릉 도착함.〉

29. 너에게 나를 말하고 싶었을 뿐인데

내일 아침에도 오늘처럼 안개가 짙을 것 같다. 장현우 등과 헤어져 혼자서 돌아서는 지금, 바람 없는 거리에서 나는 피부에 와 닿는 습기를 느끼고, 벌써 뿌옇게 끼어버린 안개를 본다. 시간은 열 시쯤. 도시의 밤거리를 덮은 안개는 앞으로도 계속 짙어지기만 하여 내일 아침에는 한 발짝 앞이 안 보이게 될지도 모르겠다.

어지럽다. 어지러워 나는 가끔씩 발을 헛놓기도 하고 문득 멈춰서기도 한다. 오랜만에 좀 과하다 싶게 술을 마셨다. 하지만 결코 술 탓만은 아니다. 발걸음이 헛놓이는 어지러움보다도 나는 지금 마음이 어지러운 것이다.

내 곁을 스쳐가는 사람들. 나와는 아무 상관도 없는 사람들. 문득문득 그 사람들의 냄새가 맡아지고, 내게서 풍기는 술 냄새를, 거기다가 안주로 먹은 고기 냄새와 마늘 냄새까지 그 사람들이 맡을 거라고 생각하면, 그들에게서 짙게 풍기는 뒤섞인 향수 냄새는 차라리 그 밤거리에서 애잔한 그림자로 다가왔다가 멀어져가곤 했다.

내 어지러움의 한복판에는 윤주가 있다. 아니, 윤주의 한가운데 내가 있고, 나를 에워싼 그녀가 빙빙 도는 것만 같다. 이제 전동열차를 타러 가는 지금. 나는 그녀에 대한 생각을 놓을 수가 없다. 아니, 지금뿐만 아니라 사람들을 만나 술을 마시고 이야기를 나누는 내내, 그 이전의 내내 윤주에 대한 생각을 놓지 못했다.

이제 조금 더 있으면 내가 타야 될 마지막 전동열차도 떠나고 운행은 끊기게 될 것이다. 전동열차를 타고 이 도시를 벗어나야 되는 먼 거리이기 때문에 그만큼 운행이 끊어지는 시간도 빠르다.

강릉에 도착했다는 문자 메시지 이후 윤주에게서는 아무런 연락도 없다. 하긴 그로부터 많은 시간이 지난 것도 아니다. 두 시간이 조금 더 지났을 뿐이다. 그런데도 많은 시간이 경과한 것 같다. 그래도 어쨌든 아무 연락이 없는 걸 보면 그녀는 남편을 만난 모양이다. 조그맣고 오래 된 아파트 하나를 세 얻어 생활하고 있다는 그녀의 남편 지기호. 그녀는 자신의 남편 때문에 전화도 문자도 하지 못하는 것일 터이다. 나 역시도 그래서 전화도 문자도 하지 못하는 것이고.

살미랑이여! 술기운이 올라옴에도 추위가 느껴진다. 나는 몸을 한 번 부르르 떨며 지하도 입구로 들어선다. 지하도 입구로 들어서면서 맨 처음 계단에 발을 딛다가 휘청했고, 맞은편에서 올라오던 사람과 부딪칠 뻔했다. 사람들을 만났다가 헤어지고 밤이 늦어 전동열차를 타고 돌아가는 일. 문득 외롭다는 생각도 들었다. 술기운과 추위가 더욱 외로움을 조장해내게 하는 것인지도 모르겠다.

윤주가 자신의 남편과 만나는 장면과, 작고 오래됐다는 그 아파트의 공간에서 내일까지 함께 있게 될 장면들이 그려졌다. 내 생각에 지나지 않는 것이지만 충분히 미루어 가능한 일이다. 어쩌면 그것도 내 외로움을 조장하는 무엇일 것이다. 그렇지 않은가, 살미랑이여.

마지막 계단을 내려서서 플랫폼으로 나서는데 전동열차 들어오는 소리가 났다. 전광판 안내를 보니 마침 내가 타야 될 전동열차였다. 이내 전동열차가 들어오고 한걸음 물러서서 기다렸다가 몸을 실었다. 승객이 많은 건 아니지만 빈자리는 없었다. 출입문 쪽의 손잡이를 잡고 서서 방금 내가 들어온 출입문을 바라보았다. 창유리에 내 얼굴이 비쳐 보였다.

그 창유리 속의 내 얼굴을 오래도록 바라보았다. 거기 비친 내 얼굴은 내가 시선을 돌릴 때까지 아무런 표정 변화도 없이 두 눈만 대룩거렸다.

그 때까지만 해도 나는 윤주의 아무것도 짐작할 수가 없었다. 윤주를 생각하면 그저 막막하기만 했다. 그리고 그 막막함 속으로 갖가지 상념들도 지나갔다.

나는 무엇을 이야기할 수 있나. 나는 무엇을 이야기해야 되나……. 나를 어지럽히는 것들. 한윤주, 그리고 명애란, 그리고 규선과 명기……. 살미랑이여, 나는 친구 규선이의 안타깝지만 따뜻한 눈물을 보았었다. 명기의 안주하지 못하고 떠도는 그 방황도 보았었다. 그 모든 것들이 나를 어지럽게 한다. 제 아내를 지켜주기 위해 애를 쓰는 규선. 어제도 나는 그와 통화를 했고, 그 목소리에서 따스함이 느껴졌다. 그렇지만 명기와는 벌써 며칠째 통화를 못했다. 그의 집으로 전화를 해볼까도 했지만 그의 아내 박정옥에게 할 말이 없고, 어떤 이야기를 하게 되면 난처해질 것 같아 못했다.

전동열차가 사당역에서 멈췄다가 떠나면서 제 속력을 내기 시작했을 때 뜻밖에도 윤주의 전화를 받았다. 어떻게 전화를 하는 거야? 놀라움과 반가움에서 오히려 내가 잔뜩 긴장한 목소리로 물었을 때 그러나, 윤주의 목소리는 지나치게 가라앉고 억양도 죽어 있었다.

"나 지금 열차 안이야."

"열차 안이라니?"

무슨 소리인지 알아들을 수가 없었다.

"서울로 돌아가는 길이라고. 출발한 지 한참 지났어."

그 이야기에 내 입은 그만 굳어버렸다. 조금 지난 후에야 어떻게 된 거냐고 겨우 물었다.

"어떻게 되긴 뭐가 어떻게 돼. 그냥 그렇지. 서울로 돌아가는 열차를 탔다면 얘기 다 한 거잖아."

윤주의 목소리는 지나치게 차분했다. 그 지나치게 차분한 것이 도리어 내 심장을 졸이게 했다. 머릿속이 뒤죽박죽 얽혀드는 기분이었다. 하지만 달리 생각하면 윤주의 말마따나 간단하기 짝이 없는 것이기도 했다. 서울로 되돌아가는 열차를 탔다는 그것이 모든 것을 얘기해주는 것일 터였다.

어림잡아 계산해도 그녀가 강릉에 도착해 머문 시간은 세 시간도 못 되었다. 거기다가 역에 도착해서 남편이 기거한다는 아파트까지 가고, 다시 오고, 강릉역에서 열차표를 구입하고 또한 열차가 출발하기까지 기다렸을 시간들을 제한다면 거의 들어가자마자 나왔다고 봐야 할 것이다. 거기서 자고 내일 아침 남편과 함께 동해시의 결혼식장으로 가겠다던 그녀가 왜 그래야만 했던 것일까? 도대체가 거기 가서 뭘 보고 뭘 알게 된 것일까? 아니, 남편을 제대로 만나고 보기나 한 것인지…….

"나 지금부터 핸드폰 끄고 잘 거야. 그러니까 전화 안 돼도 걱정하지 말라고. 열차는 아침 다섯 시쯤 청량리역에 도착할 거야. 그러니까 그렇게 알고 있어."

"내일 결혼식장은?"

내가 겨우 묻는다는 건 그 말이었다.

"못 가는 거지 뭐. 그럼 끊는다."

전화는 이내 끊어졌다. 멍하니 핸드폰을 들여다보았다. 뭔가 해야 될 이야기가 많은 것 같은데, 정작 해야 될 말은 한마디도 하지 못한 채 끊어져버린 것 같았다. 전화를 한 번 해보았지만 윤주는 정말 핸드폰을 꺼놓았다. 내일 있을 언니의 첫딸, 그것도 친정집 형제자매의 자식들로는 첫번째라는 결혼식인데 거기 가는 일조차도 팽개쳐버리고 이 밤에 되돌아온다면 도대체 무슨 일인가?

어지러웠다. 무엇을 어찌해야 될지 몰랐다. 전동열차를 바꿔 타고 청량리역으로 가 다섯 시쯤 도착한다는 열차를 기다려볼까도 생각했지만 쉽게 그럴 수도 없는 일이었다. 윤주가 핸드폰을 끄고 잠을 잔다고 했지만 잠자지 못할 것은 뻔했다. 제대로 돌아오기나 할 것인지, 엉뚱한 생각을 하는 것은 아닌지, 그리고 지금 그녀의 속마음은 어떨까……? 지나치게 차분했던 그녀의 목소리가 자꾸만 마음에 걸렸다.

바로 앞에 빈자리가 나서 거기 앉아서도 나는 몸이 흔들리는 대로 내버려두었다. 관성과 반작용에 따라 내 몸은 제멋대로 흔들렸고 내 마음은 온통 수세미 같기만 했다.

그런데 살미랑아! 나는 왜 또 내 속에서 나를 배반하는 것인지……. 지금 윤주가 겪고 있을 그 어떤 일이, 그 일 때문에 괴롬을 겪는 그녀가 안타까우면서도, 그러할망정 그녀가 되돌아오고 있다는 사실은 나를 왜 비로소 안도하게 하는 것인지. 사실, 그녀가 거기 가 자신의 남편과 별 일 없을지라도 하룻밤을 함께 지내고 다음날이면 결혼식에까지 간다는 것이 싫었고, 더는 어떤 질투마저 느끼지 않았던가. 그렇다면 나는 그녀가 그렇게 되기를 바라기라도 했던 것일까? 살미랑이여! 나는 나에게조차 나를 이야기할 수가 없을 것 같다. 적어도 오늘 밤에는……. 지금 밖은 밤안개가 덮였을 것이다.

전동열차에서 내렸을 때 밤안개는 예상했던 것보다 짙었다. 밤늦은 도로를 조심스럽게 운행하는 차량들은 안개에 갇혀 내쏘는 헤드라이트 불빛조차도 그저 빤했고, 가로등도 그 안개 속에 잠겨 무거웠다.

집을 향해 방향을 틀어 걸으면서 한 번 더 전화를 넣어보았지만 윤주의 핸드폰은 여전히 꺼진 채였다.

다음날 아침에도 윤주는 전화를 받지 않았다. 나는 거의 잠을 이루지 못하고 아침이 되기를 기다렸다가 경연의 눈길을 피해 전화를 넣었다. 하지만 이미 집에 들어왔을 시간이 지났는데도 핸드폰은 꺼진 채였고 집 전화도 받지 않았다. 문자 메시지를 넣어도 마찬가지로 아무 응답이 없었다. 혹시나 싶어 이 메일을 열어봐도 아무 흔적 없었다.

오전 열 시쯤 되어서 집을 나섰다. 어떨지 모른다는 생각에 어젯밤 집에 들어오면서 오늘 약속이 있어서 나가 봐야 된다고 말해두기 잘한 것 같았다.

일요일이었지만 경연은 내가 나가는 것에 별로 신경을 쓰지 않았다. 아니, 오히려 잘되었다고 생각하는 것 같았다. 자신 역시 나갈 일이 있었으니 말이다. 경연이가 신경 쓰는 것은 다만 차에 관한 것뿐이었다. 자신이 차를 가져가야 되니 쓰지 말라는 것이었다. 차는 거의 아내가 쓰지 내가 쓰는 경우는 극히 드물었다. 그래서 나는 웬만해서는 아예

차를 쓸 생각은 하지 않았다.

집을 나서서도, 전동열차를 타고 가면서도 여러 번 윤주에게 전화를 넣어보았지만 똑같았다. 핸드폰은 꺼졌고 집 전화는 받지 않았다. 마음이 놓이지 않고 무슨 일이 있는 건 아닌가 걱정이 되었지만 집에는 들어갔을 거라는 생각이었다. 그리고 집 전화는 코드를 뽑아놓았을 것이다.

그녀의 아파트에 도착하여 벨을 눌렀다. 하지만 아무런 기척이 없었다. 핸드폰을 꺼내 집 전화로 전화를 걸고 귀를 현관문에 밀착시키고 들어봤지만 벨소리는 울리지 않았다. 전화 코드를 뽑아놓은 것이 확실했고, 그것은 곧 집에 들어왔다는 이야기가 되는 것이다.

다시 벨을 눌렀지만 역시 기척이 없었다. 문틈에 입을 바짝 대고 큰 소리로 말했다.

"안에 있는 거 알아. 잠깐이라도 문 좀 열지."

그래도 아무 반응이 없어 다시 소리쳤다.

"언제까지라도 여기서 기다리고 있을 거니까 그리 알아."

그러고도 얼마가 지나서야 안에서 기척이 들려왔다.

"시영 씨, 미안하지만 오늘은 그냥 돌아가 줘. 아무도 만나고 싶지 않아."

"그러지 말고 잠깐 문 좀 열어봐. 그냥 돌아가란다고 돌아갈 거 같아?"

다시 얼마의 침묵이 이어진 끝에 안에서 고리를 푸는 소리가 들려왔다. 그리고 문이 열리면서 드러난 그녀의 얼굴. 말이 아니었다. 푸석하니 흐트러지고, 두 눈은 개구리눈처럼 퉁퉁 부은 모습이었다.

"혼자서 이불 뒤집어쓰고 울었군. 전화도 다 끄고 뽑아놓고서 그러면 내가 어떻게 하라고. 최소한 집에 들어왔다는 것은 확인시켜줘야 되는 거 아냐?"

신발을 벗고 올라서며 말했다.

"미안해."

"어떻게 된 거야, 대체?"

"시영 씨. 부탁할게. 아무것도 묻지 말아줘. 오늘 뿐이 아니라 이후에도. 나, 거기에 대해서는 아무것도 말하고 싶지도 않고, 말하는 일 없을 거야."

조용했지만 윤주의 말은 단호했다. 그녀를 빤히 쳐다보았다. 그러다가 와락 끌어안고 그녀의 입술을 힘껏 빨았다. 그녀의 입술이, 입이 내 입 안 가득 빨려들었다.

30. 연쇄살인사건과 어느 날의 겨울 풍경

연쇄 살인사건으로 언론은 연일 떠들썩했고 사람들의 이목은 그쪽으로 집중되었다. 범인으로 드러난 강호순의 살인행각에 사람들은 혀를 내둘렀다.

그는 왜 그토록 많은 사람을 죽여야 했을까? 돈을 목적으로 한 범행도 아니고, 원한에 의한 것도 아닌데. 보다도 사람들은 그가 검거되고 나서도 후회를 한다거나 잘못을 인정하고 용서를 구한다거나 하기는 커녕 붙잡힌 것을 억울해하는 것에 분노했다. 그리고 누가 봐도 전처와 장모를 방화로 살해한 것이 뻔한데도 범행을 부인하는 그 뻔뻔함에 기가 질릴 정도였다. 이제까지는 그 어떤 흉악범이라도 일단 잡히고 나면 모든 범행을 털어놓고, 죄송하다는 말 한 마디라도 하며 후회의 빛을 보이는데 강호순은 전혀 그렇지가 않았다. 그는 오로지 살인을 즐기기 위해 살인을 한 것이다.

　일이 터지면서 경연이는 비상근무에 들어가 정신이 없었다. 공교롭게
도 그녀가 근무하는 경찰서 관할이었다. 그녀가 직접 담당하는 사건은
아니지만 연일 기자들이 몰려들고 세상의 이목이 집중되는 상황에서 집
에도 잘 들어오지 못했다. 어느 날은 숫제 경찰서에서 밤샘을 하기도 하
고, 늦게 파김치가 되어 들어와서는 그대로 쓰러져 잠들었다가 다음날
아침 일찍 나가곤 했다. 때문에 그녀에게 뭔가를 물어보고 싶어도 그러
지 못했다. 그럴 때는 그저 무관심한 듯 지내는 게 도와주는 것이었다.
그리고 사실 뭔가를 물어보고 싶다고 해도 그것은 어디까지나 일반인들
이 갖는 궁금증일 정도이지 그녀의 하는 일에 대한 궁금증은 아니었다.

　경연이가 그렇게 비상근무로 정신이 없을 때 나는 전동열차를 타고
서울을 오르내리며 '하늘그린식품' 의 일을 보기도 하고, 윤주를 만나
기도 하고, 또한 명기도 한 번 만났다.

　전동열차를 타고 한 정거장만 가면 강호순이 살았다는 동네 앞이다.
티브이를 통해 보았던 강호순의 집이 구체적으로 어느 지점인지는 모
르지만 대략적인 위치는 알고 있으므로 전동열차 차창으로 내다보면
서 저 어디쯤에서 그가 그런 범행을 저질렀으면서도 이웃에게 평범한
얼굴로 살았을 일들을 생각하기도 했다.

　새해가 시작된 지도 얼마 안 되는 일 월 하순은 그렇게 어수선했다.
세계적인 경제 불황이 하늘을 덮은 가운데.

　명기는 일을 그만두고 올라온 것을 후회하는 눈치였고, 새로운 일자
리를 잡지 못한 채 떠돌았다. 그러한 그를 보면서 먼저 하던 일자리를
그만두고 올라온 것이 잘 된 일이라고, 이제 더 이상 다른 곳으로 갈 생
각 말고 가족과 생활하면서 일하는 게 좋겠다고 했던 내 말이 어쩌면

잘못된 판단인지도 모른다는 생각도 하게 됐다. 그는 처음부터 자기 가정에 안주하기는 틀려버린 것이 아닐까? 그가 집에 붙어 있다는 것은 그에게나 그의 아내에게나 더한 고통을 안기는 것 이상은 아니었다.

하루는 그와 술자리를 같이했다. 어느 정도 술기운이 돌았을 때 내가 던지듯 말을 꺼냈다.

"집에 올라온 뒤로 지은선이라는 여자를 더 찾아가는 거 같아."

"시간이 많으니까."

"그게 합당한 대답이야?"

"별 일은 아니야. 아무런 관계도 아니고 색안경 끼고 볼 건더기는 한 가닥도 없다고."

"그래. 그건 나도 알아. 하지만 정옥 씨 입장을 생각해봤나? 정옥 씨로서는 너와의 관계에서 태생적 결함을 안고 있다고 해야겠지. 그런데도 정옥 씨가 빤히 알게 지은선을 찾아가곤 한다는 건 너무 심하지 않느냐는 거야. 차라리 공개적으로 다른 여자랑 바람을 피우는 게 낫지."

"나도 알아. 하지만 그게 안 되는 걸 어떡하니. 그러지 말아야 된다고 생각은 하지만 생각처럼 되지가 않는다고. 와이프를 보기만 하면 와이프 때문에 내 인생이 꼬였다는 생각이 든단 말이야. 그 생각이 버려지지가 않아. 어쩌면 그래서도 내가 와이프와 떨어져 지내려고 여기저기 옮겨다니는 것인지도 몰라. 와이프를 안 보면 오히려 연민의 정이 생기거든. 불쌍하다는 생각도 들고, 내가 참 잘못한다는 생각도 들고. 그래서 혼자 술 마시고 울었던 적도 많아. 그럴 때면 전화를 걸어 미안하다는 말도 하게 되고. 와이프도 내 진심을 알아. 그런데 막상 와이프를 직접 보게 되면 그렇지가 않은 거지."

그렇게 말하는 그의 얼굴은 술기운에 불빛 탓인지 번들거렸다. 개기름이라도 바른 듯했다. 그런 그의 얼굴은 어쩌면 번철(燔鐵)인지도 몰랐다. 그는 그렇게 자신을 기름 발라 지졌다.

그러니까 그들 부부는 지금까지 그래왔듯 따로 떨어져 생활하는 편이 나은지도 몰랐다.

그 점에 있어서는 윤주도 마찬가지일 것이다. 물론 상황이야 전혀 다르지만.

윤주는 자신의 말마따나 강릉에 갔었던 일에 대해서는 일체 말하지 않았고 무엇인가를 묻지도 못하게 했다. 그렇다고 크게 달라진 것도 없었다. 그 날, 두 눈이 개구리눈처럼 퉁퉁 부었던 이후 그것으로 끝이었고 아무 일도 없었던 것처럼 이전과 똑같이 지냈다.

"무슨 일이 있었던 거지? 얘기를 할 수도 있는 것 아닐까?"

그렇게 물으면 그녀의 대답은 언제나 일정했다.

"왜 그렇게 궁금한 게 많아? 궁금해도 좀 참으시지. 그건 어디까지나 내 일이야. 그리고 얘기하지 않아도 좋지 않은 일이라는 건 뻔하고. 별로 좋지도 않은 이야기를 내 입으로 말해야 된다는 것도 싫어."

그러면서 아무렇지도 않게 웃어넘기곤 하는 것이었다.

하지만 나는 볼 수 있었다. 아무렇지도 않게 웃어넘기고 또한 이전과 똑같이 지내면서도 언뜻언뜻 무거운 그림자가 그녀의 얼굴 밑바닥을 훑고 지나가곤 하는 것을.

31. 그녀는 이미 불귀(不歸)의 길손이었다

"꿈을 꿨어."

경연이가 말했다. 모처럼의 게으름이 그 얼굴 위에 덕지덕지 붙었다. 수세미처럼 헝클어진 머리칼은 뒤로 쓸어 넘겨 다시 손가락으로 대충 긁어내리고, 손바닥으로 입술 주위의 얼굴을 문질러댔다. 침 흘린 자국도 보였다.

머그컵에 담긴 커피를 내밀자 경연은 그걸 받아들며 잠깐 내 얼굴을 들여다보았다. 그게 거슬려 왜? 라고 짧게 묻자 그녀는 묘한 웃음을 지었다.

"어쩜 꿈속에서 그러냐?"

경연이는 꿈을 잘 꾸지 않는 사람이었다. 이제까지 살아오면서 꿈을 꿨다는 이야기를 들어본 적이 불과 손가락에 꼽을 수 있을 정도밖엔 되지 않았다. 그리고 한가하게 꿈 이야기를 늘어놓는 성격도 아니었다.

"뭘 꿈이기에 그래? 꿈은 꿈일 뿐이야."

그 얼굴빛이 나에 대해 좋지 않은 게 뻔했으므로 앞질러 말했다.

창밖은 흔한 말대로 해가 중천이었다. 경연은 이제 겨우 침대에서 몸을 일으켜 앉은 퍼진 모습이었다. 그동안의 누적된 피로 때문이었는지 늦도록 일어나지 않고 잠을 잤다.

출근하지 않는 날이니 실컷 자라고 나는 일어나서도 살금살금 움직였다. 버릇대로 용변을 보고, 씻고, 소리가 들리지 않도록 거실 한구석에서 헤어 드라이기로 머리를 말리고, 작업실로 쓰는 방에 들어가 컴퓨터를 켜고서 이 메일 따위를 확인하고, 그리고 주방에 들어가 커피를 끓였다. 그리고는 뜨거운 커피를 식혀가며 마시고 있는데 경연이 방문을 열고는 자기도 커피 한 잔 달라고 소리치고는 다시 들어가 버렸다. 하여 머그컵에 커피를 타 가지고 들어갔을 때 그녀는 다시 침대 속에 누웠다가 부스스 일어나 앉았던 것이다.

평일과는 좀 다르긴 하지만 특별할 것도 없는 풍경. 어디 나갈 계획도 무엇인가 일할 계획도 없고, 따라서 마냥 늘어진 시간 위의 휴일 하루. 그래서 겨드랑이에 손을 집어넣고 긁적거리며 꿈 이야기를 한다.

"우리 둘이서 어딘가를 갔었어. 무슨 일이고 어디인지는 잘 모르지만 서로 무슨 가방인가를 들었었고……."

나는 선 채 기다렸다. 무슨 꿈이 됐든 별 관심도 없고 소변이 마려워 화장실에 가야 될 것 같은데 그냥 나가면 기분 나빠할 것 같아 참고 기다리며 어서 끝내기만을 바랐다.

"그런데 뭔가로 화가 나 있었어."

"내가? 아님 당신?"

그래도 뭔가 이야기를 듣는다는 반응은 보여야 될 것 같았으므로 그
렇게 물었다.

"자기가. 모르겠어. 무엇 때문인지는 모르지만 엄청 화를 내더라. 그
러더니 어느 순간 홱 돌아서서 가버리는 거야. 내가 아무리 불러도 뒤
도 안 돌아보고. 그 모습이 얼마나 쌀쌀맞던지 눈물이 다 나고 가슴이
서늘해지더라니까. 그게 그냥 가버리는 게 아니었다고. 나를 버리고
아주 멀리 달아나는 거였어. 꿈이었지만 사람이 어쩜 그렇게 차갑게
돌아서는지. 그 느낌이 너무도 생생하더라니까. 사실인 거 같아서 깨
고서도 한참 동안이나 멍하니 있었잖아. 몸을 일으키지도 못하고 말이
야. 그런데 나한테 왜 그랬어?"

그러면서 다시 묘한 눈길에 원망까지 섞어 나를 바라보는 것이었다.

"꿈은 자기가 꾼 거지 내가 꿨냐? 왜 자기가 꿈을 꿔놓고 나한테 그래."

그 말을 남기고 방을 나와 화장실로 갔다. 변기 깔판을 올리고 오줌
을 눴다. 오줌 줄기 쏟아지는 소리가 요란했다.

"우리 집 여자가 꿈을 꿨는데, 내가 아무리 불러도 쌀쌀맞게 돌아서
서 뒤도 안 돌아보고 가버리더래."

이틀 뒤 윤주를 만났을 때 나는 그렇게 이야기했다.

"경연 씨 꿈에?"

"그래."

"왜 그랬을까? 왜 뒤도 안 돌아보고 가버렸어? 경연 씨가 무척 서운
했겠다."

"서운해?"

"그럼, 서운하겠지."

"그런 것도 같더라고. 그래서 내가 말해줬지. 왜 자기가 꿈을 꿔놓고 그러냐고."

그 말에 윤주가 키득거렸다. 그녀의 입술은 자장이 묻어 시커멨다. 냅킨 한 장을 뽑아 건네자 그것을 받아들어 입술을 닦아냈다.

중국집에서 자장면을 먹는 중이었다. 기름 냄새가 진동을 하면서 사람들이 몰려들어 소란스럽고 어수선했다. 누군가가 단무지하고 양파를 더 달라고 소리치고 저편에서는 아이들이 테이블 사이를 떠들며 돌아다녔다.

우리는 자장면으로 주린 배를 채우고 커피 전문점에 가 커피를 마시기로 했다. 된장국을 먹고 근사한 와인 바를 찾아 와인을 즐기는 것도 괜찮을 것 같다고, 다음엔 그래 보자고도 했다. 식사는 걸인처럼 하고 휴식 문화는 왕후처럼 즐겨야 된다는 것이었다. 그게 건강을 위하는 길이라고, 식사를 왕후처럼 하면 일찍 병들어 죽는다고 했다. 역대의 왕들이 대부분 단명을 하거나 각종 질환에 시달린 이유를 알 것 같다고 했다. 그런 이야기들을 주고받으며, 또한 자장면 가닥들을 입에 문 채 우리는 낄낄거렸다.

"그런데 경연 씨의 그 꿈이 좀 그렇기는 하다. 왜 하필 시영 씨가 도망가는 꿈이었을까? 어떤 면에서는 틀린 꿈도 아니잖아."

다시 또 그 이야기였다. 뭔지 모르게 마음에 걸리는 모양이었다.

"틀린 꿈도 아니라고? 그래……. 나도 그 이야기를 들을 때 한쪽 구석이 켕기는 기분이더라고."

"도망가지 말지 왜 그랬어?"

윤주는 키득거렸다. 키득거리는 정도를 넘어 사레가 들려서 눈물이 흐르도록 기침을 토해냈고 몇 컵이나 물을 마셔댔다.

그게 그렇게나 우스웠을까? 그러나, 필요 이상의 그 웃음 뒤에 그녀는 언뜻 알 수 없는 공허를 내보였다. 웃음의 뒤끝은 허공 속으로 빨려드는 것 같고, 여운조차도 남지 않았다.

"시영 씨. 나 오늘 술 사줄래?"

중국집을 나와 거리를 걷는데 윤주가 말했다. 생각 밖의 말이었다. 그녀의 얼굴을 빤히 쳐다보았다. 그 입에서 술 사달라는 말은 처음이었다. 술과는 거리가 먼 입이었다.

"술? 커피 마시기로 했잖아?"

"그랬는데 마음이 바뀌었어. 아까 중국집에서부터 생각한 거야."

그녀는 흡사 어린 아이 칭얼대듯했다. 눈발이 몇 낱씩 허공으로 까불리듯 날아다녔다. 바람은 몇 덩이씩 뭉텅뭉텅 무질서하게 흘러 다녔고, 오후 두 시쯤의 거리는 그래서인지 어수선했다. 꽤나 추운 날씨였다. 하지만 겨울도 얼마 남지 않았다. 눈다운 눈이 내렸던 기억이 거의 없는 겨울. 앞으로도 그렇게 눈 내리는 날 없이 그냥 겨울이 물러갈 것 같은 생각이 들었다.

"정말 술 마셔도 괜찮겠어? 그리고 지금 술 마시기에는 너무 이른 시간이 아닐까?"

"조금은 괜찮아. 내가 마셔봐야 얼마나 마신다고. 그리고 술 마시는데 시간이 따로 있는 건 아니잖아. 마시려면 일찍 마시고 얼른 깨는 게 좋아. 늦게 마시면 우리 애가 돌아왔을 때도 술 냄새가 날 거 아냐?"

"아들 놈 모르게 술을 마시겠다? 그래, 마실 거면 그러는 게 낫겠지."

"아예 우리 집 가서 마실 걸 그랬나? 마음 편하게 말이야."

"아무래도 상관없지만 마시고 집까지 모셔다드리고 갈게. 괜히 술 마신 여자 누가 채 갈라.”

농담처럼 말했다. 그리고는 얼마쯤 더 걷다가 카페 하나를 발견하고는 그곳으로 들어갔다.

“걷다가 자장면 먹고, 나와서 걷다가 술 마시러 들어오고, 또 나가 걷고……. 오늘은 좀 그러고 싶어.”

밖이 내다보이는 창가 쪽으로 자리를 잡고 앉으며 윤주가 말했다. 술을 사달라는 것도 그렇지만 오늘은 뭔가 좀 다르다는 생각이 들었다. 아니, 오늘이 아니라 언제부터인가 그녀가 보이지 않게 달라졌다는 생각이 들었다. 필요 이상으로 웃음도 많아지고 말도 많아졌다. 그러다가도 문득 그 뒤끝은 회오리바람의 한가운데처럼 끝없는 허공으로 빨려들면서 여운조차도 잘려지는 느낌이곤 했다.

생각해보면 그게 강릉에 다녀와서 부터가 아닌가 싶었다. 그렇다면 강릉에서 무슨 일이 있었다는 말인가? 하지만 그녀는 거기에 대해서는 단 한 마디도 하지 않았다.

와인 한 병 가지고 시간이 꽤 흘러갔다. 밖에는 눈발이 좀 더 흩날렸다. 창문은 작게 뚫려 있어 한정된 공간만 시야에 들어왔다. 가끔씩 눈발이 몇 낱씩 날아와 그 창유리를 타고 흘러내렸다.

“나, 어디 취직을 하든지 그게 안 되면 알바 같은 거라도 해야 되겠어.”

화장실에 다녀와 자리에 앉으면서 윤주가 지나가는 투로 말했다. 화장실에서 무슨 생각을 했던 것인지는 모르지만 그 말은 나한테 뜻밖이었다.

“취직? 갑자기 무슨 소리야?”

“갑자기가 아니라 그전부터 생각했던 거였어. 늘 생각으로 그치곤 해서 그게 문제였지만 이제는 정말 뭐라도 해야 되겠어. 언제까지 이 모습으로 살아갈 수는 없다는 생각이야. 나를 돌아보면 내 자신이 너무 한심스러워. 무능하기만 하고……."

"무능이라니. 뭐가 무능하다고 그래."

"말은 바로 하자. 내가 얼마나 무능하니. 정말 내 자신이 끔찍하게 싫도록 한심하다는 생각이 들 때가 많아. 단지 내색하지 않을 뿐이지. 그런데 나를 이렇게 만든 것은 다른 어느 누구보다도 내 탓이겠지만 지기호라는 사람이 만든 거나 마찬가지야."

"지기호. 남편……?"

"그래, 남편. 그 사람이 나를 이렇게 만든 거라고. 무슨 얘기냐 하면 사랑이라는 이름으로 나를 바보로 만들어버린 거야. 내가 밖에서 활동하는 거 극도로 싫어하고 못하게 했어. 자기가 있으니 아무것도 하지 말라는 얘기였지. 자기가 알아서 다 해줄 테니 그냥 집에서 가만히 있으라는 거였어. 그에게 있어 나는 그저 온실 속의 화초로만 있어야 한 거라고. 심지어는 내가 친구들을 만나는 것조차도 달가워하지 않고 멀리하게 했으니까."

"지기호 씨, 그렇게 안 봤는데……. 나한테도 안 그랬잖아. 이해심이 많다 싶었는데……."

"이해심? 그건 이해심이 아니라 이해심을 가장한 무관심이었지. 내가 오늘 왜 이런 이야기까지 하게 되는지 모르지만 유효기간이 다 지나서 방치하는 거였다고. 약발 다 떨어졌다고나 할까? 아무튼 이런 일도 있었어. 결혼 초기에 디자인 쪽에서 일을 좀 했었어. 그쪽으로 나갈 꿈도 있었고. 나 옛날에 하빈에서 학교 다닐 때부터 그림을 좀 했었다는 거 시영 씨도 알고 있지?"

"그 때 그림을 했었다고? 그랬었나……?"

그 옛날 윤주가 그림을 했었다는 건 잘 모르는 부분이었다.

그녀가 발끈하는 척하며 웃었다.

"뭐야? 그것도 몰랐으면서 나를 좋아했었다고? 다 거짓말 아니야?"

"거짓말이 아니라 그 당시 너를 볼 수 있었던 것은 교회에서 뿐이었다고. 학교에서 뭘 잘했는지, 어떤 것에 소질을 보이는지 그것까지 알 수는 없었잖아. 그리고 돌이켜보면 우리가 교회에서 서로 불 수 있었던 것도 그렇게 많지 않았다고. 겨우 일주일에 한두 번 볼 수 있었던 것인데, 그것도 네가 떠나버리는 바람에 계속 이어지지도 못했고."

"하긴 그렇기는 하네. 그래도 꽤 보며 지낸 줄 알았는데 말이야."

"그게 참 이상하더라고. 따지고 보면 얼마 안 되는 그 시간들이 무척 길게 느껴지는 거야. 유년의 시간들은 더 그렇고. 기억의 점유율이나 용량과 시간은 비례하지 않는다는 뭐 그런 걸로 설명하기에도 좀 그렇고."

"그래, 설명이 뭐 필요가 있겠어. 그만큼 내면세계를 차지한다고 할 수가 있겠지. 아무튼 결혼 초기에 디자인 쪽에서 일을 좀 했었다고. 그런데 일이 밀리면 그것도 정신없이 해야 돼. 밤샘 작업도 많고. 그런데 나는 밤샘 작업을 할 수가 없었지. 지기호가 허락치를 않으니까. 생각보다 고지식해서 무슨 일 나는 줄 알고, 나 일하는 곳까지 와서 근처에서 기다렸다가 데리고 가고 하는 거였어. 사람들은 그런 기호 씨를 대단하다고 했어. 자기 와이프가 어떻게 되기라도 할까봐 벌벌 떤다고 말야. 나도 그가 고지식한 사람이라는 거 알지만 그런 줄로 생각했고. 그런데 나 일하는 곳에서 늦도록 남자들도 같이 작업한다는 것을 알고는 아예 나가지 못하게 하는 거야. 자기가 다 알아서 해줄 테니 힘들게 일 같은 거 하지 말고 집에만 있으라는 얘기였지. 내가 힘들게 일하고 그러는 거 자기로서는 볼 수가 없대. 그러니까 다른 어떤 것도 할 생각 말라고, 자기 뼈가 부서지는 한이 있더라도 나는 가만히 앉혀놓고 먹여 살리겠다고, 호강시켜 주겠다고……. 그래, 나도 그 말을 액면 그대로 받아들였어. 이 사람이 정말 나를 사랑하는구나, 그렇게 믿었지. 아니, 어쩌면 적어도 그 때만은 사랑했던 것도 사실이었을 거야. 하지만……, 하지만 그건 사랑이 아니었어. 날 소유하려고만 들었지 진정 사랑한 게 아니야. 지금에 와서 그 결과가 뭐야. 마음 변하니까 나 몰라라 팽개치고, 나는 아무것도 할 수 없는 무능한 여자가 되어 있고 말야. 생각하면 지난 시간들이 참 억울하고, 내 자신이 원망스럽기도 해. 하지만 그렇다고 지난 시간들만 곱씹으면 뭐하겠어. 보다도 앞으로라도 그러지 말아야 되겠고, 그래서 이제라도 무엇이든 해야 되겠다는 생각인 거지. ……."

그러면서 윤주는 잠시 창밖으로 시선을 던졌다.

눈발 몇 낱이 정전기 이는 책받침에 달라붙는 종이 조각들처럼 창유리를 타고 흘러내렸다.

나는 아무런 말도 하지 못했다. 윤주가 이런 이야기를 하기도 처음이었다. 이제까지 만나왔지만 남편인 지기호에 대해서도, 또한 그 어떤 내면에 쌓여있던 이야기를 이렇게 본격적으로 토해냈던 적은 한 번도 없었다.

어쩌면 이것도 강릉에 다녀온 뒤의 변화 중 하나일 것이다.

"사랑이란 단순히 소유가 아니란 거, 그걸 말해두고 싶어. 내가 이런 얘기를 하는 게 어떤 면에서는 낯간지러운 것이기도 하겠지만 소유란 충족되고 나면 더 이상 필요가 없어지게 돼. 내가 이제까지 살아오면서 절실하게 느낀 거야.

양 팔로 내 목을 휘감아 매달리듯이 하고서 윤주가 말했다. 오늘 따라 그녀의 아파트 거실은 드넓어 보이는데, 밖에는 어둠이 내려앉는 중이었다.

그대로 멈추어 선 채 윤주의 허리를 둘러 끌어안았다, 그녀의 체온이 느껴지고 뭉실한 젖무덤도 느껴졌다. 그리고 빤한 시선은 바로 앞에 있었다. 그 빤한 시선이 이제 그만 돌아가야 하는 나를 잠시 더 붙잡았다. 돌아가기 위해 일어선 참이었고, 이제 외투만 걸치면 되었다.

"시영 씨, 한 가지만 더 이야기해도 돼?"

그녀가 내 눈에서 시선을 떼지 않은 채 말했다.

"음."

"글쎄……. 어떻게 이야기해야 될까? 우리……, 짧았지만 참 많이 깊어졌다. 그치?! 얼마 되지 않았는데 아주 오래 된 것 같고……. 며칠 전에는 혼자서 우리가 얼마나 됐나 하고 손으로 꼽아보다가 놀랐었어. 이런 얘기 좀 그렇지만, 이제까지 줄곧 함께 살아온 남편보다도 더 오래 된 것 같고, 남편보다도 나를 더 많이 알고 있구나, 하고 느낄 때도 많았어. 내가 그렇게 느껴온 거 알아?"

"그래. 그런데 왜 새삼스레 그런 이야기야."

어디 떠나기라도 하려는 사람처럼, 이라고 덧붙이려다가 괜히 쓸데없는 소리를 하는 게 아닌가 싶어 그만두었다.

"언젠가는 이야기를 해줘야 될 거 같아서……. 그래, 나 이렇게 뒤늦게라도 시영 씨 만난 거 후회하지 않아. 어쩌면 아니, 분명……, 우리의 이런 만남은 잘못된 것일 거야. 내가 서점에서 시영 씨 책을 발견하고는 반가워서 그걸 사서 읽고 그냥 그대로 마음에만 간직했어야 옳았을 거야. 그런데 몇 년 동안이나 그렇게 해왔으면서 왜 나중에 출판사 통해 연락처 알아내 전화를 하게 됐는지……. 물론 그때만 해도 우리 사이가 이렇게 될 줄은 몰랐으니까. ……. 그래, 그게 잘못이더라도……, 나 시영 씨 만나서 얼마나 행복한지 몰라. 비로소 여자가 된 것 같기도 하고 말이야.”

“나 역시도…….”

입을 여는데 그녀가 목에 감았던 팔을 풀고는 얼른 내 입술을 막았다.

“아니, 그냥 내 이야기 들어. ……. 나는 시영 씨에게 하나의 온전한 여자로 남겨지고 싶어. 짧은 동안이었든 긴 동안이었든 먼 훗날에도 한윤주라는 여자로 시영 씨에게 기억되고 싶어. 나중에, 정말 나중에 라도 시영 씨가 나에 대한 기억을 떠올리게 되면 온전한 나의 모습만 으로 떠오르는.”

“무슨 소리야? 언제는 윤주가 나에게 하나의 여자가 아니었어?”

“알아, 나도 시영 씨가 나를 어떻게 생각하고 있는지는. 그런데 가끔 은, 이런 이야기를 한다고 너무 이상하게 생각지는 말고, 그래, 가끔은 시영 씨의 그 첫사랑이었다는 여자가 내 머릿속에서 지워지지가 않아.”

“첫사랑? 명애란이 말이야?”

“그래. 그 명애란이라는 여자. 이상하게도 경연 씨 보다도 그 여자가 내 머릿속에서 떠나지 않는 거야. 시영 씨가 내게서 나를 찾는 게 아니 라 바로 그 명애란을 찾는 게 아닌가 하는 생각이 들 때도 많아. 지금 대전에 살고 있다는……. 솔직히 저번에 시영 씨가 친구 와이프 문병 가느라 대전 갔을 때 명애란 생각을 많이 하겠구나 싶었고, 심지어는 만나지 않나 하는 생각도 했었어. 그렇게 보면 나도 별수없이 질투 많 은 여자라 하겠지만, 시영 씨가 내게서 명애란을 찾는 게 아닐까 싶었 던 적 여러 번이었어.”

“내가 윤주 너에게서 명애란을 찾아?! 대전에 갔을 때 그 여자를 만나지 않나 하는 생각도 했었다고?"

빤히 윤주의 시선을 쳐다보았다. 그녀의 시선도 빤했다.

얼마의 침묵 끝에 내가 천천히 말했다.

"한윤주, 네가 그 이야기를 버리지 못하고 있었다니……. 명애란, 그 여자 이미 이 세상 사람 아닌지 오래야."

32. 끝내 듣지 못한 한 마디 말

내가 자기한테서 명애란을 찾았다는 윤주의 말. 그 말이 내 머릿속에 날카로운 쇳조각처럼 박혀서 떠나지 않았다.

그럴까? 과연 그거였을까? 내가 윤주에게서 명애란을 찾고 있었던 것일까?

그건 아니었다. 분명코 아니었다. 그럼에도 완전히 부인할 수 없는 것은 무엇인가? 그런 게 아닌 것은 분명하지만 그럼에도 그것으로부터 완벽하게 자유로울 수 없는 것은……?

명애란에게 꼭 들어야만 했던 한 마디 말을 나는 끝내 듣지 못했다. 3년 전, 명애란이 죽었다는 소식을 들었을 때, 그 예상치 못했던 일에 멍한 기분이면서도 맨 처음 떠오른 생각은 어이없게도 그 이야기를 들을 수 있는 기회가 영원히 사라져버렸다는 것이었다.

언젠가는 꼭 듣고야 말리라 했었다. 그리고 반드시 그 기회가 올 것이라 했었다. 만약 기회가 오지 않는다 해도 죽기 전에는 들을 수 있겠지 했었다. 그 말을 듣지 않고는 명애란과의 그 무엇인가를, 내 젊었던 날의 인생의 한 부분을 접지 못할 것 같았다. 그러니까 내 인생의 한 부분을 정리해 접어 넣기 위해서라도 나는 명애란의 한 마디를 들어야 했던 것이다. 그런데 그녀가 죽어버림으로써 영원히 들을 수 없게 된 것이고, 따라서 내 인생의 그 한 부분도 정리가 불가능해져버렸고, 영원히 미완으로 남겨지게 된 것이다.

꼭 들어야만 했던 그 한 마디. 그것은 왜 나를 떠나야 했느냐는, 왜 나를 버리고 박유창을 선택해야 했냐는 그 변심에의 이유였다. 그동안 몇 번 보았을 때, 그 때마다 정작 해야 될 이야기는 하지 못하고 돌아서야 했던 그것도, 사 년 전 박유창의 어머니가 돌아가셔서 문상차 찾아갔다가 돌아오면서 역시 정작 한 마디도 꺼내지 못했던 것도 바로 그것이었다. 왜 나를 떠나 박유창을 선택해야만 했었던 것인지…….

물론 그 이유는 굳이 듣지 않아도 알 수 있는 일이었다. 명애란이 박유창을 선택한 것은 바로 현실을 택한 것이었다. 되지도 않는 글에만 매달리는 나에게서는 자신의 미래까지도 불투명할 수밖에 없었다. 설혹 글이라는 게 된다(?)고 해도 미래를 보장해주기에는 너무도 미약할 뿐만 아니라 모든 게 다 허술하기만 할 것은 뻔했다. 사랑이라는 것은 허울만 좋을 뿐 밥 한 끼 해결해주지 못한다. 너무 극단적인 비유가 아니냐고 해도 아무 현실적인 대책 없이 글에만 매달리는 것 자체가 이미 극단적인 것이었다. 그런 현실적인 선택을 만류하고 마음을 되돌리도록 호소하기에 사랑이라는 것은 너무도 허술했다. 사랑이라는 것에 발목을 잡힌다는 것은 현실 세계에서 어수룩한 일이었을 것이다. 그게 명애란의 선택이었다. 굳이 입을 열어 말할 필요가 없는 것이다. 하지만 나는 다른 누구도 아닌 명애란의 입을 통해 그 한 마디를 들어야 했던 것이다. 이미 명백하고 수천 번 확인된 사실이라 하더라도 딱 한 번 그녀의 발음기관에 의해 만들어져 나오는 그 말을 들어야만 했다.

명애란의 죽음은 교통사고 같은 것도 아니고, 병사(病死) 같은 것은 더 더욱이나 아니었다. 그녀의 죽음은 어이없게도 심장마비였다.

그 소식을 들은 것은 사후(事後) 거의 보름쯤이나 지나서였다. 막바지 더위가 한창 기승을 부리던 팔 월 중순이었다. 뒤늦게 피서를 떠났던 계곡에서 내려오다가 길옆의 조그만 바위에 걸터앉아 쉬고 있던 참에 친구로부터 걸려온 전화를 받았다. 어쩌다가 한두 번씩 전화통화 정도나 하고 일 년에 한두 번 만날까 하는 친구였다.

계곡에서 내려오는 길은 햇볕이 따가웠다. 그늘을 찾아 앉은 곳은 시원했지만 햇볕에 드러난 바위들은 불덩이처럼 달아올랐고, 다리를 뻗어 그늘 밖으로 나간 운동화는 금세 뜨거워졌다.

운동화 속이 후끈거려 잠시 벗으려고 하는데 어디선가 잠자리 한 마리가 날아와 운동화 코끝에 앉는 것이어서 움직임을 멈췄다. 이름은 모르지만 흔히 볼 수 있는 까만 줄무늬의 잠자리였다.

이런 저런 이야기를 하던 끝에 친구가 말했다.

"박유창이 마누라가 죽었다더라."

"무슨 소리야? 박유창 마누라가 죽다니."

친구가 마누라라는 단어를 사용했으므로 나도 그렇게 되물었다. 믿을 수가 없었다. 아니, 장난을 치는 줄 알았다.

옆에 앉았던 경연이는 손을 뻗어 내 운동화 코끝에 앉은 잠자리를 잡으려고 했다. 잠자리가 날개를 한껏 내린 채 팥알만 한 머리를 굴렸다. 그러다가 경연의 손이 가까이 다가가자 소리도 없이 둥실 날아오르더니 다시 내려앉았다.

"박유창이 마누라가 죽었다는군."

친구가 다시 말했다. 그제야 다른 사람도 아닌 '박유창이 마누라' 를 가지고 장난을 칠 친구가 아니라는 게 깨달아졌다. 그 친구는 나와 명애란의 관계에 대해서는 전혀 몰랐다. 그저 예전에 박유창과 가까웠었다는 것만 아는 정도였다.

"그게 저, 정말이야?"

순간적으로 가슴이 서늘해졌다.

경연은 다시 잠자리를 잡으려고 손을 뻗었다. 하지만 놈은 이번에도 둥실 떠올랐다가 다시 운동화 코끝에 내려앉았다.

"몰랐어? 나도 한대석이한테 들었는데 이번에 해수욕장 갔다가 죽었다던 걸. 심장마비였다나 봐."

"심장마비?"

더 이상 아무 말도 나오지 않았다. 문득 내 심장이 멈추어버리는 듯한 기분이었다.

통화 내용을 알 리 없는 경연은 몇 번 더 잠자리를 잡으려다 놓치자 약이 올랐는지 손을 휘저어 쫓았다. 그러자 놈은 좀 더 높이 날아올라 이번에는 내 머리에 앉으려는 듯하다가 한 바퀴 선회를 하더니 멀리 날아가 버렸다.

그 친구와 어떻게 끊었는지도 모르게 전화를 끊고 나서 한참 동안이나 잠자리가 날아간 곳을 멍하니 바라보았다. 잠자리가 날아간 쪽의 저 아래로 개망초 꽃들이 무덤무덤 피어 햇빛 속에 서 있었다.

그 다음, 내 머릿속으로 몇 가지 말들이 흘러갔다. 그렇게 일찍 갈 거였나? 그렇게 일찍 갈 거면서 왜 박유창을 선택해야만 했었나? 아니, 그 한 마디는 했어야 되지 않았나? 그것은 일상에서 통용되는 언어이면서도 내 속에서는 미분화된 원시의 언어 같은 것이었다.

집으로 돌아온 그 날 밤, 박유창에게 직접 전화하지는 못하고 박유창과 가까운 다른 친구를 통해 명애란의 죽음을 다시 한 번 확인했다.

"그 사실을 알았으면서 왜 나한테는 연락을 안 했지?"

따지듯 친구에게 묻자 다음과 같은 대답이 돌아왔다.

"나도 엊그제야 알게 됐다고. 박유창이 이 친구 웃기는 놈이야. 주변에 알리지도 않고 그냥 뭐 치우듯 장례를 치렀나봐. 하긴 저도 갑자기 그런 일을 당하고 황당했겠지만 말이야. 그냥 저하고 처가 쪽 식구들 몇몇이 가서 화장해 뿌리고 말았다는 거 같아. 처가 식구들조차 마다하려 했지만 그렇게까지는 안 되었겠지."

박유창. 그가 명애란을 처음 만난 것은 다른 곳도 아닌 바로 나의 집에서였다. 이제는 오래 된 시간 저편의 일이 돼버리고 말았지만, 어쩌면 그 날 명애란이 내 집에 오지 않았고 박유창이 또한 내 집에 오지 않았다면, 명애란이 나를 떠나 박유창을 선택하는 일도 없었을 것이고, 그랬더라면 명애란이 왠지 가기 싫다고 했다던 그 해수욕장이었음에도 박유창이 다른 사람과의 약속이라며 고집하는 바람에 거의 억지로 가서 심장마비로 죽는 일도 일어나지 않았을지 모른다.

오래 두고 잊히지 않는 그 날.

명애란은 대전에서 시내버스를 타고 하빈읍의 내 집에 왔었다. 대전의 시내버스 중 3개의 노선이 하빈읍까지 운행했고, 그녀의 집이 대전에서도 하빈읍 쪽으로 가까운 곳이었으므로 그 시내버스를 타면 중간에 바꿔 타는 일도 없이 이삼십 분이면 오갈 수 있었다.

그런데 버스를 타고 온 그녀는 다리를 절었다. 버스 승강장에서 내 집 대문까지는 그래도 한참을 걸어야 했는데 그녀는 절뚝거리며, 골목 양편의 벽을 짚어가며, 더러는 깨금발로 폴짝거리며 와서 대문을 들어섰다. 발목을 삐었다고 했다. 방으로 들어와서 바닥에 주저앉아 답답하다며 발목에 감긴 붕대를 풀었다. 연고제 따위를 바른 복사뼈 부위가 부어올랐다.

"이렇게 다쳤으면서 왔단 말이야?!"

"오라고 했잖아."

"다쳤다고 말하면 되지."

"그래도 내가 보고 싶었잖아. 다리가 아프더라도 보고 싶어 하는 나를 보여줘야지."

걸을 때마다 절뚝거리고, 깨금발로 뛰면서 얼굴을 찌푸리고, 또한 어구구, 다소 과장되게 앓는 소리를 내는 게 오히려 귀여워보였다.

사실 그녀가 오면 밖에 나가 돌아다닐 생각이었는데 그럴 수 없게 돼버렸다. 초가을이어서 밖은 눈부시게 밝고, 한낮이면 이마에 땀이 맺히도록 햇볕이 따가웠지만 별수없이 집 안에서 지내야 했다.

그런데 예고도 없이 박유창이 불쑥 찾아왔다. 그 무렵 박유창은 막 군에서 제대를 하고 나와 집에서 쉬고 있었고 그러한 탓에 자주 찾아오곤 했다.

박유창은 넉살도 좋고 붙임성도 좋아 처음 보는 사람 앞에서도 꺼리는 게 없었다. 명애란의 앞에서 그의 목소리는 평소보다 훨씬 컸고 웃음소리도 높아졌다. 마침 때가 되어서 중국음식을 배달시켜 먹기로 했는데 평소에는 인색하기만 하던 그가 탕수육까지 시키고 거기다가 동생이 친구들을 데리고 집에 들어왔는데 그들 몫까지 배달시켜 주면서 계산을 치렀다.

점심을 먹으면 돌아가겠지 했는데 그는 돌아가지 않았다. 다른 때는 그렇게 찾아왔다가도 금방 돌아가곤 했는데 집에 가야 할 일도 없다며 일어설 생각도 하지 않았다. 일어서기는커녕 이런저런 이유를 갖다 붙이며 눌러 있으려는 게 눈에 보였고, 자꾸만 명애란에게 관심을 나타내는 게 신경이 거슬렸다.

하지만 나로서는 그걸 내색할 수가 없었다. 내가 너무 옹졸하게 생각하는 게 아닌가 싶기도 했다.

저녁때가 다 되어서야 명애란이 일어섰고 박유창도 그제야 집에 가겠다고 따라 일어섰다. 집에까지 바래다주겠다고 하자 명애란은 올 때도 혼자 왔는데 괜찮다고, 버스만 타면 된다고 했다. 버스 승강장까지 그녀는 절뚝거리며 걷다가 쉬고, 깨금발을 뛰다가 쉬고 했다. 그리고 쉴 때면 내 어깨를 잡고 의지하면서 종알거렸다. 업히라고 등을 내밀었지만 그녀는 그것만큼은 한사코 거절했다. 내 체격이 빈약해 보인다고 농담했고, 보다도 업힐 만큼은 아니라는 것이었다. 박유창은 옆에서 우리의 모습을 지켜보며 '그림 좋다' 고 농담을 연발했지만 왠지 그 말도 귀에 거슬렸고 뒤끝이 영 떨떠름하기만 했다.

버스 승강장에 도착해 버스를 기다렸다. 한참만에야 버스가 왔다. 승강문이 열리고, 명애란이 발을 승강대에 올리는 것을 보며 부축했던 손을 놓고는 말했다.

"조심해서 올라가."

그 때였다. 뒤에 서 있던 박유창이 앞으로 나서더니 명애란의 허리를 감아 안듯이 부축하고는 버스 승강대를 텅텅 올라갔다. 그러면서 운전기사에게 꾸벅 인사를 하며 잠깐만 기다려 달라고 하더니 명애란을 부축해 안에까지 쑥 들어가서 자리를 잡아 앉히고는 뒤돌아섰고, 다시 운전기사를 향해 '감사합니다', 소리치고는 버스를 내려왔다.

승강문이 닫히고 버스는 출발했다. 차창으로 명애란이 손을 흔들었다. 나도 손을 흔들고 박유창도 손을 흔들었다. 버스가 그 자리를 떠났는데도 내 손은 내려지지 않았다. 박유창이 돌아서서 나를 향해 손을 반짝 들어올렸다.

"나, 간다. 잘 있어."

그리고는 아주 간단히 돌아서서 걸어가기 시작했다. 나는 녀석의 뒷모습과 버스가 사라져간 쪽을 멍하니 바라보았다. 등을 보이고 걸어가는 박유창이 휙휙 휘파람을 불어댔다.

그 뒤 박유창은 눈에 띄게 나를 자주 찾아왔다. 그 때마다 빠뜨리지 않는 게 명애란에 대한 이야기였고, 나는 그게 귀에 거슬리고 영 개운치 않은 기분이었지만 노골적으로 그걸 나타내지는 못했다. 그리고 나로서는 그런 자리를 만들려고 하지 않았지만 이런 저런 이유로 피치 못하게 명애란과 함께하게 된 적이 몇 번 있었다.

그로부터 한참 뒤였다. 그 무렵 나는 명애란과 사이가 좀 벌어져 있었다. 사소한 일로 다투게 되었고, 몇 개월 만나지 않았다. 그리 대수롭지 않은 일인데도 명애란이 좀 예민하게 반응한다 싶어 그게 마음에 걸렸지만 그렇다고 문제될 것까지는 없다고 생각했고, 시간이 지나면 자연히 회복되리라 여겼다.

그러던 어느 날 규선이가 말했다.

"너한테 이야기를 해야 되나 말아야 되나 모르겠다만 그래도 안 하면 안 되겠지?! 은행동 백화점에 갔다가 유연히 박유창과 명애란이 나란히 쇼핑을 하는 모습을 보았어. 아니겠지 하고 다시 봐도 맞더라고. 내가 나서서 아는 척하면 안 될 것 같아서 피하기는 했다만……."

33. 자신에게의 배반을 꿈꾸는 자들

별다른 생각 없이 전화를 했을 때 명기의 핸드폰은 꺼져 있었다. 어떤 용건이 있었던 것도 아닌데 전화를 걸었던 그것이 어떤 필연에 의해서였는지도 모른다는 생각을 하게 된 것은 나중의 일이었다. 분명 내가 그렇게 전화를 했던 것은 나를 부르는 어떤 영적 교신에 의해서였다.

아무튼 명기의 핸드폰이 꺼진 것을 확인하게 되면서, 이 친구 안 되겠군, 하고 속으로 중얼거리고는 말았다. 또다시 지은선이라는 여자를 찾아갔을 게 틀림없다는 판단이었다. 어쩔 수 없다는, 누구도 말릴 수 없다는 생각에 한숨이 쉬어졌다.

오후 세 시쯤이었는데 하늘그린식품의 사무실은 비교적 조용했다. 윤주에게 전화를 할까 하다가 말았다. 어차피 여섯 시쯤 만나기로 약속되었고, 이따가 사무실을 나서면서 전화를 하면 될 것이다.

　명애란이 삼 년 전에 죽은 사람이라는 이야기를 한 이후 윤주는 두 번 다시 그 이름은 입에 올리지도 않았다. 뭔가 궁금한 것도 있을 텐데 그 어떤 것을 묻는 법도 없었다. 그랬음에도 자신에게서 명애란을 찾는 게 아니었냐고 했던 윤주의 그 말은 손톱 밑의 가시처럼 남았다.

　그냥 그만두려다가 잠시 후 다시 전화기를 집어 들었다. 핸드폰을 꺼 놓았다면 일단 전화를 받지 않겠다는 의사표시이고 또한 집에 없다는 이야기이기도 할 것이어서 다시 전화를 해봐야 소용없는 일인 줄 알면서도 무엇인가에 끌리듯 명기의 집으로 전화를 했다. 사실 평상시 같았으면 하라고 해도 하지 않았을 것이다. 명기가 집에 있다면 괜찮지만 없는데다가 그게 어떤 상황이라는 것이 뻔했으므로 그의 아내가 받는다면 친구로서 면목 없고 난처하기만 하니 말이다.

　신호가 가고 얼마 지나지 않아 명기의 아들 녀석이 받았다. 초등학교 4학년생이었다.

　“정준이구나. 학교에서 일찍 왔나보네.”

　“네.”

　“아저씨야. 서시영 아저씨, 알지?”

　“네. 안녕하세요?”

　“그래. 잘 지냈어?”

　“네.”

　녀석은 묻는 말에만 따박따박 대답했다. 좀 무뚝뚝한 편이었다.

　“학교생활 잘하니? 친구들은 많아?”

　“좀요.”

　“저번에 아저씨가 너네 집에 갔을 때 못 봤는데 정준이 보러 한 번 가야겠구나.”

“네.”

그런데 대답은 하면서도 뭔지 모르게 목소리가 이상했고 뭐 마려운 강아지처럼 끙끙대기도 했다.

“아저씨 가면 환영해줄 거지?”

“네.”

“그래, 곧 놀러 가야겠다. 아빠는 집에 있어?”

끙끙대는 녀석을 놔주는 게 나을 것 같아 그렇게 말했다.

“아빠는 없어요.”

“그래?! 그럼 엄마는?”

“엄마는 있는데 지금 전화 못 받아요.”

“왜? 뭐 하시니?”

“그게 아니고요……. 아저씨 어떡해요. 울 엄마가 다 죽어가나 봐요.”

녀석은 뭔가 머뭇머뭇 하더니 이제까지 참고 있었던 듯 울먹거리며 말했다.

“무슨 소리야? 엄마가 다 죽어가다니?”

그래도 처음에는 녀석이 뭔가 잘못 알고 그러나 보다는 정도의 생각만 들었다.

“학교 갔다 와보니까 엄마가 술을 잔뜩 먹고 쓰러져서 아무것도 몰라요. 아무리 흔들어 깨워도 꿈쩍도 못하고 숨도 안 쉬는 것 같아요. 잔뜩 토했는데 피도 토했어요. 유리에 손도 잘라졌고요.”

“피도 토했다고? 손도 잘라져?”

뭔가가 서늘해지면서 아차 싶은 생각이 들었다. 아이의 그 표현대로라면……? 끔찍한 생각마저 들었다.

“네. 엄마가 죽나 봐요.”

녀석은 그제야 울음을 터뜨렸다.

"인석아! 그런 일이 있으면 전화를 받자마자 했어야지. 조금만 기다려라. 아저씨가 곧 갈 테니까. 알았어? 엄마 잘 지켜보고."

전화를 끊기도 전에 외투를 걸치며 사무실을 빠져나왔다. 그리고 명기의 집으로 가면서 다시 또 윤주에게 전화를 했다.

갑자기 일이 생겨서 우리의 약속을 뒤로 미뤄야 되겠다고, 자세한 이야기는 나중에 하겠다고 하자 윤주는 약간은 힘이 빠진 듯한 목소리로 말했다. 사실 윤주와의 약속을 미루기는 그게 처음이었고, 그래서 미안한 마음이었지만 어쩔 수 없었다. 나중에 이야기 들으면 충분히 이해하겠지 싶었다.

"나, 시영 씨와 만날 약속으로 한창 서두는 중이었는데……. 하는 수 없지 뭐. 그럼 안 서둘러도 되겠네. 일 보고 천천히 집으로 들어가야겠다."

"집으로 들어가다니? 그럼 밖이야?"

그제야 핸드폰으로 밖의 소음이 빨려드는 게 느껴졌다. 하긴 나도 밖이니 그 소음들이 서로 구별되기는 어려웠을 것이다.

"일이 좀 있어서 밖에 나왔어."

"일? 무슨 일?"

"그냥 그런 게 있어. 이것저것……."

윤주는 그렇게 말하더니 그 다음은 웃음으로 얼버무리고 말았다.

"그럼 서로 일을 보면서 연락을 할 수 있으면 하자고. 조심하고. 누가 예쁜 여자 업어 가면 안 되니까."

마음이 급해도 농담 한 마디 끼워 넣는 것은 잊지 않고서 말하고 전화를 끊었다. 요즘 윤주는 무슨 일인지 외출이 잦았다. 무슨 일인가가 있는 모양인데 그건 좀처럼 이야기하지 않았다. 무능한 자신이 싫다며 이제라도 무슨 일이든 해야 되겠다고 하더니 그런 것인가 싶었지만 이렇다하게 잡혀오는 것은 없었다.

윤주와의 전화를 끊고 나서 더욱 길을 재촉했다. 위급 상황이 분명하다 싶자 갖가지 안 좋은 상황들이 머릿속에 그려졌다. 가면서 몇 번이나 명기의 아들 녀석과 통화를 하며 상황을 파악하는 것도 잊지 않았다. 물론 명기에게도 몇 번 전화를 넣어보았지만 그의 핸드폰은 계속 꺼져있기만 했다. 음성 메시지, 문자 메시지를 남겼지만 그렇게 쉽게 연락을 취해올 리는 없었다. 연락을 취해올 것 같았으면 핸드폰을 꺼놓지도 않았을 것이다.

명기에게 화가 났다. 그의 마음을 모르는 것은 아니지만 아무리 생각하고 이해를 하려 해도 이건 아니다 싶었다. 사람을 피 말려 죽일 작정이 아닌 다음에야 그럴 수 있나 싶었다. 그건 그의 아내에게는 물론 자기 자신한테도 가장 잔인한 짓이었다.

명기의 집에 도착하여 아이가 열어주는 현관문을 열고 들어서며 본 광경은 한 마디로 말이 아니었다. 얼핏 보아도 상상 이상의 상황이었다. 명기의 아내 박정옥은 흡사 둘둘 뭉쳐 내던진 빨랫감이나 다를 바 없이 거실 바닥에 널브러진 모습이었다. 술 냄새가 진동했고, 술병, 깨진 유리잔, 걸레, 젖은 책들이 어지럽게 흩어지고, 토사물이 뒤범벅인 채 언제부터 그랬던 것인지 머리칼 등에 달라붙은 것들은 말라붙기까지 했다. 다행인지 피를 토했다는 아이 말은 잘못 안 것이었다. 여러 종류의 술병들이 나뒹굴었는데 그 중에는 붉은 포도주도 있었고, 그 붉은 포도주를 마시다가 토하고 또한 쏟아진 것이 아이 눈에 그렇게 보였던 모양이었다.

그렇지만 손이 잘려졌다던 아이 말은 틀리지 않았다. 아마도 술병을 집어던졌던 모양인데 베란다로 나가는 문짝의 커다란 유리 한 장이 박살나고 유리컵 또한 깨져 흩어졌는데, 자해를 한 것인지 그냥 술기운에 다친 것인지는 모르지만 손바닥 팔뚝 등이 심하게 베어진 채 수건으로 감겨져 있었다. 나중에 아이에게 그 감겨진 수건에 대해 물었을 때 제가 그렇게 감아준 일이 없다는 걸 보면 스스로 그렇게 한 모양이었다.

어쨌거나 그런 모습들보다도 박정옥의 상태는 거의 위험한 지경이었다. 언제부터 그랬는지는 모르지만 아무리 흔들어 깨워도 신음소리조차 없었고 축축 늘어지기만 했다. 아이의 말마따나 거의 숨도 쉬지 않았다. 죽은 사체나 다름없었다. 눈꺼풀을 벌려보아도 눈동자가 그대로 다 풀어져버린 것 같았고, 산 사람이라고 장담할 수가 없었다.

조금도 지체할 상황이 아니었다. 구급차를 불러 병원 응급실로 이송했다. 응급조치가 이뤄지고, 주사에 링거까지 꽂혔다. 그러기까지 어떻게 진행됐는지 거의 정신이 없었다.

이제 마음을 놓아도 된다는 의료진의 말을 듣고, 그 옆에 앉아서 절반쯤 줄어든 링거액이 한 방울씩 떨어져 들어가는 것을 보면서야 길게 숨을 몰아쉴 수가 있었다. 시간도 늦어서 밖은 이미 어둠이었다.

밖으로 나와 병원 마당의 붉은 나트륨 등 불빛 아래서 경연에게 전화를 하여 집으로 돌아가지 못할 것 같다고 말했다. 경연은 자신도 병원에 오겠다고 했다. 오늘 따라 일찍 퇴근하여 씻고 편하게 누워 있었다고, 그러니 외투만 걸치고 차를 몰면 오래 걸리지 않아 도착할 수 있다는 게 그녀의 말이었다. 하지만 나는 오지 못하게 했다. 명기 부부에 관한 그 일을 경연이가 다 알게 되는 게 싫었다. 그 모든 사실을 알게 된다면 경연은 무엇인가를 이해하고 헤아려보려는 쪽보다는 비난하고, 그것으로도 모자라 욕을 해댈 게 뻔했다. 그리고 나까지도 거기에다 어떤 식으로든 얽어 넣으려 할 것이다. 때문에 명기의 그런 부분은 아직까지 경연에게 제대로 이야기한 적이 없었고, 오늘의 일도 명기가 일 때문에 먼 지방에 내려가 있는데 갑자기 응급 상황이 벌어진 거라고, 명기가 일 끝나는 대로 밤에라도 올라올 것이니 새벽이든 아침이든 돌아가겠다고, 정이나 들여다보고 싶으면 며칠 뒤 집으로 가서 보는 게 낫겠다고 말해두었다.

경연은 내 말을 믿었다. 다소 다혈질적이면서도 단순했고, 그런 만큼 무슨 일이든 뒤끝도 없는 여자였다. 뒤끝이 없다는 얘기는 곧 무슨 일이 있을 경우 직선적이고 또한 과격하다는 이야기이기도 했다.

다시 응급실로 돌아왔을 때 여전한 모습으로 베드에 누운 박정옥은 아직 깨어날 기미는 없었고 그 몸피는 빈 가죽부대처럼 형편없었다. 형광불빛 아래서 파리한 살갗은 건드리면 그대로 녹아 없어질 것 같았는데, 언뜻 눈가에 물기가 젖어갔다. 움직임도 없이 그저 축 처진 채 깊은 잠에 빠진 것임에도 두 눈가를 적시는 그 물기는 아주 조금씩 차오르더니 기어이 볼을 타고 흘러내렸다.

박정옥이 깨어난 것은 자정이 훨씬 지난 새벽이었다. 처음에는 어떻게 된 상황인지 몰라 하다가 이내 깨닫고는 '미안해요', 그 한 마디를 하고는 고개를 모로 돌렸다.

"조금만 더 안정을 취해요. 다른 걱정은 말고요."

깨어나 고개를 돌린 모습조차 한없이 왜소하기만 한 그녀에게 그렇게만 말하고 더 이상은 아무런 말도 하지 않았다. 그리고는 밖으로 나와 담배 한 개비를 피워 물었다. 새벽 공기 탓인지 목구멍이 쏴아, 아려왔다.

34. 생은 어쩌자고

살미랑이여! 말하노니,

시간이 가면 모든 게 마모되는 것으로 알았다. 바위도 닳아지고, 기억엔 구멍이 뚫리고, 푸새된 광목천 같던 감정도 너덜너덜해지고…, 그렇게 마모되어 가는 게 당연하지 않은가.

그것은 곧 기대감이기도 했다. 닳아지고 낡아서 너덜너덜해져야 한다. 그래야만 살아갈 수가 있다. 그것을 우리는 안다. 마모되지 않는 그 무엇으로는 살아낼 수가 없다. 그리고 마모되리라는 기대 때문에, 날카로웠던 것들이 무뎌지고 아픈 기억의 층들이 얇아지리라는 기대 때문에 숨을 쉴 수가 있는 것이다.

그러나 시간이 아무리 흘러도 마모되지 않고 오히려 번득번득 날을 세우며 살아나는 게 있다. 이미 떠나간 시간이고, 그 속의 일들인데 새

벽에 잠 깨면 문득 되살아나 사정없이 가슴을 후벼온다. 그럴 때면 거의 숨을 쉴 수도 없고, 몸을 새우처럼 웅크린 채 바르르 떨기도 한다.

그러노라면, 숨이 컥컥 막히고, 몸을 바르르 떨면서 어떻게도 하지 못한 채 식은땀을 삐질삐질 흘리노라면, 이렇게도 죽을 수가 있구나 싶어진다. 이렇게 죽어가도 옆에서는 아무것도 모를 거라는 생각도 든다.

그러한 날들이 어디 하루 이틀이었던가.

오늘도 나는 그런 시간들 속에서 버적댄다, 살미랑이여!

35. 종이꽃 여자

조금씩 기우는 햇살이 일러스트레이션처럼 머문 통유리 속에 담긴 여자는 다소 고즈넉해보였다. 그것을 바라보며 잠시 숨을 몰아쉬었다. 과연 잘하는 짓인지는 확실하게 판단이 내려지지 않았다. 하지만 그래도 한 번은 봐야만 될 것 같았고, 이야기를 전해야 된다는 생각만큼은 흔들리거나 주춤대지 않았다. 도로를 사이에 두고 건너다보이는 '산드레 화원'. 그리고 지은선이라는 여자. 그 이름이 가물가물했다. 아니, 이름이 아니라 그 모습이 그랬다.

박정옥이 회복되어 퇴원시키고 집으로 돌아갈까 하다가 길이 멀기도 하려니와 피곤하여 그 길로 가까운 찜질방으로 갔다. 물론 집으로 돌아가려면 못 갈 것도 없었지만 보다는 다른 생각이 있던 때문이기도 했다. 박정옥은 괜히 힘들게 했다며 미안하다고만 할 뿐 명기에 대해서는 그 어떤 이야기도 하지 않았다. 내 앞에서 그런 이야기를 한다는 것은 자존심이 허락지 않았을 것이다. 나 역시 그 부분을 알기에 별다른 이야기 없이 될 수 있는 한 빨리 빠져나와 찜질방으로 갔던 것이고, 거기서 씻고 몇 시간 눈을 붙인 다음 길을 나섰던 것이다. 내친김이라는 생각이었고, 명기와는 여전히 연락이 닿지 않았다.

횡단보도를 건넜다. 건너는 내내 화원의 통유리에 걸린 햇살은 움직이지 않았다. 여자도 통유리 가까운 쪽의 탁자 앞에 앉아 고개를 숙인 채 움직임이 없었다. 그 때 따라 드나드는 손님도 없고, 오후의 마른 공기 속에선 매연 냄새가 맡아졌다.

움직임이 없던 햇살은 출입문을 밀자 출렁 흔들렸다. 방울 소리도 딸랑거렸다. 출입문 위쪽에 매달린 작은 방울이 보였다.

탁자 앞에 앉았던 여자가 고개를 들었다.

"어서 오세요."

굵게 파마를 한 긴 머릿결이 통유리를 투과해 들어온 햇빛 속에서 출렁거렸다. 그 머릿결을 뒤로 젖히며 여자가 일어섰다.

그 때였다. 여자의 몸에서 붉고 노란 꽃잎들이 우수수 쏟아졌다. 목에 걸고서 늘어뜨려 허리 뒤로 질끈 동여맨 연두색 앞치마에서 쏟아지는 꽃잎들이었다. 그 꽃잎들은 유리판을 깐 탁자 위에도 수북했다. 꽃잎들뿐만 아니라 초록의 이파리도 보이고, 가위와 철사 따위들도 보였다.

여자가 다소 멋쩍은 웃음을 짓더니 허리를 구부리고 바닥에 쏟아진 꽃잎들을 주웠다. 그런데 어이없게도 그것들은 종이 꽃잎들이었다.

화원은 화분들과 꽃들로 가득했다. 그것들은 모두 습기를 머금었고, 더러는 물을 뿌려준 지 얼마 안 되는 듯 잎에 물방울들이 맺혀 있기도 했다. 그리고 가득 밴 화초 냄새들. 그런데 종이꽃이라니. 가위로 자르고 접고 접착제로 붙여가며 종이꽃을 만들고 있었던 모양이다.

"무얼 찾으시나요?"

머뭇거리는 듯하자 여자가 그렇게 물으며 웃음을 지었다. 종이꽃 같은 웃음이었다.

"나를 아시겠습니까?"

"네?"

여자의 시선이 내 얼굴을 훑었다. 그러나 나를 알아보지는 못했다.

"생각나지 않는 모양이군요."

"글쎄, 누구신지……."

"저 신명기 친굽니다, 지은선 씨. 예전에 몇 번 보았지요?!"

"신명기……."

여자가 말을 흐리며 다시금 나를 살폈다. 그래도 잘 생각나지 않는 것 같더니 잠시 뒤 표정이 바뀌었다.

"아아, 네. 생각나요. 글을 쓰신다는……."

"맞습니다. 서시영입니다."

"미안해요, 얼른 알아보지 못해서."

"몰라보는 게 당연하겠지요. 본 지가 십 년 넘었나요?"

"십 년요? 그러고 보니 정말 그러네요."

여자는 반가워하며 얼굴을 활짝 피워 올렸다. 하지만 그것도 잠시, 여자의 얼굴은 차츰 응고되어 갔다.

"명기 씨 여기 오지 않았어요. 근래에 본 적도 없고요."

여자의 목소리는 낮게 잠겼다. 탁자 위에 접어놓았던 색종이가 저절로 풀어졌다.

"명기가 오지 않았다니요?"

뜻밖의 말이었고, 믿어지지 않았다. 그렇지만 여자가 거짓말을 한다고는 생각되지 않았다. 낮은 울림의 목소리가 그랬다. 여자는 아무것도 잡지 못한 채 무릎 위에 놓인 자신의 손만 서로 만지작거렸다.

"네. 제가 못 오게 했어요."

"오지 못하게 했다고요?"

"네. 그래서는 안 된다는 거……, 왜 몰랐겠어요."

여자는 더 심하게 자신의 손을 만지작거렸다. 그리고는 고개를 숙이더니 한참 동안 말을 잇지 않았다.

통유리로 내다보이는 밖의 도로 위로 차량들의 물결이 흘러갔다. 그 소음들이 들려왔지만 통유리에 차단되어 먼 곳에서처럼 들려왔다. 묘한 부조화였다.

잠깐만요. 생각에 잠겨 있던 여자가 부스스 일어서며 말했다. 그만 생각을 못했어요. 차(茶)를 드려야 되는데. 여자는 한쪽으로 가 거기 마련된 커피포트와 찻잔 등을 챙겼다. 괜찮다고 했지만 조용조용 움직였다. 그림자 같은 모습이었다. 아마도 갑작스러운 상황에 미처 생각지 못하다가 뒤늦게 떠올린 모양이었다. 녹차도 있고 커피도 있는데……. 여자가 말끝을 흘렸다, 나는 녹차가 좋겠다고 말했다. 여자가 다시 그림자처럼 움직이며 커피포트를 전원에 꽂고 녹차 티백을 꺼냈다. 그러면서 여자는 다른 생각을 더듬는 얼굴이었다. 그러니까 차를 준비하기 위해 일어선 것은 생각을 정리할 시간을 벌기 위한 것일 터였다.

"변명 같지만……."

여자가 찻잔을 내 앞으로 밀어놓고 다시 자리에 앉으며 말했다. 그 얼굴 위로 허허로운 미소가 흘러갔다.

"별 문제가 되지 않는다고 생각했었어요. 명기 씨 여기 놀러오곤 하는 거 말예요. ……. 가끔 ……. 아니, 그래요. ……. 적어도 우리 사이에 어떤 일이 있는 건 아니었으니까요. ……. 남들에게 손가락질 당하거나, 양심에 거리끼거나 하는 거……."

"나도 그건 잘 압니다. 그래요. 어쩌면 내가 여기 왔다는 것부터가 잘못인지도 모르겠습니다. 오면서도 무척 망설였고요. 그리고 내가 이러저러하다 말할 입장도 아니겠지요, 물론."

"아니에요. 잘 오셨어요. 이미 알고 있는 일이지만 다시 한 번 더 생각하게 하니까요."

여자의 목소리는 더더욱 낮게 잠겨들었다. 그러면서 탁자 위로 손을 올려 붉은 꽃종이를 집어 들더니 가위로 조금씩 잘라냈다. 잘게 썰린 종이 꽃가루가 사륵사륵 쏟아졌다. 여자의 손은 보이지 않게 조금씩 떨렸다.

"성당에서 행사가 있어요. 학생들 연극반을 맡고 있는데 거기 필요해서요."

묻지 않았는데 여자가 꽃 만드는 것에 대해서 이야기했다. 그제야 화원에서 종이꽃을 만드는 의문이 풀렸다.

"아, 네……."

여자가 문득 고개를 들더니 통유리 밖으로 시선을 던졌다.

"그래요, 단순히 그렇게 생각한 거죠. 명기 씨가 여기 오는 거……. 그냥 가끔씩 마음이 허전할 때면 와서 이야기도 나누고……, 그게 전부인데 어떠냐고, 그저 아주 오래 전부터 오가던 일인데 어떠냐고……. 가끔, 아주 늦은 시간임에도 찾아와서 화원 문을 못 닫게 하고, 옅게 맡아지는 술 냄새나 뭔지 모를 공허한 눈빛에도 그냥 모르는 척

하면 그만이라 했어요. 어떤 문제를 일으킬 건 없으니까요.”

“그래요. 은선 씨 마음도 알고, 명기 마음도 모르는 건 아닙니다.”

“제가 얘기할게요. ……. 미안해요. ……. 그게, 그러니까, 다른 누구도 아닌 명기 씨 와이프이자 내 후배인 정옥이한테 말 못할 고통이라는 거 알아요. 그러면서도 내가 명기 씨의 그 부분에 대해서는 어쩌지 못하겠더라고요. 그래서 나름대로 많이 고민도 하고 애를 쓰기도 했어요. 그러면서 얼마 전부터 명기 씨한테 이곳에는 발길도 못하게 했지요. ……. 명기 씨 본 지도 벌써 오래 됐어요. 전화 통화도 없었고요. 어디 간 걸까요?”

여자가 오히려 물었다. 그 물음에 나는 아무런 말도 못했다. 적어도 이곳에 오면 명기의 소식을 들을 수 있겠지 생각했는데 말이다. 물론 명기가 이곳에만 죽치고 있으리라는 생각은 하지 않았었다. 그래도 지은선은 명기가 어디를 어떻게 돌아다니는지 알고 있으리라 했던 것이다.

나는 녹차를 한 잔 더 청해 마셨다.

여자는 이번에는 노란 종이꽃을 접어 가위질했다.

“연극에 대해서는 잘 모르는데 연극반을 맡았지 뭐예요. 어린 학생들이니 조금만 신경 쓰면 되겠지 했는데 생각보다 어렵더라고요. 그래도 애들이 잘 따라줘서요…….”

잘게 썰린 노란 종이 꽃가루가 사륵사륵 쏟아졌다.

“며칠 내로 정옥이한테 가봐야겠어요. 아니면 밖으로 불러내든가요. ……. 나도 그렇지만 걔도 바보 같은 구석이 많아요. 세상살이에는 여전히 허술하지요. 수녀원에서 나왔을 때부터 그랬어요. 처음부터 들어가지 말았으면 더 나았을지도 모르는데…….”

그러면서 여자는 다시금 얇은 종이꽃 같은 웃음을 띄워 올렸다.

자정이 넘었는데 잠이 오지 않았다. 외투를 걸치고 밖으로 나와 문을 걸었다. 메모를 남길까 하다가 핸드폰이 있으니 괜찮으리라는 생각에 그만두었다. 경연은 한 번 잠들면 웬만해서는 잘 깨지 않았다.

길을 따라 걸었다. 주택가를 지나는 도로는 밤이 늦어지면 차량의 통행이 급속히 줄었다. 전면도로(前面道路)로 이어지면서 시장 쪽 방향으로 얼마쯤 올라가자 포장마차가 보였다. 지나다니면서 보면 늘 한가했고, 몇 번인가 들렀던 적도 있어 주인 여자의 얼굴이 기억되었다.

늘어진 포장을 들추고 들어가 소주 한 병을 주문했다. 작은 키에 제법 살이 쪄서 통통한 주인 여자는 나를 기억했다. 전선을 뽑아다가 매단 알전구 아래서 보라색 점퍼 차림에 번들거리는 금테 안경알이 안 어울렸지만 사람은 좋아보였다,

한쪽 옆에서 서른 쯤 되어 보이는 여자 하나가 혼자서 술을 마시고 있었을 뿐 다른 손님들은 없었다. 여자는 술잔을 홀짝거리며 나를 흘끔거리기도 했고 주인 여자와 아는 사이인 듯 몇 마디씩 이야기를 나누기도 했다. 이미 상당히 취한 상태였다. 나를 흘끔거리는 것이 거슬렸지만 취한 사람이라 그런가보다 하는 정도로 여길 수밖에 없었다. 어울리지 않게 치렁치렁 두른 긴 치미와 꼬고 앉은 다리의 발끝에 걸린 반투명 끈의 굽 높은 샌들이 눈에 들어왔다.

"젊은 아저씨! 아저씨는 왜 이 시간에 혼자 나와 술을 마셔요?"

흘끔거리던 여자가 꼬았던 다리를 풀고 몸을 틀어 앉으며 말을 붙여왔다. 반투명 끈의 샌들이 벗겨졌다가 다시 꿰어졌다. 발등에 걸리는 그 반투명 끈에는 빨간 장미가 새겨졌다.

"그러는 그쪽은 왜 혼자 나와 술 마시쇼?"

술 취한 사람 모르는 척해 무시한다는 인상을 주기보다는 적당히 대

꾸해주면 될 터였다.

주인 여자가 왜 손님한테 그러느냐고 나무라듯 했다. 잘 아는 사람이냐고 묻자 그냥 손님이고 가끔 찾아온다는 대답이 돌아왔다. 바로 그 근처에 사는 모양인데 정확히 어느 집인지는 모른다고도 했다.

"우리 신랑이 개 뭐 같아서요. 밴댕이 소갈딱지처럼 옹졸하기만 하고……, 한 바탕 싸웠지요 뭐. 그럼 아저씨도 마나님하고 싸운 거예요?"

"아뇨."

"왜 싸우지도 않았으면서 혼자 나와 술 마셔요?"

"허……!"

주인 여자가 왜 손님한테 그러느냐고 다시 나무랐다. 나는 괜찮으니 그냥 놔두라고 했다. 술 취한 사람 적당히 응수해주다가 일어서면 그만일 터였다. 사실 조용히 한 잔 할 생각이었는데 다 틀려버린 셈이었다.

"아저씨. 아니, 젊은 오빠! 내가 술 한 잔 사도 될까요? 아님, 젊은 오빠께서 사준다면 더욱 좋고?"

여자는 생각보다 많이 취했다. 앉은 채인데도 휘청휘청 몇 번이나 쓰러지려 했다.

"각자 자기 술 마시면 되는 거 아니겠습니까? 아직 많이 남았는데."

"그럼 내 잔 한 번 받으시고, 답례로 한 잔 주시고……. 오케이?!"

그러더니 여자는 술을 한 잔 따라 건네는 것이었고, 또 따라줄 것을 요구했다.

그렇게 한두 번 잔이 오고갔고, 주인 여자는 들어가 봐야 되겠다며 뒷정리를 시작했다.

한 병의 소주 중에서 한두 잔 정도를 남겨놓고 포장마차를 나섰다. 내가 나서자 여자도 집에 가야 된다며 일어섰다. 금방이라도 쓰러질 듯 비척대는 여자가 위태해보이기만 했다.

"갈 수 있겠어요? 집이 어디에요? 집에 전화해 줄까요?"

그렇게 물었지만 여자는 됐다고, 집이 바로 요 위이고, 갈 수 있다고 장담하며 손을 홰홰 내젓고는 비척거리며 걸음을 옮겨놓았다. 그래도 얌전해 보이는데 속상한 일이 있었나보다 싶었다. 나도 돌아섰지만 여자가 제대로 집에 갈 수 있을까 싶어 발걸음이 쉽게 떨어지지 않았다.

그 때, 핸드폰이 울렸다. 잠들면 좀체 깨지 않는 경연이가 내가 없는 걸 용케 알고 깼나보다 했는데 명기였다.

"허이! 이 친구야, 미쳤니 너?!"

그럴 생각이 아니었음에도 욕부터 나왔다. 다음은 내 자신도 모르게 한숨이 토해졌다. 그의 목소리를 듣자 양 어깨가 축 처져 내렸다.

미안하게 됐어. 명기는 그렇게 말문을 열었다. 조금 전에 집에 들어와 얘기를 듣고 전화를 하는 것이라고 했다. 자세한 이야기는 내일이든 모레든 만나서 하기로 하고, 명기는 다시 그렇게 전제를 한 뒤,

"우리 와이프 저 사람이 좀 덜 떨어져서 말이야, 내가 분명히 부산에 다녀온다고 하고 나갔는데 그걸 곧이곧대로 안 듣고 저 혼자 온갖 요리를 다 하지 않았나. 오히려 내가 기가 막힐 일이라고. 물론 그렇게 된 것이 다 내 책임이라는 걸 모르지는 않지만. ……. 이번에는 부산으로 가려고. 네 말대로 어떻게든 집에서 다녀보도록 하려고 했지만 그게 안 되더라고. 역마살인지 뭔지 어쩔 수 없는 모양이야……. 아무튼 아주 일하기로 계약하고 올라왔어. 그쪽에서는 당장 내일부터라도 일을 해 달라지만 다음 달부터 하기로 했고. …… 내려간 김에 아는 사람 만나 며칠 여기저기 돌아다녔고. 그런데 말씀이야, 시골에 갔다가 핸드폰을 재래식 화장실 뒷독에다 빠뜨렸지 뭐야. 허 참……. 물론 그렇게 됐으

면 전화를 자주 해보고 그런 얘기를 했어야 하는 건데 내가 잘못한 것이지만 누가 이런 일이 생길 거라고 생각이나 했었냐 말이야……."

명기의 이야기는 계속되었는데, 뒤를 돌아보자 여자의 모습은 어디로 갔는지 보이지 낳았다. 텅 빈 거리로, 여자가 돌아 들어갔을 골목쯤에서 왈왈왈 날카롭게 짖어대는 개 소리가 쏟아져 나왔다.

다음날 아홉 시가 좀 넘어서야 집을 나섰다. 전철역에 가려면 어제의 그 포장마차가 있던 자리를 지나야 했다. 무심코 그곳을 지나쳐 나가는데 옆으로 꺾어져 들어가는 골목 입구 담장 밑에 나뒹구는 신발 한 짝이 눈에 들어왔다. 빨간 장미가 새겨진 반투명 끈의 굽 높은 샌들이었다.

36. 이혼을 표절하다

"뭐하는 거야?"

잠깐 무엇인가를 찾기 위해 서재로 들어온 경연이 책상 위에 펼쳐놓은 것을 흘끗 쳐다보고는 물었다. 경연도 나도 출근하지 않는 일요일이었다. 뭐하느냐고 말을 던져놓고 경연은 책장을 뒤적였다. 책장에서 찾을 게 무엇인가. 요리에 관련된 책? 그런 건 없을 텐데 싶었다. 무슨 일인지 경연은 내내 주방에서 움직였었다. 다듬고, 헹구고, 칼질하고, 끓이고……, 그러다가 서재로 들어온 것이었다.

"교정. 출판사에서 교정을 봐달라고 해서."

나는 짧게 말하고 책상에서 눈을 돌리지 않았다. 책상 위에는 교정지가 쌓여 있었다. 지난번에 말했던 대로 장현우가 보내온 것들이었다. 출판사에서는 천천히 해도 된다고 했지만 교정지를 넘겨주기 전까지는 신경 쓰일 것이니 하루라도 빨리 해내는 게 낫다는 생각이었다.

"당신 직업이 뭐야?"

생각지도 않았던 말이 들려왔다. 그제야 고개를 들어 경연을 바라봤다.

"직업?"

"그래. 일반 직장인이야, 소설가야, 출판사 일을 하는 거야?"

뭔가 가시가 박힌 말임에도 그녀는 웃었다.

나도 웃는 게 나을 거 같아 웃었고, 목소리에도 부드럽도록 기름을 쳤다.

"난 또……. 요즈음은 예전과 다르다고. 직업에 대한 경계선도 무너지고, 직종에 대한 인식도 변했어. 사람들의 의식도 달라져서 한 가지 직종에 매달리기 보다는 다양하게 일하고……."

그 때 문자 메시지 수신음이 들려왔다. 확인해보니 윤주에게서 온 것이었다. 간단한 내용이었다.

〈이 메일 열어볼 것.〉

"그러셔요?! 뭔 사설이 또 그렇게 길까. 당신에게 말을 시킨 내가 잘못이지."

웃으며 하는 말이었지만 다분히 빈정대는 투였다. 그래도 그것 때문에 경연은 내 핸드폰의 문자 메시지에는 관심도 보이지 않고 넘어갔다. 차라리 잘된 일이었다.

"그럼 다양성을 확보하며 열심히 일하셔요, 서방님!"

경연은 다시 그렇게 말하고서 서재를 나갔다. 책장을 뒤적였지만 빈손으로 나갔다. 찾던 것을 못 찾은 건지, 아니면 잠깐 들춰보기만 한 것인지 그건 알 수 없었다.

다시 주방에서 믹서 돌리는 소리를 들으며 컴퓨터를 켜고 이 메일을
확인했다.

[시영 씨!

시영 씨가 이 글을 읽을 때쯤 나는 집을 나섰을 거야. 그냥 가려
고 현관에 나서서 신발을 신었다가 아무래도 얘기를 전해야 되겠기
에 되돌아와 급히 몇 줄 적는 거야. 전화를 해서는 안 될 것 같고, 문
자 메시지로 전하기에도 경연 씨가 볼 수도 있다는 생각에서…….

나 지금 경연 씨로부터 초대를 받고 시영 씨 집에 가는 거야. 경
연 씨가 그러잖아. 시영 씨한테 얘기하지 말고 오라고. 갑자기 들이
닥치는 것처럼 해서 시영 씨를 놀라게 하자는 거지. 그 얘기 듣고
가슴 한구석이 켕기더라.

아무튼 경연 씨가 시영 씨한테는 모르게 하라고 했지만 안 알리
고 가면 너무 당황할지도 모른다는 생각에 알리는 거야. 그러니까
내가 들어가면 전혀 몰랐던 것처럼 해야 돼.

내가 배반자인지 모의자인지 모르겠다. 물론 경연 씨에게는 배
반자이겠고, 시영 씨에게는 모의자이겠지만…….

그래. 지금 시영 씨 집으로 가면서 내가 과연 가도 되는 건지, 가
서 어떻게 해야 될지, 어떻게 경연 씨를 보게 될지 모르겠어. 경연
씨 만나는 거 피하고 싶지만 그러기도 어렵고. 아무튼 이것저것 생
각하면 머릿속도 복잡하고 마음도 편치는 않아. 거기 가서 아무 일
도 없는 것처럼 웃고 있을 내 자신을 생각하면 뻔뻔스럽기도 하고.

그러나 오늘은 뻔뻔스러워질 수밖에 없을 것 같아. 내가 생각하
는 것 이상으로 뻔뻔스러워질지도 모르겠어.

이따가 봐.]

벨이 울렸다. 나가서 문 좀 열어 줘. 반가운 손님일 거야. 주방에서 소리치는 경연의 목소리가 들려왔다. 반가운 손님? 나는 모른 척했다. 나가보면 알 거야. 다시 경연의 말이 들려왔다. 현관 쪽으로 나갔다. 인터폰 비디오 창에 윤주의 모습이 보였다. 아니, 어떻게 된 거야?! 당신 알고 있었어? 그런 거야? 필요 이상으로 높게 울리는 내 목소리에 경연은 또 말했다. 왜? 놀랐어? 반가워?! 그 목소리에는 놀림과, 약간의 질투와, 엿봄 따위가 미묘하게 얽혀들었다. 뭐야, 당신?! 나 모르게 둘이서 약속을 한 거야? 나는 시치미를 뗐다.

살미랑이여! 인터폰 비디오 창에서 나를 바라보는 윤주의 저 눈빛을 보며, 그리고 모르는 척 시치미를 떼며, 그 누구에게도 아닌 내 자신에게 간교해지는 나를 보았다. 나는 간교해지기로 했다. 우리는 이미 인터넷을 통해 경연이 모르게 은밀한 모의를 했다. 그 사실을 알 턱이 없는 주방의 저 여자. 프라이팬에 기름 두르고 생선전을 부쳐내며, 어서 와요, 오느라 힘들었지요, 아무 경계심도 없다는 듯 목소리 높여 말하고 웃으며 자신이 한껏 긴장의 끈을 당기고 있을 줄은 모르리라고 생각할 것이다.

살미랑! 이 시점에서 나는 무엇을 이야기할 수가 있는가. 내 자신에게조차 간교해지기로 했다지만 현관문을 열어주자 안개꽃 한 다발을 안고 들어서며 내게 눈을 찡끗해 보이고, 안을 향해 '경연 씨 나 왔어요!' 소리치는 윤주를 보며 참으로 묘한 기분이지 않을 수가 없었다. 결코 아니라고 하지만, 그런 것과는 전혀 다르다고 생각하지만, 어쩌다가 보게 되는 유선방송의 '스캔들'이나 그 비슷한 프로그램들에서 다루는 치정에 얽힌 저 통속적인 이야기, 그래서 서로를 속이고 나중에는 머리채를 잡으며 벌이는 시앗 싸움 같은 것이 남의 이야기만이 아니라는 게, 결국 우리도 별수 없는 그런 부류가 아니겠냐는 생각이 들었던 것이다.

"안개꽃을 이렇게나 많이?! 꽃 속에 묻히겠네요. 나 주려고 사온 거죠? 아니면 시영 씨?!"

"내가 시영 씨를 왜 줘요. 당연히 경연 씨를 주려고 사왔지요. 오는 길에 꽃집에 들렀는데 다른 꽃들보다 이 안개꽃이 좋더라고요. 너무 내 취향만 생각했나요?"

"아니에요. 나도 안개꽃 좋아해요. 내내 시계를 쳐다보며 윤주 씨 기다렸죠. 시영 씨는 아마 몰랐을 거예요. 좀 둔한 데도 있어요. 내가 계속 주방에서 덜그럭거리고 있는데 내다보지도 않고 뭘 하느냐고 묻지도 않더라고요."

"남자들 다 그렇지요. 우리 신랑은 주방을 들여다보기는커녕 아무리 배가 고파도 자기 손으로는 라면도 안 끓여먹는 사람이에요. 어디 놀러 가면 밥은 물론이고 찌개에다 못하는 게 없으면서 말이에요. 남자들 그러는 거 이해되지도 않고 이해하고 싶지도 않더라. 권위의식인지도 모르지만 권위의식을 세울 데가 따로 있고, 그런 경우는 권위의식을 내릴 때 오히려 세워진다는 것을 모르는 거죠. 호호. 그런데 내가 온다고 이 음식들을 다 한 거어예요?"

"오랜만에 초대해놓고 손가락만 빨고 있을 순 없잖아요,"

"내가 손님인가 뭐?!"

"그럼, 귀한 손님이지 않으면요."

"친구잖아요. 우리 둘이서 친구하기로 안 했어요? 시영 씨 빼놓고 우리 둘이 친구인 거죠. 남자들은 모르는, 여자끼리만 통하는 것도 있잖아요."

"그래, 맞다. 시영 씨는 제쳐놓읍시다, 뭐. 그런데 이거 간이 맞을지 모르겠어요."

"음, 맞아요. 너무 맛있어요. 이거 다 먹으면, 아휴! 돼지처럼 굴러가겠다. 그래도 참을 수 없는 이 식욕! 실컷 먹고 내일부터 다이어트를 해야 할까 봐요."

"아휴! 그 몸매에 무슨 다이어트를 한다고!"

적어도 두 여자는 화기애애해 보였다. 서로 호흡을 맞춰가며 의기투합하기도 했다. 웃음소리가 들리고 음식 냄새가 번지고, 콩콩콩 왔다 갔다 하는 소리도 들렸다.

창밖이 훤하다, 살미랑. 나는 서재로 들어와 두 여자의 목소리들을 들으며 창밖을 내다보았다. 일부러 두 여자만 남겨둔 것이기도 하고, 그 무엇인가로부터 피한 것이기도 했다. 창밖으로 맞은편 건물이 보였다. 옥상에 내걸린 빨래들이 깃발처럼 펄럭댄다. 그 위로 새 두 마리가 휙 날아가기도 했다.

나는 아무런 생각도 하지 않기로 한다. 그저 내걸린 빨래들을 보고, 두 마리 새가 날아간 허공을 본다. 무슨 새였을까? 어디로 날아간 것일까? 나는 내 생각들을 그렇게 쓸데없는 것들로 이끌었다. 맞은편 건물 3층에는 얼마 전에 이삿짐이 들어가는 것을 보았었는데, 젊은 부부가 사는 모양이다. 내걸린 빨래에서 그걸 읽어낼 수가 있었다, 그러나, 살미랑이여. 정작 나는 내 속은 읽어내지 못하는 것 아닌가. 깃발처럼 펄럭대는 빨래에서 젊은 부부가 산다는 것을 읽어내면서 지금의 실타래처럼 얽힌, 그러면서도 또한 휑하게 빈 것 같은 내 속은 조금도 읽어내지 못하는 것이다.

노크 소리가 들리고 문이 열리더니 윤주가 문턱의 경계선을 넘지 않은 채 큰 소리로 말했다.

"어부인께서 식사를 하시라는뎁쇼."

그러고는 한쪽 눈을 찡긋해 보이더니 얼른 작은 소리로 말했다.

"내가 너무 뻔뻔하지? 오늘만 내가 뻔뻔하기로 했어. 알았지?!"

일견 아무렇지도 않고 어쩌면 당연하기도 한 그 말이 이상하게도 마음에 턱 걸리는 기분이었지만 되물을 수는 없었다.

"얼른 와서 식사하셔요! 손님도 시장하시니까!"

윤주는 다시 큰 소리로 그렇게 말하더니 돌아섰다. 또 한 번 찡긋했던 그녀의 눈짓은 잔상으로 남았다.

공교롭게도 옆집 여자가 찾아왔다. 식사가 끝난 지도 한참 지났고, 거실에서 과일을 깨물며 이야기를 나누고 있을 때였다.

요 며칠 옆집 여자는 죽상이었고, 그 얼굴로 경연을 찾곤 했다. 늦둥이 아들이 속을 좀 썩이는 모양인데 학원 폭력으로 경찰서 출입을 하게 되면서 도움을 청하는 것이었다.

옆집 여자는 들어오지도 않은 채 현관에 서서 내게는 그저 고개만 한 번 까딱해 보이고는 경연과 이야기를 나눴다. 그러다가도 안 되겠던지 무엇인가를 사정하는 듯했고, 경연은 잠시 망설이더니 돌아서서 방에 들어가 외투를 걸치고 나와 잠깐 옆집에 좀 다녀오겠노라고 하고는 현관을 나섰다.

거실에 둘만 남겨지게 되자 윤주가 나를 빤히 쳐다보았다. 그러다가 이미 식어버린 커피 잔을 들어 단숨에 비워냈다.

"웬 커피를 그렇게 마셔? 커피 좋아하지 않잖아."

벌써 몇 잔째 마시는 것을 보았는데, 그냥 지나쳐지지가 않았다.

윤주는 얼핏 눈을 흘겼다.

"마실 만하니까 마시지."

"왜?"

"묻지 마."

그러더니 그녀는 잠시 사이를 두었다가 일어서서 다시 나를 빤히 쳐다보았다.

"시영 씨! ……. 나를 좀 안아 줄래?"

그 말에 나도 그녀를 빤히 쳐다보았다. 허공에서 잠시 시선이 얽혔다. 그 얽히는 시선 한 가닥을 잡고 일어섰다. 그러고는 한 발 그녀에게 다가서서 끌어안았다. 솜사탕 뭉치처럼 부드럽게 윤주의 몸이 내 가슴으로 안겨들었다. 다시 그녀의 입술을 빨았다. 방금 마신 커피 향내가 났다. 다시 더 깊이 흡입해 들이려 하자 윤주가 고개를 돌렸다. 그 고개를 돌려 세우려 하자 윤주가 말했다.

"안 돼."

거의 단호했다. 나는 더 이상의 진행을 멈추고 그녀를 빤히 바라보았다.

그녀가 다시 입을 열었다.

"그냥 이대로 안고만 있어. 아무런 말도 하지 말고."

나는 말 잘 듣는 어린 아이처럼 그녀를 안고만 있었다. 그녀의 심장이 뛰는 게 느껴졌다. 그리고 그와 함께 갑자기 모든 게 조용해졌다.

그렇게 얼마가 지났을까? 그녀가 다시 입을 열었다. 억양 없이 똑 고른 음성이었고, 목덜미쯤에서는 화장 분 냄새가 났다.

"내가 시영 씨에게 안아 달라고 하고 이렇게 가만히 안겨 있는 것은 시영 씨에게 여러 가지를 말하고 있는 거야. ……. 내가 말하는 그 여러 가지들. ……. 그것들을 꼭 말로 할 필요는 없겠지. 내가 굳이 말하지 않아도 알 수 있겠지?! 내가 지금 겉으로는 웃지만 그렇지 않다는 거……. 내가 내게 느껴야 되는 그 무엇……. 그리고 또 하나……. 또 하나……. 내가 이혼을 했다는 것도 내가 말하고 싶은 것들 중 하나야.”

“이혼이라니, 그게 무슨 말이야?”

너무도 갑작스럽게, 그러면서도 너무 아무렇지도 않게, 전혀 그런 이야기를 할 상황이 아닌데도 흘러나온 그 말에 나는 그저 어리둥절했고, 잘못 들은 게 아닌가 했다.

그러나 윤주는 태연하게 다시 말했다. 입가에는 쓴웃음까지 물렸다.

“나, 이혼했어. 며칠 됐어.”

“뭐라고? 그게 사실이야?”

“왜, 안 믿어져?”

“어쩌면 그럴 수가…….”

말이 나오지 않았다.

“이미 오래전에 끝났는데 괜히 서류상의 혼인관계만 유지하고 있을 필요는 없잖아.”

“아니, 내 얘기는, 그러니까, 그게 아니라, 그랬으면서도 왜 그동안 아무 얘기도 없었느냐고. 그리고 하필 오늘 이런 자리서 얘기할 건 또 뭐야?”

“괜히 떠벌이기 싫었어. 그렇다고 시영 씨한테 언제까지고 얘기를 안 할 수도 없고. 그리고 그런 이야기를 할 자리가 따로 있는 것도 아니잖아.”

“그래도 그렇지. 세상에…….”

“시영 씨. 내가 지금 이 자리서 그 이야기를 하는 이유 중 하나는 그냥 간단하게 이야기를 끝내고 싶은 것도 있어. 다른 이야기도 아니고 이혼 이야긴데 이러고저러고 길게 하고 싶지도 않고, 뭐라고 하는 소리를 듣고 싶지도 않아. 그냥 명백한 거야. 그동안 이것저것 알아보고 서류 꾸미느라 좀 바쁘게 돌아다녔고, 위자료 조금 더 받아내려고 신경 좀 썼고, 법원에 가 이혼판결 받았고, 주민센터에 가 이혼서류 제출해 신고를 했고, 서류상의 모든 정리가 끝난 것도 확인했고, 그게 끝이야. 그러면 된 거 아니야?"

"나아 참. 그래서 지금 나한테 통보하는 거야?"

"말했잖아. 그런 이야기 복잡하게 하기 싫다고. 본래는 돌아갈 때 그냥 한 마디만 하려고 했었는데 경연 씨가 자리를 비우게 되는 바람에……"

그 때 경연이 돌아오는 소리가 들렸다.

"나 이혼했다는 이야기 경연 씨한테는 하지 마. 알았지?!"

윤주가 재빠르게 말했다. 그리고 자신의 자리로 돌아가 앉으며 얼굴 표정을 바꿨다.

"옆집 아주머니가 그런 일은 전혀 모르다가 당해서 그런지 겁을 잔뜩 먹는 바람에……."

경연이 들어오며 말했고, 윤주도 그 말을 받았다.

"일반 사람들이야 경찰서 오가는 일이라면 당연히 겁을 먹죠. 시영 씨한테 얘기 들었어요."

나는 그저 흘끔 윤주의 얼굴을 살폈다. 한동안 윤주가 외출이 잦고 무엇인가 분주히 움직였던 것이 그래서였구나 싶었다.

37. 해 그림자

공원 나뭇가지에 바람이 연 꼬리처럼 걸려 쌕쌕 울었다. 삼월도 중순이지만 바람은 차가웠다. 저녁이 가까워지면서 더욱 차가워졌다.

벤치에 앉아 담배를 피웠다. 찬바람에 손이 곱는 느낌이었지만 벌써 여러 개비를 피웠다. 윤주가 이혼을 했다는 사실이 머릿속에서 떠나지 않았다. 그러나 그 사실만 머릿속에서 떠나지 않을 뿐 도리어 텅 빈 느낌이었다. 작동이 멈추어버린 것처럼 아무것도 생각할 수가 없었고, 내 자신에게조차 아무런 말도 할 수가 없었다.

다시 담배를 피우려 했지만 주머니에서 끄집어 나온 것은 빈 담뱃갑이었다. 그것을 구겨 쓰레기통에 던져 넣고 공원슈퍼로 갔다. 요 며칠 공원슈퍼의 부부는 조용했다.

안으로 들어서서 담배를 사려는데 여자 하나가 물건들을 사고는 계산을 하는 중이었다. 여자의 품에는 줄에 묶여진 강아지가 안겨졌다. 계산이 끝나기를 기다리는데 왠지 여자가 어디선가 본 것 같은 느낌이었다. 여자와 눈이 마주쳤다. 스치는 듯하던 여자의 시선이 다시 내게 멈춰지고 고개가 갸웃 기울어졌다. 여자도 내가 눈에 익는 모양이었다.

어디서 보았더라. 잠깐 기억을 뒤져보았지만 떠오르지 않았다. 동네 사람이니 오며 가며 보았던 것이겠지. 그렇게 생각하고 말았다.

여자가 계산을 끝내고 슈퍼를 나섰다. 그리고 밖으로 나가 돌아서면서 다시금 나를 한 번 흘끗 쳐다보았다.

나는 담배를 샀다. 계산을 하고 담뱃갑을 주머니에 찔러 넣고서 슈퍼를 나서서 다시 공원으로 행했다.

방금 전의 여자는 개를 내려놓고는 줄을 잡고서 길을 건너 공원 위쪽으로 걸어갔다, 개를 데리고 산책을 나온 모습이었다. 그런데 어디서 보았더라…….

갑자기 기억의 창이 열렸다. 그래, 그 여자, 포장마차. 장미 그림이 새겨진 반투명 끈의 샌들을 신었던 바로 그 여자였다. 다음날 전철을 타기 위해 가면서 보았을 때 그 샌들 한 짝은 골목 어귀 구석에 굴러다녔었다.

여자는 더 이상 뒤를 돌아보지 않은 채 위쪽으로 점점 멀어져갔다. 기우는 햇빛을 받으며 걷기 때문에 그 뒷모습이 실루엣으로 남았다.

벤치에 앉아 다시 담배를 피워 물었다. 나뭇가지에 걸린 저녁 바람이 쌕쌕 울었다. 주머니에서 핸드폰이 만져졌다. 지금쯤 윤주는 거의 집에 당도하고 있을 거라는 생각이 들었다. 그러나 나는 윤주에게 전화하지 않았다.

"왜 그런 눈으로 봐?"

윤주가 말했다. 그녀는 거울 앞에서 머리를 빗었다. 나무빗이 좋대. 그렇게도 말했다. 빗살을 손톱 끝으로 긁자 맑은 소리가 났다.

"괜찮아?"

나는 물었다. 좀 엉뚱하지만, 그러면서 우리의 시간은 절대적으로 봐도 영원하지 않을 거라는 생각을 했다. 우리의 아니, 그녀의 어떤 상태가 적어도 꽤 오랫동안 지속될 거라고 생각했었다. 그녀의 남편과의 별거 상태 말이다. 그런데 얼마 가지 않아 변하게 됐고, 이제 전혀 다른 상태에 놓인 것이다.

"뭐가?"

"내가 묻는 말이 뭔지 몰라?"

"괜찮아. 보면서도 꼭 그렇게 묻고 대답을 해야 돼? 그리고 안 괜찮으면 내가 뭘 어쩌겠어."

윤주는 다시 두어 번 더 빗질을 하고 나서 반달 모양의 그 나무 빗을 화장대 위에 던지듯 내려놓았다.

잠시 베란다를 내다보았다. 바깥 창문이 열려진 채 텅 빈 모습이었다. 한쪽의 키가 제법 큰 사철나무 화분은 물을 주지 않아서인지 시들하고 더러 잎이 말라가기도 했다. 보름쯤 전인가 했던 윤주의 이야기가 떠올랐다. 며칠에 걸쳐 조그만 새 한 마리가 베란다 창틀에 날아와 앉아서 안을 들여다보며 고갯짓을 하기도 하고 한참씩 머물다 가곤 하더란다. 해서 놈을 불러들일 양으로 바깥 창문을 열어놓고 사철나무 화분까지 옮겨다놓았지만 한 번도 들어오지 않을 뿐만 아니라 더 이상 날아오지도 않더라고 했다. 사람이나 짐승이나 그런 하찮은 동물이나 다 똑같애. 문 닫혔을 땐 들어오려 하고 그러다가도 막상 들어오라고 열어놓으면 언제 그랬냐 싶게 날아가 버리고. 나쁜 놈들이야. 윤주는 한 마디 더 못을 박았다. 그 이야기에 내가 그 새를 대변해 말해주었다. 지난번에는 비둘기더니 이번에는 조그만 새이군. 이 집은 주로 새들이 염탐을 하나봐. 하지만 그 새가 들어올 마음이 있어서 날아와 기웃거렸는지 아니면 그냥 기웃거렸는지는 알 수 없는 일이잖아. 그러자 윤주가 내뱉은 말. 들어올 마음도 없이 그냥 기웃거렸다면 더 나쁜 놈이게?!

"참……. 생각할수록 어이없기도 하고 그렇다. 어떻게 그런 일이 있으면서도 말 한 마디 하지 않을 수가 있는 것이고, 또 얘기한다는 것도 그렇게 할 수가 있어?"

"그 이야기 그만하라고 했지?! 자꾸 이야기를 꺼내면 화를 내게 될지도 몰라. 그리고 다른 뜻 없이 내가 얘기한 그대로야. 자랑거리도 아닌데 그런 일 떠벌이기도 싫었고, 이러니저러니 하는 이야기 듣고 싶지 않아서 그렇게 얘기한 것뿐이야. 그런 이야기 괜히 길게 해봐야 하는 사람도 듣는 사람도 즐겁지 않은 건 사실이잖아. 그리고 정작 고통스러운 건 당사자인 나이고. 그래서라도 그냥 간단하게 이야기하고는 접어두고 싶어."

"간단하게?"

"시영 씨, 더 이상 이야기하지 말자. 그것에 대해서는."

윤주가 다시 나를 빤히 쳐다보았다. 그러더니 화장대 서랍을 열어 보석함을 꺼내더니 여러 개의 목걸이를 차례로 목에 걸고 거울에 비춰보았다. 문득 그 얼굴에는 질식할 것 같은 무표정이 떠올랐다.

"그래. 더 이상 그 얘기는 않겠지만 말이야, 정말 괜찮은 것인지……."

"왜? 마음 안 놓여?"

무표정을 걷어내며 그녀가 히죽 웃었다.

"마음이 안 놓인다기보다도……."

"걱정하지 마. 달라질 건 아무것도 없으니까. 그래, 좀 그렇긴 하더라……. 내 남편이었던 그 남자가 얼마 전에 자기 짐을 빼가려고 친구 하나를 데리고 왔었어. 그 친구 외국에 나갔다가 들어오는 바람에 그동안의 우리 사정은 모르고 있었어. 외국 지사에 근무 나가기 전까지만 해도 우리 집에 자주 놀러왔었고, 서로 가깝게 지냈었지. 그런데 그저 짐을 좀 옮겨가자는 말에 별다른 생각 없이 왔었던 모양이야. 그런데 막상 와서 보니 뭔가 분위기도 이상하고 빼가는 짐도 이상하거든……?! 나중에야 눈치를 채고 자기는 그런 일인 줄 몰랐다고, 어찌 그럴 수 있느냐고, 그런 일은 못하겠다고 그냥 다 놔두고 가버리더라고. 황당했겠지. 그리고 그 사람이 빼 갈 짐도 없는데 왜 하필 그 친구를 데려왔었는지는 나도 이해가 안 가. 그렇지만 말이야, 그 친구가 황당해하며 그냥 가버렸다고 해도 말이야, 결국은 그 사람의 친구이고, 그 사람이 새로 마련하는 집에 집들이 초대를 받아 갈 때면 세제니 뭐니 한 아름 사들고 가리라는 것을 나는 알아. 그전에 나와 그 사람이 함께 살면서 집들이 초대를 받아 왔을 때처럼."

베란다 바깥 창문은 여전히 열려 있고, 그럼에도 저 멀리 허공은 텅 빈 채 그 조그만 새가 날아올 조짐은 보이지 않았다. 들어올 마음도 없이 그냥 안을 기웃거렸다면 놈은 정말 더 나쁜 놈이었을 것이다.

"그런 일이 있었는데도 괜찮았다는 거야? 아니, 어쩌면 그렇게 꼭 남의 이야기처럼 할 수가 있는 거지?"

"그럼 어떻게 이야기해야 되는 건데? 어째야 되는 건데?"

"글쎄……."

"막 울까? 두 눈이 퉁퉁 붓도록 울면서 오빠 언니들한테 전화하고, 시영 씨한테 어떻게 좀 해달라고, 내 곁에 있어달라고 매달릴까? …….

시영 씨! 나 생각보다 독한 여자야. 내가 시영 씨한테 들켜서 하는 얘기지만 우는 것도 지난번에 강릉에 갔다가 그냥 되돌아온 날 울었던 거 한 번으로 끝이야. 운다고 뭐가 어떻게 되는 것도 아니잖아. 그리고 거듭 말하지만 달라진 건 아무것도 없어. 가족부가, 주민등록이 정리되었다는 것 외엔. 그리고 앞으로는 경제적인 것도 나 혼자 살아갈 궁리를 해야 된다는 것 외엔……."

붉은색 루비가 박힌 목걸이를 선택해 목에 건 윤주는 보석함을 닫아 서랍에 넣고는 일어나 다시금 전신 거울에 자신의 모습을 비춰보았다. 그리고는 돌아서서 물었다.

"나 예뻐? 그런대로 봐줄만해?"

천진한 얼굴이 거기 있었다. 내가 그저 웃음으로 답하자 그녀가 외투를 꺼내 걸치며 말했다.

"자, 나가자. 오늘은 아주 근사한 저녁을 먹고 싶어!"

그리고서 나보다도 먼저 돌아서서 현관 쪽으로 나서는 것이었다. 그때 나는 보았다. 천진한 얼굴이었던 그녀가 문득 뒷모습을 오소소 떨고 자칫 발걸음이 헛놓이려 했던 것을.

베란다 바깥 창은 열어둔 채였다. 들어올 마음도 없이 그냥 기웃거리기만 했던 그 조그만 새는 그래도 날아오지 않을 것이다.

살미랑이여!

나는 기억한다. 한 시간 전쯤 헤어져 돌아서던 윤주의 그 공허했던 뒷모습을. 서로가 각자의 집으로 돌아가기 위해 헤어져 등을 지고 걸어갔다. 그렇게 몇 발짝 걷지 않아서 나는 걸음을 멈추고 뒤돌아보았다. 천천히 규칙적으로 걸음을 옮겨놓는 윤주의 뒷모습. 무심코 돌아

본 것이었는데 나는 그녀의 등에서 시선을 떼지도, 다시 고개를 돌리지도 못했다. 불빛이 밝혀진 도시의 거리. 그 번들거리는 불빛 속으로 그녀는 점점 멀어져갔고, 나는 그녀가 보이지 않을 때까지 지켜보았다. 그리고 나는 예감했다. 다른 어느 날의 모습들보다도 그 모습이 내 기억 속에 아주 오래 남으리라는 것을.

왜 하필 그 모습이 기억에 오래 남으리라는 생각이 드는 것일까? 이제는 모든 감정이 사라지고 다만 표백된 그림으로만 남았지만 명애란에 대한 기억도 그랬었다. 싱크대 서랍 속에 담배를 숨겨두고 몰래 피우곤 한다던 그 말이 오래도록 남았었다. 그 명애란을 생각하면 언제나 숨이 막히곤 했었다. 물론 보이지 않는 원망도 함께였었다. 그런데 이제 윤주를 생각하면 목이 꺾어질 것만 같다. 생각할 때마다 목이 꺾어지고 또 꺾어질 것만 같다.

그래서였을까? 나는 내려가려던 지하도로 내려가지 못했다. 지하도 입구를 지나쳐 발걸음을 옮겼다. 어디로 가야 된다는 목적을 버리고, 나의 그 무엇인가를 버리고 그냥 좀 걸어야 될 것 같았다. 낯모르는 사람들과 어깨를 부딪치기도 하고 더러는 훅 끼쳐오는 땀 냄새를 맡기도 하면서.

불빛을 받아 사람들의 얼굴이 번들거린다. 수없이 나열된 상가의 간판들 밑을 사람들이 흘러가고, 그들의 머리 위로 치솟은 빌딩의 옥상 거대한 광고탑의 전광판은 또한 끊임없이 번쩍거린다. 그 전광판에 아리따운 여자가 나와 활짝 웃으며 드링크제를 내민다. '활력충전' 이란 글자가 입체기법으로 크게 확대되어 쏟아지고, 교통사고 사망자 수도 쏟아지더니 다시 용산 참사의 시위대 모습이 비치기도 한다. 저들은 검은 상복을 입고서 영정 사진을 들고 나와 눈물을 훔친다. 그 전광판의 수십 미터 아래서 젊은 남녀는 서로 허리를 휘감고 히히덕거리며 지나간다. 그 전광판이 떨어져 저들의 머리를, 어쩌면 내 머리통을 찍어버릴지도 모른다는 생각을 한다. 살미랑이여. 우리는 어느 것도 장담할 수 없다. 아직 그리 많은 세월을 살아온 것은 아니지만, 살면서 배워온 것들이 바로 그런 것들이지 않은 않은가. 안전점검까지 받고 견고하게 서 있는, 나와는 아무 상관도 없는 저 광고판이 어느 날 뚝 떨어져 마침 그 밑을 지나가는 내 머리통을 찍어버릴지 알 수 없는 것이다.

잠깐……

거리의 소음 속에서 전화벨이 울린다. 주머니에서 핸드폰을 꺼내보니 명기였다. 그가 새로 구했다는 일자리를 찾아 부산으로 내려간 지도 벌써 한참 됐다.

"해운대에 나왔어. 바닷바람 좀 쏘이려고 말이야."

그가 말했다. 그는 왜 집에 붙어있지 못하고 그렇게 떠돌아야만 하는 것일까?

"그래? 좀 한가한 모양이지?"

그렇게 말하면서 어쩌면 그의 그것을 만류해서는 안 될 것 같다는 생각을 한다. 왜 그런 생각이 드는 것일까. 모든 것들은 다 그 사람에게 필요해서 그러는 것일 게다. 때문에 그것을 막는다는 것은 곧 숨통을 조이는 것에 다름 아닐 것이다.

"일 끝내고 지금 나온 거야."

"그쪽은 좀 할 만한가?"

"일이야 어디나 마찬가지지 뭐."

"그래. 이왕 간 거 편하게 생각해야지."

"그래야 되겠지 뭐. 규선이한테는 무슨 소식 좀 있나?"

"다음 주쯤에 대전에 한 번 가봐야 되겠는데. 일도 있고, 규선이 와이프도 한 번 들여다봐야 될 거 같고……. 규선이가 제 와이프 간호하면서 하빈에 왔다 갔다 하며 한과공장 일까지 하자니 그것도 벅찬 모양이야. 사실 한과공장 일만도 쉬운 건 아니잖아."

"규선이도 그렇다. 간병인을 쓰면서 뭐가 그리 마음이 안 놓여서 그러는 것인지. 그거 간병인한테도 못할 짓인 거야. 그렇잖아. 간병인을 쓰면서 정작 할 일은 제가 다 하니 간병인이 얼마나 난처하겠어. 돈을 받기도 그럴 테고."

간병인을 쓰면서도 규선이가 제 와이프 곁을 떠나지 않은 채 지키고 손수 병수발을 드는 것을 두고 하는 말이었다. 그러니까 간병인은 그가 잠시 자리를 비울 때나 하빈읍의 한과공장 등의 일들을 보러 다닐 때만 손을 좀 빌리는 것뿐이었다.

"그냥 놔둬라. 자신이 지켜주고 싶어서 그러는 걸."

"어쨌든 규선이 와이프, 병의 진행이 생각 외로 빠른 모양이던데, 그거 참……."

"글쎄……."

"우리끼리 얘기지만 규선이를 위해서도 그렇고 본인을 위해서도 그렇고……."

"그런 소리 하지 마. 규선이는 전혀 그렇지 않은 모양인데."

"글쎄, 그게 참……."

얼마쯤 이야기를 더 주고받다가 전화를 끊었다.

그렇다, 살미랑이여! 우리는 규선이의 그 어떤 부분을 이야기할 수도 없고, 우리 임의로 재단해서는 안 될 것 같다. 명기도 막상 그런 이야기를 꺼내기는 했지만 곧 내 말에 수긍했다.

이제 나는 집으로 돌아가야 한다. 번들거리는 도시의 불빛을 뚫고, 꽤 시간이 흘렀음에도 뒤돌아서서 멀어지던 윤주의 모습은 영 지워지지 않았다. 윤주의 그 모습은 내 기억 속에 오래 남을 것이 분명했다. 그리고 그것을 생각할 때마다 목이 꺾일 것이고.

살미랑이여!

지금 이 도시, 이 거리에는 바람이 없다. 바람이, 없다. 바람이 사라진 도시, 바람이 사라진 거리. 나는 거기 어디서 길을 잃은 듯 멍하니 서 있다.

38. 시간에 푸른 이끼가 피면

창밖에 햇빛이 가득 머물렀다. 규선의 아내 용순은 그 창으로부터 시선을 거둬들이지 못했다. 파리한 얼굴 위로 잡힐 듯 말 듯 희미한 미소가 지나갔다.

"덕분에 대전 자주 옵니다. 콧구멍에 바람도 넣고."

나는 농담했다. 규선은 잠시 밖에 나갔다.

"그러게요. 더 멀었으면 더 먼 여행이 됐을 텐데요."

그녀도 애써 농담했다.

"얼굴이 참 좋아 보여요."

"뭘요. 내가 여러 사람 고생만 시키죠."

"그런 말은 말고요. 규선이 마음도 생각해 줘야죠."

"그래야 되는데 그게 잘 안 돼요. 부탁 하나 해도 될까요?"

"부탁요? 뭔데요?"

"부탁이라기보다도……. 이따가 우리 규선 씨 좀 데리고 나가서 바람도 쐬게 해주고, 입에 맞는 음식도 좀 먹게 해줘요. 그가 본래 호방한 기질이 있는 사람이잖아요. 그런데 나 때문에 그런 거 저런 거 다 죽이고 저러고 있는 걸 보면 마음이 아파요. 며칠 어디 여행이라도 다녀오라고 해도 그러지도 않고……."

그러면서 그녀는 다시 희미한 미소를 지었다.

"무슨 말인지 알겠지만 너무 걱정하지 맙시다. 건강한 사람이야 아무러면 어떻습니까. 안 그래요?"

나는 일부러 강한 톤으로 말했다.

햇빛이 가득한 창 너머 하늘은 구름도 없이 멀었다. 젖혀진 쑥빛깔 단색 커튼은 다소 칙칙해 보였는데 거기 중간쯤에 누군가가 종이 나비 한 마리를 매달아놓았다. 어쩌면 나비는 거기 붙어서 날아오르기를 꿈꾸는 것인가? 아니면 날아오르고자 하는 꿈을 거기 그렇게 매달아놓은 것인가?

"내 모습이 흉하지 않아요?"

그녀가 짐짓 장난스런 표정으로 민둥 머리를 문지르며 말했다.

"무슨 말을 그렇게 해요, 용선 씨. 우리는 그보다 더한 것을 보여도 괜찮은 거 아닌가요? 나는 그렇게 생각하는데."

"그래도 난 여자잖아요. 살면서 우리 규선 씨는 물론 규선 씨 친구분들께 이런 모습 보이게 될 줄은 생각지도 못했어요. 언제나 우아한 여자이고 싶었는데. 우아한 여자, 내가 너무 오버했나요?"

그러면서 좀 더 소리 내어 웃었다. 그 웃음소리가 창유리에 부딪쳐 쏟아졌다.

"그 웃음소리가 좋네."

저편에서 아주머니 하나가 심심했던지 말을 건네 왔다.

병실 분위기는 그런대로 좋은 편이었다. 병실을 같이 쓰는 다른 사람들도 한두 번씩 보아온 터라 나에게도 낯이 익었는데, 거의 가족 같은 분위기였다. 하루 이틀도 아니고 오래 같이 지내고 눈 뜨면 보는데 한 식구나 다름없지 뭐. 딸 때문에 병실을 지키는 그 뚱뚱한 아주머니가 말했다. 성격도 걸걸하고 입담도 좋아서 병실 분위기를 이끌어나가다시피 했다. 가끔씩 남의 일에 너무 참견을 해서 그게 좀 탈이라고 용순은 지난번에도 그 아주머니가 자리를 비운 틈을 타 말했었다.

"그 집 신랑 친구도 집에서 안 사람을 끔찍하게 위해주지요? 친구를 보면 안다고 안 봐도 알 것 같구먼."

잠시 잠잠하던 뚱보 아줌마로부터 그 말이 건너왔다. 갑작스런 그 말이 무슨 뜻인 줄 몰라 양쪽을 번갈아 쳐다보자 다시 말이 이어졌다.

"내가 쭈욱 지켜봐왔는데 그 집 신랑 같은 사람도 없더라 그 말 아니우. 어찌나 자기 각시를 끔찍하게 위해주는지, 요즘 애들 말로다 내가 감동 먹었다니까. 그러니까 그 집 신랑 친구도 그럴 것이 아니겠느냐 그 말이라우."

"아, 예에……! 하지만 저는 그러지 못해요."

대꾸를 않을 수 없어서 그렇게 말했다.

"내가 그 집한테 누차 말했지만 어디 가서 그런 신랑 만나겠수. 복이 터진 거지."

"아주머니도……. 그래도 그전에는 속 좀 썩었어요."

용순의 그런 대꾸가 돌아가자 아주머니가 다시 말했다.

"속을 썩어 봤자 얼마나 썩었겠어. 근본이 괜찮은 사람은 큰 속도 못

썩혀. 그리고 다른 남자들은 너 없으면 못산다고 하다가도 막상 각시
가 앓아누우면 딴 짓거리 하고 돌아다니는데 그 집 신랑은 그 반대잖
아. 아픈 각시 떨어지지 않고 옆에 붙어서 지켜주는 남자 거의 없어.”

뚱보 아주머니는 그렇게 한참 이야기를 늘어놓다가 밖에 나갔던 규
선이가 들어오자 그치고는 티브이 볼륨을 높였다. 벽에 걸린 커다란
티브이는 연속극 재방송 중이었다.

규선은 몸피가 줄었지만 얼굴은 평온해보였다.

그림에는 젬병인 아내가 그림을 그려.

규선은 말했다. 병원을 나서자 그의 얼굴은 훨씬 까칠해 보였다. 군
데군데 버짐이 피고 허옇게 마른 세포들이 일어섰다. 이상했다. 같은
실내인데도 그의 얼굴이 달라 보인다는 것은.

그림과는 전혀 관계가 없는 여자야. 도무지 원근법도 모르고 공간
지각이 잘 안 되는 거지. 운전은 기가 막히게 잘해서 용달차를 몰고 일
다 보고 다니면서도 어느 구획된 공간에다의 주차는 영 서툴러서 범퍼
를 긁히고 깨먹기 일쑤인 그런 거. 학교 다닐 때 가장 싫어했던 과목이
미술이었다지?! 남들은 각 부분의 비율을 계산하고 빛의 입사각을 가
늠해가며 석고상을 잘도 옮겨 그리는데 도무지 그 계산이 이뤄지지 않
아 전체적인 구도나 조화가 깨져버린다는 거야. 그런데도 어느 날 부
터인가 그림을 그리기 시작했다는 거 아니겠어.

바깥으로 훤하게 차도가 내다보이는 음식점이었다. 손님들이 없는
한가한 시간이었고, 그래서 빈 좌식 테이블들이 잘 닦여진 채 질서 있
게 배열된 공간은 편안했다. 그림에는 젬병이면서도 그림을 그린다는
여자가 했던 말이 다시 떠올랐다. 우리 규선 씨 좀 데리고 나가 바람도

쐬게 해주고 뭐라도 좀 먹게 해줘요.

규선은 손바닥을 쫙 펼쳐 얼굴을 쓱쓱 문질러댔다. 허옇게 말라 죽은 세포들이 버석버석 그대로 쏟아지는 것 같았다.

그러니까 그 그림이라는 것이 지극히 평면적이고 초등학생 수준 정도밖엔 안 되는 거지. 또한 크레파스로 그리는 것이고. 같은 병동에 아이들 환자들이 있는데 그 아이들이 그림을 그리는 것을 보고 따라서 그리기 시작한 거야. 그렇게 시작한 것이 이제는 거의 매일 그리는 것이라고. 주로 그리는 것은 사람의 모습인데, 가족들이 그 대상이고, 같은 병실 사람들, 간호사, 의사들을 그려. 남발하듯 그려서 건네주는, 어찌 보면 유치하기 짝이 없는 그 행동들…….

바깥의 도로는 약간 오르막이었다. 그 오르막을 오르는 차량들의 엔진에 부하가 걸리는 소리가 들렸다. 가끔씩 기어를 변속해 넣으면서 불완전 연소된 배기가스를 쿨럭쿨럭 쏟아내는 것도 보였다. 그 배기가스 탓일까? 인도를 걷는 사람들은 고개를 돌리기도 하고 펼친 손바닥으로 부채질을 하기도 했다. 하지만 그 오르막길이 반대편 차선을 달리는 차량들에겐 내리막길일 터였다. 그래서인지 가끔 브레이크 마찰음 같은 것이 들리기도 했다.

그런데 말이야. 와이프가 그 유치한 그림을 그리는 것을 보게 되면 섬뜩하거나 머릿속이 백색 광선으로 가득 차는 것 같을 때가 있어. 저 여자가 무엇인가를 남겨놓으려고 저러나 싶어서 말이야. 자신의 죽음을 예견하고서 그러는 것이 아니겠느냐는 얘기지. 글쎄, 아직 때가 아닌 것 같은데 저 여자는 그만 손을 놓을 준비를 하는 것 같기도 하고…….

규선은 안색을 흐렸다. 백내장 덮인 눈으로 바라보는 것처럼 갑자기 실내도 흐려졌다. 밖은 여전히 밝은데 왜 갑자기 흐려지는 것일까. 언

뜻 그 흐린 공간을 뚫고 깨진 한 조각의 빛이 날아오다가 순간적으로
사라졌다. 오르막길을 오르는 차량에서 반사된 빛인가. 그 깨진 빛 조
각이 순간적으로 훑고 간 공간은 더 흐려졌다.

나는 아무런 말도 하지 못했다. 너에게 해줄 말이 없구나. 네 와이프
를 생각해서라도 기운을 내라고? 너라도 기운을 내야 되지 않겠냐고?
네 와이프는 죽지 않을 거라고? 아니면 네 아내가 너를 바람도 쏘여주
고 입에 맞는 음식도 먹게 해주라더라? 그런 말들이 무슨 소용일까.

음식들은 거의 손도 대지 않은 채였다. 테이블 위에는 국물이 떨어
져 동전만한 흔적을 남기며 말라갔다. 우리는 음식을 시켜놓고 몇 술
뜨면서야 서로가 생각이 없음을 알았다. 나는 네가 배고플 것이라는
생각에서 들어왔고 너는 내가 배고플 것이라는 생각에서 들어왔다. 식
고 뻣뻣하게 굳어가는 음식들이 지저분했다. 그렇다고 치워달라는 말
도 나오지 않았다. 어차피 곧 일어서야 할 것이다.

담배를 꺼냈다가 그냥 테이블 위에 내려놓은 채 만지작거렸다. 어느
곳에도 재떨이는 없었고 여기저기 나붙은 금연업소라는 글귀들이 눈
에 들어왔다. 주방 쪽에 서서 멀건 눈으로 담뱃갑을 만지작거리는 것
을 지켜보던 종업원이 눈을 마주치자 얼른 얼굴을 돌려버렸다.

아무리 그래도 아직은 때가 아니라고 생각해. 우리 집 여자, 저게 뭘
잘못 생각하고 있다고. 목숨이 얼마나 질긴 줄을 아직 몰라. 내가 저를
지겨워할 때도 있을 텐데 그게 용납되지 않을 것 같아 그러는지도 모
르지만, 어쨌든 많이 아프더라도 서로가 옆에 있어주는 게 중요한 건
데 말이야, 그걸 모른다니까, 바보같이……. 내가 거짓말하는 줄 알아
요, 멍청하게…….

출입문이 열리더니 한 떼의 손님들이 우르르 몰려들었다. 잠잠했던

실내의 공기가 갑자기 출렁거리기 시작했다. 오십 대 중반 정도의 여자들이었다. 그들은 각각 울긋불긋한 등산복에 배낭들을 메고서 왁자하니 웃고 떠들었다. 등산이라기보다는 그 차림으로 어디 야유회에 다녀오는 것처럼 보였다.

그들은 몇 개의 테이블들을 밀치고 끌어 서로 맞대어 놓고 실내를 절반 가까이나 차지해버렸다. 먼지가 푸석 일며 먼지 냄새가 맡아졌다. 흡사 꽥꽥거리는 오리떼 같았다.

그만 일어나지.

우리는 자리에서 일어났다. 그리고는 여자들 뒤로 돌아 나와 여자들이 벗어놓은 너무도 깨끗해 보이는 등산화에 밀려 구석에 처박힌 구두를 찾아 신었다.

다시 몇 개의 입식 테이블 사이를 지나 출입문을 나섰다. 때마침 깨어진 빛의 조각이 건너편에서 날아왔고, 닫혀 흔들리는 출입문 유리가 그것을 받아내며 출렁거렸다.

문득 규선이 발을 헛놓으면서 휘청거렸다. 오후 3시쯤이었다. 바로 앞의 오르막길을 올라가는 차량들은 크레파스 그림 같았다.

39. 벚꽃이 필 때부터 질 때까지

살미랑이여!

이제 나는 내 생의 어느 한 단락 중 거의 마지막을 이야기해야 될 것 같다. 미리 말하건대, 내가 이런 이야기를 이렇게 하게 되리라고는 전혀 생각지 못했었다. 다시 말해 내 생의 한 단락이 이렇게 진행될 것이라고는 예측하지 못했다는 얘기이고, 그러한 내 생 앞에 다시 한 번 무릎을 꿇을 수밖에 없다.

그렇다. 누가 생을 예측할 수 있으며, 진행되는 그것에 반기를 들 수 있겠는가? 그것은 언제든 불쑥 일어나 뺨을 때리고 멀리 도망쳐버리는 것이거늘. 그리하여 맞은 뺨을 어루만지고 미처 얼얼함조차도 제대로 느끼지 못하는 사이 전혀 다른 상황에 뚝 떨어지는 것 아닌가.

그리하여 가슴에 각인되어 지워지지 않는 것들. 그렇게 시간에 떠밀리며 흘러가도 오래 기억되는 것들……. 올해의 벚꽃에 대한 기억이 지난날의 그 무엇처럼, 혹은 지난날들의 그 무엇보다도 더 내 남은 생의 한 복판을 차지하고서 문득문득 살을 떨리게 할 것 같다.

그래……, 아무래도 벚꽃을 이야기해야 될 것 같다. 그 날의 그 벚꽃은 윤주와 함께였으니.

하나 둘 피기 시작한 벚꽃은 삽시에 도시를 온통 뒤덮어버릴 듯했다. 그 화사함 때문인지 벚꽃은 오히려 도시적이었다. 다른 꽃들이 산이나 도시를 연상시킨다면 벚꽃은 고궁이나, 아파트단지나, 거대한 교량이 가로지른 도시의 강변이나, 도심을 뚫고 지나는 대로변이나, 혹은 그것들과 어우러져 환하게 불 밝혀지는 도시의 밤풍경을 연상시켰다.

그 벚꽃 아래서 윤주는 다른 어느 때보다도 화사했다. 크림색 니트를 걸치고 나온 그녀는 화사한 얼굴에 화사한 웃음을 짓곤 했다. 때로 투스텝을 밟아 걸으며 손을 번쩍 들어 올려 흔드는 그녀는 소녀나 다를 바 없었다. 손목에 건 푸른 옥팔찌가 햇빛을 받아 반짝이고 치아가 하얗게 드러날 때 나는 저 아득한 시절 하빈읍의 철책 담장에 넝쿨 장미가 피던 교회의 정문 계단을 오르던 소녀를 다시 볼 수가 있었던 것이다.

적어도, 쏟아져 나온 인파 속을 뚫고 하늘을 뒤덮은 벚꽃 아래를 몇 걸음 걷다가 멈추어 서곤 하면서 아무나를 붙들어 디지털 카메라를 내밀며 촬영해 줄 것을 부탁하며 나와 여러 모양의 포즈를 취하던 그녀가 정작은 속으로 다른 준비를 하고 있었다는 것을 나는 까맣게 몰랐었다. 돌이켜보면 벚꽃 아래서의 그 화사했던 웃음과 너무 많은 게 아닌가 싶게 디지털 카메라에 우리 둘의 함께인 모습과 또한 나의 혼자인 모습을 담았던 것이 바로 그것이었을 테지만 나는 조금도 눈치를 채지 못했다.

때문에 윤주가 나와의 이별을 이야기했을 때, 자신이 떠날 수밖에 없노라고 이야기했을 때, 오랫동안의 번민 끝에 내리는 선택이라며 눈물지을 때, 그리고 오히려 자신의 남편과 이혼을 하면서부터 준비해온 일이라고 했을 때, 나는 너무도 황당하여 한 마디 말은커녕 한동안 숨도 쉬지 못했었다. 그랬다. 그녀는 남편과의 이혼을 진행하면서부터 그게 보다 더 나에게 남기 위한 것이라기보다도 오히려 나로부터의 떠남을 준비하는 것이었고, 더는 나와 가까워졌던 그 순간부터 그런 선택을 한 것인지도 모른다고 말했다.

아무튼, 그녀가 속으로 무엇을 준비하고 있었던 간에 도시에 벚꽃이 피기 시작하면서부터 우리는 다른 때와는 달리 연이어 만났고, 촬영을 부탁하며 맡긴 디지털 카메라 앞에서 여러 포즈를 취하며 행복한 웃음을 웃었다.

하지만 어느 웃음이라고 그늘이 없겠는가. 아니, 그늘이라기보다도 화사하게 짓는 웃음에도 나는 어느 한구석 씁쓸하고 무거운 뒤끝을 떨어내지 못했다. 벚꽃이 화사할수록, 그리고 그 벚꽃을 따라 더욱 화사하게 웃음을 지을수록 그 무거움도 더해갔다. 그것은 박유창에 대한 것이었고 아울러 명애란에 대한 것이었다.

박유창을 만났던 것을 나는 내내 후회했다. 벌써 거의 한 달이 지나고 있었지만 그를 만났던 일이 지워지지 않았고, 후회하고 또 후회했다.

그러니까 대전에 내려가 규선의 와이프 변용순이 입원한 병원에 들렀던 날, 나는 규선과 헤어져서 박유창을 만났었다. 이미 내려갈 때부터 그럴 계획이었고 박유창에게 전화까지 해둔 터라 만나는 일은 어렵지 않았다.

다시 통화를 하여 만날 장소를 정하고, 그 약속장소에 먼저 도착하여 기다리다가 출입문을 밀고 들어서는 박유창의 얼굴을 보는 순간,

그게 3년 전 아니, 이제 또 해가 바뀌고 다른 해이니 4년 전이지만, 명애란이 죽은 이후로는 처음 만나는 것이고, 좀 더 정확히 말해 그의 어머니의 장례식장에서 보고 거의 5년 만에 보는 것이지만, 이게 아니구나, 그를 만나는 게 아닌데 싶은 생각이 들었다. 왜 기껏 만나자고 불러놓고서 그의 얼굴을 보는 순간 잘못했다는 생각이 들었던 것인지.

사실 그를 만나서 무엇인가를 확인하고 싶었고 더는 명애란에게서 듣지 못했던 그 한 마디를 들을지도 모른다는 기대가 나를 그렇게 몰아세웠던 것이겠지만 박유창을 보는 순간 이제 와서 그게 무슨 소용이겠으며, 더욱이 그런 기대를 할 만한 사람이 아니라는 게 깨달아졌던 것이다.

역시도 보는 순간 와 닿았던 그 느낌은 틀리지 않았다. 자리에 앉으며 냅킨을 뽑아내 얼굴에 번들거리는 개기름을 닦아내며 큰 소리로 웃어젖혔던 박유창. 그 개기름 먹은 냅킨은 아무렇게나 내던져졌는데, 박유창은 처음부터 끝까지 엉뚱한 이야기만 늘어놓을 뿐 죽은 명애란에 대해서는 단 한 마디도 꺼내지 않았다. 적어도 마음이 아프다거나 그도 아니면 어떻게 해서 죽었다는 이야기 정도는 하겠지 했지만 숫제 명애란의 이름은 입에 올리지도 않았던 것이다. 그래도 제 속에서는 어떤 안타까움이나 그녀에 대한 미안함은 있으리라 했지만 그 얼굴 표정 어디에서도 찾아볼 수가 없었고, 때문에 나 또한 명애란에 대한 이야기는 꺼내지 못했다.

박유창의 그 어디에서도 명애란의 흔적이나 그림자 같은 것은 찾을 수 없었다. 그에게 있어 명애란은 이미 오래전에 까맣게 잊힌 존재였다. 어쩌면 살았을 당시에도 잊힌 존재나 다를 바 없었는지 모른다는 생각이 들기도 했다.

다른 것은 다 접어두고 명애란이 싱크대 서랍에 담배를 숨겨두고 피웠던 것을 아느냐는, 그 한 가지를 그에게 묻고 싶었다. 하지만 끝내 그 이야기조차 하지 못하고 헤어져 돌아서야 했다. 다른 일도 있고 하여 겸사라고 하긴 했지만, 그렇게 먼 길을 내려와 만나면서도 특별한 용건을 꺼내지 않았음에도 그는 그저 모르는 척 넘어가버리고 말았다. 더군다나 그와 헤어져 터덜터덜 걷고 있는데 뒤늦게 차를 몰고 가면서 차창을 내리고 잘 가라고 소리치고, 그제야 보게 된 그의 옆자리에 앉은 여자의 모습은 내 시선을 허공에 묶어버렸다. 무심코 바라보는 내 시선과 마주치자 선글라스를 낀 그 여자는 고개를 한 번 까딱해 보이며 입을 반쯤 벌리고 웃었던가? 아마도 그랬던 것 같았다. 여자는 내내 차 안에서 그를 기다리고 있었던 모양인데, 그는 왜 여자를 데리고 들어오지도 않고 밖의 차 속에서 기다리게 했던 것일까?

냅킨이 젖어들도록 닦아내던 개기름의 박유창과 선글라스를 끼고 입을 반쯤 벌리고 웃는 듯했던 여자. 그리고 새삼스럽게 일던 명애란에 대한 이상한 분노와 울분 같은 것……. 화사한 벚꽃 아래서도 그것들은 가슴 한구석을 무겁게 짓눌러오곤 했다. 새삼스럽게 명애란에 대해 분노와 울분이 이는 것은 내 자신도 잘 알 수 없었다.

어쨌든 그런 분노와 울분이 살 속의 멍울처럼 잡힐지라도 벚꽃 아래서 모든 것들은 화사해보였다. 그리고 그 화사함을 더해준 것은 규선이었다.

규선은 어렵게 의사의 허락을 얻어내 제 와이프를 데리고 남해안 쪽으로 여행을 떠났다. 벚꽃 개화기에 맞춰 떠난 것이라고 했다. 제 와이프가 한과공장을 도맡아 하느라 벚꽃 구경 한 번 제대로 못했었노라고도 했다. 그리고 어쩌면 그게 처음이자 마지막이 될지도 모르겠다며 목멘 소리로 말하다가도 내년에도 다시 제 와이프와 벚꽃 구경을 하러 여행을 떠나겠다고 자신의 말을 힘주어 수정했다.

그는 진해의 벚꽃 아래서 전화를 했고, 나는 서울의 벚꽃 아래서 전화를 받았다. 그는 벌써 그곳의 벚꽃들이 거의 다 진다고 말했고, 나는 서울의 벚꽃들이 한창 피어나는 중이라고 말했다.

"그래도 여기 남쪽과 서울의 개화 시기가 생각처럼 그렇게 많은 차이는 나는 것 같지 않아."

"열섬 현상의 영향도 있겠지. 오히려 중부 지방보다 더 빠르게 피는지도 모르겠어. 같은 도시라도 중심부와 외곽지역이 다르니까."

그렇게 벚꽃 아래서 벚꽃 이야기를 하다가 규선의 와이프를 바꿔 통화하기도 했다.

"목소리가 밝고 편안해서 좋네요. 이왕 멀리 갔으니 며칠 더 있자고 하세요."

"의사 선생님이 허락을 해줘야 되는 거지요."

"그런가요? 허허. 어쨌든 오랜만에 규선이랑 갔으니 좋은 시간 갖고요. 내년에는 나도 따라갈 테니 데려가 주집니다?!"

"내년이요? 그래요. 혹시 모르니 적어두었다가 도장 받으러 오세요."

"그러겠습니다."

그렇게 핸드폰을 붙잡고 이야기를 하는 동안에도 윤주는 그 디지털 카메라에 내 모습을 담기도 했고, 이윽한 눈길로 나를 바라보다가 시선이 마주치면 벚꽃 보담도 화사하게 웃곤 했다.

사실 그때까지만 해도 윤주가 그 가슴에 다른 뜻을 품고 있으리라고는 생각지 못했었다. 물론 돌이켜보면 뭔가 눈치 챌만한 게 없었던 것은 아니었다. 어딘가를 다녀오기도 하고 무엇인가 분주히 움직이곤 했던 게 그것이었다. 하지만 나는 그것을 별다르게 생각지는 않고 다만 그녀가 무엇인가를 해보려는, 하다못해 소일거리라도 찾으려고 그러나보다 하는 정도로만 받아들였다.

그처럼 아무것도 생각지 않았던 상황에서 나온 그녀의 이별 이야기는 그저 황당하기만 했고, 그 이야기를 듣는 순간 숨이 멎는 것 같았다.

만개했던 벚꽃들은 눈처럼 쏟아져 거리에 흩날렸다. 바람이 벚나무 가지를 흔들 때마다 하얀 꽃잎들은 우수수 쏟아졌다. 노면(路面)을 하얗게 뒤덮었고, 차량들이 지날 때는 물론이고 사람들의 발길에도 그것들은 휘휘 쓸려 다니곤 했다.

안 돼. 나는 간신히 그렇게 말했다. 어떻게 혼자서 다 결정해놓고 이렇게 말할 수가 있느냐고, 이런 법이 어디 있느냐고도 했다. 이미 이 도시를 떠나 먼 곳으로 가기로 했다고, 아파트까지도 이미 다 처분하고 떠날 날짜를 받아놨다고 하는 윤주에게 내가 할 수 있는 말은 아무것도 없었다.

윤주는 벚꽃 아래서 눈물을 보였다.

"안 된다면 우리가 무엇을 어떻게 할 수 있겠어. 이미 처음부터 길을 잘못 들었던 거야. 그렇다고 후회한다는 것은 아니야. 어쩌면 잘못된 그 길을 두 눈 질근 감고 가고 싶은 것인지도 몰라. 하지만 그럴 수는 없잖아."

"그래도 이건 아닌 것 같다. 어찌 이렇게 떠날 수가 있단 말이야. 그냥 이대로, 다만 얼마 동안이라도……."

그런 것인지도 몰랐다. 우리의 관계에 있어 어느 것도 장담할 수는 없지만 지금과 같은 상태가 오래 지속될 거라고 생각했고, 또한 막연하긴 하더라도 우리에게 운명적인 무엇이 있다면 어떤 과정을 거치든 이루어질 거라 여긴 것도 사실이고 그러기를 바랐다.

"그래, 내 마음이라고 다르지 않아. 얼마 동안이라도 더 시영 씨 곁에 있고 싶고, 몇 번이라도 더 시영 씨 만나 냄새 맡고 싶어. 하지만 그런다고 해서 뭐가 달라지겠어. 아니, 만약에 그런다면 그냥 이대로 주저앉을지도 몰라. 그게 두려웠어. 그래, 나 시영 씨 욕심내고 싶어. 그냥 이대로 있으면 나의 그 욕심을 채우게 될 거야. 경연 씨한테 찾아가 무릎 꿇고서 우리의 관계를 다 밝히고 시영 씨를 사랑하니 나 달라고, 제발 시영 씨와 이혼해달라고 말하게 될지도 몰라. 그게 두려운 거야. 다른 무엇보다도 내 자신이 두려운 거야."

소리도 없이 벚꽃이 졌다. 화사한 벚꽃을 따라 쏟아져 나왔던 사람들은 벚꽃이 다 지기도 전에 벚꽃을 잊었다.

윤주는 먼 훗날, 아주 늙어서 딱 한 번만 더 만나자고 했다. 서로가 지팡이를 짚고 만나자고 했고, 자신은 빨간 지팡이를 짚고 나올 테니 나는 파란 지팡이를 짚고 나오라고 했다.

흩뿌리는 비가 마저의 벚꽃이 지는 것을 재촉했다. 남았던 벚꽃잎들이 빗물에 젖어 떨어져서 바람에도 날리지 못했다.

그녀는 더 이상 눈물을 보이지 않았다. 단지 빗물 젖은 볼에 손톱만한 벚꽃잎 한 장 달라붙었을 뿐이었다.

40. 내게 아무런 말도 하지 말라,
    살미랑이여!

지금의 티브이 드라마를 새로 시작하기 전에 했던 드라마가 뭐였더라? 갑자기 그 생각이 들어 떠올려보려고 몇 번이나 애를 썼지만 기억은 거죽의 막에 덮여 뚫고 나오지 못했다. 흡사 반쯤 식은 팥죽 같았다. 표면은 식고 굳어 막을 형성하고 있지만 그 내부는 아직 다 식지 않은 걸쭉한 용액을 숨겨두어 살짝 건드려 터뜨리기만 하면 금방 솟아 올라올 것인데 그게 되지가 않는 것이었다. 분명 복수를 하고 어쩌고 하는 것이었는데 내용이 무엇이었던지, 그리고 출연했던 연기자들이 좀처럼 생각나지 않았다. 어느 한 가지만, 이를테면 출연했던 탤런트 얼굴 하나만 떠올라도 팥죽의 표면에 생긴 막을 터뜨리듯 일순간에 확 풀어질 텐데 터질 듯 터질 듯 터지지 않는 것이었다.

생뚱맞게 무슨 드라마 이야기일까? 드라마를 즐겨보지도 않고 그런 것에 관심을 갖는 편도 아니었다. 그런데도 가끔 식탁 앞에 앉아 밥을 먹노라면 주방에 켜둔 티브이를 보게 되고, 시간대가 대개는 드라마를 할 때여서 채널 선택권이 없는 나로서는 그냥 보게 되곤 했다. 그렇다 해도 이삼 일에 한 번 정도 보는 것에 지나지 않는데, 그래도 전개되는 내용 숙지에는 큰 무리가 없었다.

아무튼 볼 때마다 신경질 났던 드라마였다. 정말 말도 되지 않는 진행에다가 자꾸만 연장에 연장을 거듭하는 것이어서 스트레스를 팍팍 받곤 했다. 그러면서도 계속 보게 되는 것이다. 신경질을 내고 제작진을 욕하면서까지 보는 것이다.

경연은 나보다 더 심하고 듣기 거북할 정도로 욕을 퍼부으며 시청했다. 나는 제작진과 진행에 대해 뭐라 했지만 경연은 악역의 등장인물에 대해 욕을 했다. 너무 심해 무슨 욕을 그렇게 하느냐고 하자 드라마는 욕을 해가며 봐야 된다는, 그래야 더 실감난다는 대답이 돌아왔다.

그런데 그게 무슨 내용이었던지, 출연진들이 누구였던지 생각나지가 않는 것이었다. 그것이 끝나고 새 드라마를 시작한 지가 얼마 되지 않는데도 그랬다. 마치 부분 기억상실증에 걸리거나 일시적 기억장애가 일어난 것 같았다.

볕 밝은 오 월의 휴일 오후였다. 열어놓은 창문으로 공원에서 떠드는 아이들 소리가 들려왔다. 어느새 짙푸른 색으로 변한 나무들은 작년보다도 훨씬 높아진 듯 보였고, 벤치에 나란히 앉은 세 명의 나이 많은 여자들은 걸걸한 소리로 웃어젖혔다. 조그만 개 한 마리를 데리고 나와 산책을 하는 여자도 보였다. 언뜻 붉은 장미 무늬가 그려진 투명 비닐 끈의 샌들을 신었던 여자가 아닌가 싶었으나 거리가 멀어 확인되지는 않았다.

경연이는 무엇을 하는 것인지 이따금씩 거실을 왔다 갔다 하기도 하고, 이 방 저 방을 드나들기도 했다. 그러다가 씻기라도 할 참인지 머리칼을 올린 채 타월을 터번처럼 감고서 나와 두리번거렸다. 무엇인가를 찾는 모양이었지만 나는 관심을 나타내지 않고 티브이 드라마를 생각했다. 얼마 전에 끝난 그 드라마의 제목이 뭐였더라……. 왜 생각이 날 듯 날 듯 안 나는 것일까…….

경연에게 물어볼까 싶었다. 그리하여 비스듬히 소파에 눕혔던 상체를 일으켜 세워 앉았는데, 장식장 서랍에서 조그만 핀 하나를 찾아갖고 돌아서던 경연이가 먼저 툭 던지듯 말하는 것이었다.

"아참, 한윤주 씨 요즘은 연락이 없나봐?"

"윤주? 없어. 서울 떠난 지가 언제인데."

"서울을 떠나? 어디로 갔는데?"

"어디로 갔는지는 모르지만 멀리 떠났어. 다른 연락도 없고."

내가 그렇게 말했는데 경연의 다음 말은 이어지지 않았다. 마치 딴청을 부리는 듯 무심했고, 방금 몇 마디 말을 주고받던 사람인가 싶게 아무런 반응도 없었다. 마치 나 혼자 중얼거렸나 싶은 기분이어서 양쪽을 둘러보았다.

그런데 무심한 듯 돌아서서 주방으로 들어가려던 경연이 멈추어 서는가 싶더니 툭 내뱉는 것이었다.

"윤주 그년, 때 맞춰 아주 잘 떠났네. 안 그랬다면 나한테 반은 죽었을 건데."

순간 피가 멈추는 듯 아찔했다.

경연은 그 말만 내뱉고는 뒤도 돌아보지 않은 채 주방으로 들어갔다.

나는 아무 말도 하지 못했다. 못 들은 척, 아니 못 들은 거였다.

공원에서 떠드는 아이들 소리가 아주 멀었다.

오후 다섯 시쯤 한 통의 전화를 받았다. 진종우로부터 걸려온 전화였다. 허허허, 웃어대는 그의 목소리는 벌써부터 술기에 잔뜩 절었다. 완도와 보길도의 섬 민박집에서 아들이 가로등 불빛에 나와 책을 읽다가 교통사고로 죽고 나서 그 길로 머리를 깎아버렸다고 이야기하던 것과 똑같은 목소리였다.

"협회에 갔다가 내 연락처를 물었다는 얘기를 듣고 전화하는 거요. 내야 협회고 뭐고 그런 데는 잘 가지 않는데 일이 있어서 들렀지 뭐요. 그러고 보면 나도 어지간하긴 한 모양이오. 협회에조차 연락처를 제대로 알리지 않았으니 말이오. 허허허. 내 전화번호 불러줄 테니 적으쇼. ……. 그라고 말요, 언제 한 번 놀러 오소, 닭 잡아주께. 올 때는 미리 전화로 확인하고 와야 되오. 내가 가만히 붙어 있는 날이 적으니께 말요. 그럽시다. 꼭 한 번 놀러 오소. 닭 잡아주께."

'닭 잡아주께.' 진종우는 그렇게 발음했다.

전화를 끊고 집을 나서서 공원으로 갔다. 키가 훌쩍 커버린 나무에 걸린 바람은 거의 수직으로 내렸다. 미분화된 언어인 듯이 내가 뱉어내는 말들도 서 있는 내 몸을 타고 수직으로 내렸다.

살미랑이여!

내게 아무런 말도 하지 말라!

공원의 빈 하늘에, 새는 날지 않았다.

파 약(破約)

그대가 떠나고 나서 혓바닥에 가시가 돋쳐 참으로 오랫동안 글을 쓸 수가 없었다. 창문엔 별도 내리지 않았다. 도시의 밤하늘에서 별이 사라진지도 벌써 아득한 시간이 지났다. 그대와 함께한 날들 동안 우리의 도성(都城)에 밤마다 별 내린다고 착각에 빠졌었다. 그 따스했던 날들, 별들과의 공생을 꿈꿨다. 커다란 악어와 쬐그만 악어새 한 마리. 그 날카로운 잇새에서 실하게 파먹은 건 우리의 약속이었다. 그 때 그대는 밤마다 창에 내리던 별이었다. 하지만 몰랐었다. 그 약속이 나를 삼켜버리리라는 것을. 믿었던 날카로운 이빨에 살점이 뜯겨지고, 끝내 나를 삼켜버린 약속은 떠나고 별은 사라졌다. 영원이라고 값싸게 말하지 마라. 세상에서 영원한 건 미완일 뿐이더라. 미완이기에 영원일 수 있을 뿐. 그 해 겨울, 사막에 먼지 같은 눈이 내리고, 또한 먼지처럼 시간과 함께 날려갔다. 그 눈 녹은 물로 광막한 사막에 무엇을 약속할 수 있나. 그래도 물기 젖었던 흔적이나 남기고 사라짐은 그리운 시간 속에 애증의 그림자라도 묻게 하거늘, 차라리 돌아서지나 말 일이지. 나를 환장하게 하는 것은 그대가 떠난 게 아니라 돌아서서 다시 바라보는 그 눈빛이다. 떠났던 길을 돌려 돌아오겠다고 손짓을 할 때 이미 빗장을 질러버린 내 마음을 열 수 없음이다. 그대의 그 손짓이 무참하게도 떨어지는 오늘, 나는 글을 쓸 수가 없다. 사막에 먼지 같은 눈 내리며 다시 또 세월이 가도. 언제쯤 다시 그대를 이야기하고 나를 이야기할 수 있을까? 지금 내게 남은 것은 깨어진 우리 약속의 파편들을 밟고선 먼 기다림뿐이다.

2010년 초여름
푸른 나무가 내다보이는 창가에서.
김 재 찬

□ **작가연보**

■ 충남 공주 출생.

■ 1987년 〈문학정신〉 창간기념 장편소설 공모에 '비어 있는 오후' 당선.

■ 1994년 〈한국일보〉 신춘문예에 '사막의 꿈' 당선

■ **주요작품**

 '옆집 여자가 죽었다', '다 이루었다', '지붕 위의 호수', '處容의 暗號',

 '벽화 속으로 가다', '바람이 있는 풍경' 등.

■ **장편소설집**

 '비어 있는 오후', '사련(思戀)', '광야에 눕다',

 '베스트셀러 살인', '푸른 지느러미', '낯선 거리를 편식한다' 외 다수.

■ e-book : '그리운 독재자', '내 生에의 반란', '푸른 지느러미' 등.

◆ 블로그 : http://blog.naver.com/korea1033

◆ e-mail : korea1033@naver.com, korea1033@paran.com

김재찬 장편소설

남자는 어떻게 사랑을 하는가

초판인쇄　2010년 8월 26일
초판발행　2010년 9월　1일

지 은 이　김 재 찬
발 행 인　서 정 환
편 집 인　백 시 종
주　　간　채 문 수
편 집 장　강 병 석
편집차장　박 명 숙
편　　집　권 은 경 · 김 미 립
펴 낸 곳　도서출판 계간문예

출판등록　2005년 3월 9일 제300-2005-34호
주　　소　서울 종로구 익선동 30-6
　　　　　운현신화타워 207호
E-mail　qmyes@naver.com
전　　화　02) 3675-5633

값 · 10,000원

ISBN 978-89-6554-000-7 (03810)